中國語言文字研究輯刊

七　編

許　錟　輝　主編

第9冊

傳鈔古文《尚書》文字之研究（第七冊）

許　舒　絜　著

花木蘭文化出版社

國家圖書館出版品預行編目資料

傳鈔古文《尚書》文字之研究（第七冊）／許舒絜 著 — 初
版 — 新北市：花木蘭文化出版社，2014〔民103〕
目 6+304 面；21×29.7 公分
（中國語言文字研究輯刊　七編；第 9 冊）
ISBN 978-986-322-849-3（精裝）
1.尚書　2.研究考訂
802.08　　　　　　　　　　　　　　　　　103013629

ISBN-978-986-322-849-3

9 789863 228493

中國語言文字研究輯刊
七　編　　第九冊　　　　　ISBN：978-986-322-849-3

傳鈔古文《尚書》文字之研究（第七冊）

作　　者　許舒絜
主　　編　許錟輝
總 編 輯　杜潔祥
副總編輯　楊嘉樂
編　　輯　許郁翎
出　　版　花木蘭文化出版社
社　　長　高小娟
聯絡地址　235 新北市中和區中安街七二號十三樓
　　　　　電話：02-2923-1455 ／傳眞：02-2923-1452
網　　址　http://www.huamulan.tw 信箱 hml 810518@gmail.com
印　　刷　普羅文化出版廣告事業
初　　版　2014 年 9 月
定　　價　七編 19 冊（精裝）新台幣 46,000 元

傳鈔古文《尚書》文字之研究（第七冊）

許舒絜 著

目

次

四十三、無　逸

無逸	戰國楚簡	漢石經	魏石經	敦煌本 P2748	敦煌本 P3767	岩崎本	神田本	九條本	島田本	內野本	上圖本（元）	觀智院	天理本	古梓堂	足利本	上圖本（影）	上圖本（八）	晁刻古文尚書	書古文訓	唐石經
周公作無逸				周公作亡逸						周公作亡逸					周公作無逸	周公作無逸	周公作亡逸		周公延亡俗	周公作無逸
周公曰嗚呼君子所其無逸				周公曰烏虖君子所其亡逸						周公曰嗚呼君子所亓亡逸					周公曰嗚呼君子所其無逸	周公曰嗚呼君子所其無逸	周公曰嗚呼君子所其亡逸		周公曰繹虖商學所亓亡俗	周公曰嗚呼君子所其無逸
先知稼穡之艱難乃逸				先知稼穡之艱難乃逸						先知稼穡之艱難乃逸					先知稼穡之艱難乃逸	先知稼穡之艱難乃逸	先知稼穡之艱難乃逸		先知稼穡之艱難乃俗	先知稼穡之艱難乃逸
則知小人之依相小人				則知小人之依相小人						則知小人之依相小人					則知小人之依相小人	則知小人之依相小人	則知小人之依相小人		則知小人之依相小人	則知小人之依相小人

厥父母勤勞稼穡			厥父母勤勞稼穡		厥父母勤勞稼穡	厥父母勤勞稼穡	厥父母勤勞稼穡
厥子乃不知稼穡之艱難	嗇之艱難		厥子弗知稼穡之艱難		厥子乃不知稼穡之艱難	厥子乃不知稼穡之艱難	厥子乃不知稼穡之艱難
乃逸乃諺既誕		乃逸乃諺既誕	逸逸諺死誕		乃逸乃諺既誕	乃逸乃諺既誕	粵俗嗇嗇死誕

1292、諺

「諺」字在傳鈔古文《尚書》有下列不同字形：

（1）嗇汗 1.12 嗇四 4.21 嗇 1 嗇 2

《汗簡》、《古文四聲韻》錄《古尚書》「諺」字作：嗇汗 1.12 嗇四 4.21，乃從彥而省彡，從言彥省聲，與戰國作嗇古璽.字形表 3.6 嗇隨縣石磬同形，《集韻》以「嗇」為古「嗇」字，「嗇」與「諺」同。

《書古文訓》「諺」字作嗇 1，與傳抄古尚書「諺」字同形，敦煌本 P2748 作嗇 2，上形變作「立」。

（2）憲隸釋

《隸釋》錄漢石經尚書殘碑〈無逸〉「乃逸乃諺既誕」「諺」字作憲，此借「憲」為「諺」字。

（3）諺

足利本「諺」字作諺，右下「彥」變似「久」，由彡作ㄑ而變。

【傳鈔古文《尚書》「諺」字構形異同表】

尚書篇目	書古文訓	古文尚書晁刻	上圖本（八）	上圖本（影）	上圖本（元）	觀智院b	天理本	古梓堂b	足利本	上圖本（影）	島田本b／九條本／神田本b／岩崎本	內野本	敦煌本	石經	戰國楚簡	傳抄古尚書文字　諺　夤汗1.12　夤四4.21
無逸	夤			諺					諺	諺		諺	夤P2748	憲隸釋		乃逸乃諺既誕

唐石經	書古文訓	晁刻古文尚書	上圖本（影）	上圖本（八）	足利本	古梓堂	天理本	觀智院	上圖本（元）	內野本	九條本	島田本	神田本	岩崎本	敦煌本P3767	敦煌本P2748	魏石經	漢石經	戰國楚簡	無逸
否則侮厥父母曰昔之人無聞知	不則侮乐父母曰畨出人亡眷知		否則侮武父母曰畨出人正眷知	否則侮厥父母曰畨出人正眷知	否則侮厥父母曰畨之人無眷知					否則侮卒父毌曰畨出人正眷知						否則侮厥父母曰昔之人亖閒知	不作否則侮厥下略			否則侮厥父母曰昔之人無聞知
周公曰嗚呼我聞曰昔在殷王中宗	周公曰經摩我哉眷曰畨坓殷王中宗		周公曰烏摩我眷曰畨在殷王中宗	周公曰烏摩我閒曰畨在殷王中宗	周公曰嗚呼我閒曰畨在殷王中宗					周公曰嗚呼我眷曰畨在殷王中宗						周公曰烏摩我閒曰畨在殷王中宗	中宗			周公曰嗚呼我聞曰昔在殷王中宗

嚴恭寅畏天命自度治民祇懼								
嚴恭寅畏天命自度治民祇懼		嚴戁寅畏天命自亮以度治民祗懼下缺	嚴戁寅畏天命自度治民祗懼				嚴恭寅畏㒸命自度治民祗懼	嚴戁寅畏天命自度治民經懼 嚴㒸寅畏天命自度民祗懼 嚴寅畏天命自度民祗懼	嚴戁舉畺㒸命自庅乳民祗悤
不敢荒寧肆中宗之享國七十有五年			弗敢荒寧肆中宗之含國七十有又年				弗敢荒寧肆中宗出會戴七十有又年	弗敢荒寧肆中宗出會戴七十有五年 弗敢荒寧肆中宗之享國七十有五年	亞敢荒寧肆中宗出音戴七十有五年
其在高宗時舊勞于外爰暨小人			其在高宗時舊勞于外爰泉小人				异在高宗時舊勞于外爰泉小人	其在高宗眖旧勞于外爰暨小人 其在高宗旧勞于外爰暨小人	亓圶高宗旹舊劈于外爰泉小人

作其即位乃或亮陰三年不言			作其即位乃或亮陰三年弗言					作其即位廼或亮陰式年弗言		**作其即位廼或高陰三年不言**
其惟不言言乃雍不敢荒寧			其惟弗言言乃邑弗敦荒寧					亦惟弗言言廼雍弗敦荒寧		**惟不言言乃雍不敢荒寧**
嘉靖殷邦至于小大無時或怨	或怨		嘉靖殷邦至于小大旦時或怨					嘉靖殷邦至于小大旦時或怨		**嘉靖殷邦至于小大無時或怨**
肆高宗之享國五十有九年			肆高宗之享國五十有九年					肆高宗之享國五十有九年		**肆高宗之享國五十有九年**

其在祖甲不義惟王舊為小人		其在祖甲弗諝惟王舊為小人				异在祖甲弗諝惟王舊為小人		其在祖甲不義惟王回為小人	亓在佃甲弗諟惟王舊為小人 / 亓圣祖命弱諟惟王舊為小人
作其即位爰知小人之依		作其即位爰知小人之依				作亓即位爰知小人出依		作其即位爰知小人之依	作亓即位爰知人出依 / 終亓即位爰知小人出大
能保惠于庶民不敢侮鰥寡		能保惠于庶民弗敢侮鰥寡				能保惠亏庶邑弗敢侮鰥寡		能保惠于庶民不敢侮鰥寡	能保惠亏庶邑弗敢侮鰥寡 / 耐桑蒦亏歷民弱敢侮叟寡
肆祖甲之享國三十有三年		肆祖甲之享國三十有三年				肆祖甲出會戠式十又式年		肆祖甲之享國三十有三年	肆祀甲出會戠三十又三年 / 繇祖甲命出高戠式十又式年

											自時厥後立王生則逸
自時厥後立王生則逸	自時厥後下缺	自時厥後立王生則逸					自昔年後立王生則逸		自昔年後立王生則逸	自取厥后立王生則逸	自昔厥后立王生則逸	自昔年後立王生則俗
生則逸不知稼穡之艱難		生則逸弗知稼穡之艱難					生則逸弗知稼穡之艱難		生則逸弗知稼穡之艱難	生則逸不知稼穡之艱難	生則逸不知稼穡之艱難	生則俗亞知稼穡山艱難
不聞小人之勞惟耽樂之從		弗聞小人之勞惟耽樂之從					弗聞小人之勞惟耽樂之從		弗聞小人之勞惟耽樂之從	不聞小人之勞惟耽樂之從	不聞小人之勞惟耽樂之從	亞聞小人山勞惟湛樂山從

1293、耽

「耽」字在傳鈔古文《尚書》有下列不同字形：

（1）湛湛湛

敦煌本 P2748、P3767、內野本、《書古文訓》「耽」字作湛湛湛，《論衡・語增篇》引此亦作「湛」，《詩》「和樂且湛」，《中庸》引作「耽」，二字古相通假。《說文》女部「媅」字訓樂也，《爾雅・釋詁》「妉，樂也」，「妉」「耽」「湛」皆為「媅」之假借字。

【傳鈔古文《尚書》「耽」字構形異同表】

耽	戰國楚簡	石經	敦煌本	岩崎本	神田本b	九條本	島田本b	內野本	上圖本（元）	觀智院b	天理本	古梓堂本b	足利本	上圖本（影）	上圖本（八）	古文尚書晁刻	書古文訓	尚書篇目
惟耽樂之從			湛 P2748					湛									湛	無逸
今日耽樂乃非民攸訓			湛 P3767 / 湛 P2748														湛	無逸

無逸	戰國楚簡	漢石經	魏石經	敦煌本 P2748	敦煌本 P3767	岩崎本	神田本	九條本	島田本	內野本	上圖本（元）	觀智院	天理本	古梓堂	足利本	上圖本（影）	上圖本（八）	晁刻古文尚書	書古文訓	唐石經
自時厥後亦罔或克壽				自時厥後亦罔或克壽						自旹厥後亦定或克壽					自旹厥后亦罔或克壽	自旹厥后亦罔或克壽	自旹氒後亦罔或克壽	自旹氒後亦定戶罔	自旹氒後亦定戶罔	自時厥後亦罔或克壽
或十年或七八年或五六年或四三年				或十年或七八年或又六年或四三年						或十年或七八年或五六年或二三年					或十年或七八年或五六年或四三年	或十年或七八年或又六年或四三年	或十年或七八年或五六年或四三年	或十年或七八年或五六年或四三年	或又六年或三三年	或十年或七八年或五六年或四三年

									周公曰嗚呼厥亦惟我周大王王季
周公曰嗚呼厥亦惟我周太王王季		周公曰為虖厥亦惟我周大王三季	周公曰烏虖季我周太王季			周公曰烏虖季亦惟我周大王三季		周公曰嗚呼厥亦惟我周太王王季	周公曰烏虖季亦惟我周太王三季
克自抑畏文王卑服		克自抑畏文王卑服	克自抑畏文王卑服			克自抑畏文王卑服		克自抑畏文王卑服	亯自抑豐威王卑服
即康功田功徽柔懿恭	功田功徽柔懿共	即康功田功徽柔懿共	即康功田功徽柔懿冀			即康功田功徽柔懿冀		即康功田功徽柔懿恭	即康功田功徽柔懿冀

1294、懿

「懿」字在傳鈔古文《尚書》有下列不同字形：

（1）懿

敦煌本 P2748「懿」字作懿，所從「壹」誤作「壴」，右上「次」誤作「皮」，訛誤作從「皷」從「心」。

【傳鈔古文《尚書》「懿」字構形異同表】

懿	戰國楚簡	石經	敦煌本	岩崎本b	神田本b	九條本	島田本b	內野本	上圖（元）	觀智院b	天理本	古梓堂b	足利本	上圖本（影）	上圖本（八）	古文尚書晁刻	書古文訓	尚書篇目
	即康功田功徽柔懿恭		懿 P2748															無逸

無逸	戰國楚簡	漢石經	魏石經	敦煌本 P2748	敦煌本 P3767	岩崎本	神田本	九條本	島田本	內野本	上圖本（元）	觀智院	天理本	古梓堂	足利本	上圖本（影）	上圖本（八）	晁刻古文尚書	書古文訓	唐石經
懷保小民惠鮮鰥寡	懷保小民惠鮮鰥寡	懷保小人民 孔作惠于矜下缺作鮮鰥		懷保小人惠鮮鰥宣	褱保小民惠鮮鰥宣					褱保小民惠鮮鰥寡						懷保小民惠鮮鰥寡	褱保小民惠鮮鰥寡	褱采小民惠鰥嬰寡	襄采小民惠鰥嬰寡	懷保小民惠鮮鰥
自朝至于日中昃不遑暇食	自朝至于日中昃不遑暇食			自朝至于日中昃弗皇暇食						自朝至于日中昃弗皇暇食						自朝至于日中昃不遑暇食	自朝至于日中昃弗皇暇食		自翰至于日中昃亞皇暇食	自朝至于日中昃亞不遑暇食

1295、昃

「昃」字在傳鈔古文《尙書》有下列不同字形：

（1）魏三體昃₁昃₂

魏三體石經〈無逸〉「昃」字古文作，與壬侯●戟同形，《釋文》作「呉」爲此形之隸變。內野本、足利本、上圖本（影）「昃」字作昃₁，與之同，上圖本（八）變作昃₂。

（2）魏三體

魏三體石經〈無逸〉「昃」字隸體作，爲《說文》篆文隸變。

（3）仄

《書古文訓》「昃」字作仄，《釋文》「呉（昃）音側，本亦作『仄』」，《說文》「昃」字「日在西方時側也」，「厂」部「仄」字「側傾也，从人在厂下」，與「昃」字音同（皆阻力切）義可相通，此假「仄」爲「昃」字。

（4）

敦煌本 P3767、P2748「昃」字作，爲「仄」字，其偏旁「厂」與「广」相混。

【傳鈔古文《尚書》「昃」字構形異同表】

昃	戰國楚簡	石經	敦煌本	岩崎本	神田本b	九條本	島田本b	內野本	上圖（元）	觀智院b	天理本	古梓堂b	足利本	上圖本（影）	上圖本（八）	古文尚書晁刻	書古文訓	尚書篇目
自朝至于日中昃		魏	P3767P2748					昃					昃	昃	昃		仄	無逸

1296、遑

「遑」字在傳鈔古文《尙書》有下列不同字形：

（1）魏三體皇皇皇

魏三體石經〈無逸〉「不遑暇食」「遑」字古文作，敦煌本 P3767、P2748、內野本、《書古文訓》亦作「皇」皇皇皇，「遑」字見於《說文》辵部新附，《撰

異》謂「『皇』今本作『遑』，俗字，疑衛包所改也。下文『則皇自敬德』鄭注『皇謂暇，謂寬暇自敬』，可以證此之不从『辵』矣」。

【傳鈔古文《尚書》「遑」字構形異同表】

遑	戰國楚簡	石經	敦煌本	岩崎本 / 神田本b	九條本 / 島田本b	內野本	上圖（元）	觀智院b	天理本	古梓堂b	足利本	上圖本（影）	上圖本（八）	古文尚書晁刻	書古文訓	尚書篇目
不遑暇食		皇 魏	皇 P3767 / 皇 P2748			皇									皇	無逸

無逸	戰國楚簡	漢石經	魏石經	敦煌本 P2748	敦煌本 P3767	岩崎本	神田本	九條本	島田本	內野本	上圖本（元）	觀智院	天理本	古梓堂	足利本	上圖本（影）	上圖本（八）	晁刻古文尚書	書古文訓	唐石經
用咸和萬民文王不敢盤于遊田			(魏石經殘字)	用咸和万民文王弗敢盤于遊田	用咸和万民文王弗敢盤于遊田				用咸味万民文王弗敢盤于遊田						用咸和万民文王不敢盤于遊田	用咸和万民文王不敢盤于遊田	用咸味万民文王弗敢盤于遊田	用咸味万民文王亞敢盤于遊田	用咸味万民文王亞敢般于遊田	用咸和萬民文王不敢盤于遊田

以庶邦惟正之供　呂廙邦惟攻之共　呂廙邦惟匹之共　呂廙邦惟正止供　呂廙邦惟正止供　以廙邦惟正之供　呂廙邦惟正止共　呂歷當惟正止共　以庶邦惟正之供

1297、供

「供」字在傳鈔古文《尚書》有下列不同字形：

（1）共 **隸釋** 共 共 共

《隸釋》錄漢石經尚書殘碑〈無逸〉「惟正之供」作「維共」，《後漢書‧郅惲傳》所引「供」字亦作「共」，敦煌本 P3767、P2748、P3871、九條本、《書古文訓》亦皆作「共」共 共 共，「共」爲「供」字初文。

【傳鈔古文《尚書》「供」字構形異同表】

供	戰國楚簡	石經	敦煌本	岩崎本	神田本b	九條本b	島田本b	內野本	上圖（元）	觀智院b	天理本	足利本	占梓堂b	上圖本（影）	上圖本（八）	古文尚書晁刻	書古文訓	尚書篇目
惟恭奉幣用供王能祈天永命							共										共	召誥
以庶邦惟正之供			共 P3767 共 P2748														共	無逸
以萬民惟正之供 *《隸釋》惟正之供作維共		共 隸釋	共 P2748														共	無逸

甲戌我惟築無敢不供		芣 P3871	芣						共	費誓

無逸	戰國楚簡	漢石經	魏石經	敦煌本 P2748	敦煌本 P3767	岩崎本	神田本	九條本	島田本	內野本	上圖本（元）	觀智院	天理本	古梓堂	足利本	上圖本（影）	上圖本（八）	晁刻古文尚書	書古文訓	唐石經

文王受命惟中身厥享國五十年

無逸	戰國楚簡	漢石經	魏石經	敦煌本 P2748	敦煌本 P3767	岩崎本	神田本	九條本	島田本	內野本	上圖本（元）	觀智院	天理本	古梓堂	足利本	上圖本（影）	上圖本（八）	晁刻古文尚書	書古文訓	唐石經
文王受命惟中身厥享國五十年				文王受命惟中身會弍又十年	文王受命惟中身會弍又十季					文王受命惟中身辛會弍又十季					文王受命惟中身厥享國五十季	文王受命惟中身厥享國五十季	文王受命惟中身弍會弍又十季	文王受命惟中身弓亯弍五十季		

周公曰嗚呼繼自今嗣王

無逸	戰國楚簡	漢石經	魏石經	敦煌本 P2748	敦煌本 P3767	岩崎本	神田本	九條本	島田本	內野本	上圖本（元）	觀智院	天理本	古梓堂	足利本	上圖本（影）	上圖本（八）	晁刻古文尚書	書古文訓	唐石經
周公曰嗚呼繼自今嗣王				周公曰烏虖繼自今尋王	周公曰烏虖繼自今尋王					周公曰烏虖繼自今尋王					周公曰嗚呼繼自今嗣王	周公曰嗚呼繼自今嗣王	周公曰鳥虖繼自今尋王	周公曰繼虖繼自今尋王		

1298、繼

「繼」字在傳鈔古文《尚書》有下列不同字形：

（1）継：継継1継2

敦煌本 P2748、P2630、九條本、內野本、足利本、上圖本（影）、上圖本（八）「繼」字作継継1，「継」爲俗字，「米」爲省略符號；上圖本（影）作継2，「└」訛作「辶」。

（2）㡀1㡀2

《書古文訓》〈無逸〉「繼自今嗣王」「繼」字作㡀1，合於《說文》「繼」字下云「一曰反㡀爲繼」，小徐本、段注本作「或作㡀，反㡀爲繼」，㡀爲「絕」字古文，然楚簡迯郭店老子甲 1迯郭店老子乙 49 等亦爲「絕」字，㡀1當原亦「絕」字，漢代則用㡀「反㡀爲繼」，如《說文》、《隸釋》〈帝堯碑〉「繼」字作㡀帝堯碑「△擬前緒」謂「㡀即繼」。內野本「繼」字作㡀2，與九條本、內野本「絕」字或作㡀同形（參見"絕"字）。

（3）繼1繼2

九條本「繼」字作繼1，右形與「絕」字或作㡀變作㡀同形；敦煌 P3767 作繼2，右下「一」變作「灬」。

【傳鈔古文《尚書》「繼」字構形異同表】

繼	戰國楚簡	石經	敦煌本	岩崎本	神田本b	九條本	島田本b	內野本	上圖（元）	觀智院b	天理本	古梓堂b	足利本	上圖本（影）	上圖本（八）	古文尚書晁刻	書古文訓	尚書篇目
繼爾居			継 P2748					㡀					継	継	継			多士
繼自今嗣王			繼 P3767 継 P2748					㡀					継	継	継		㡀	無逸
繼自今我其立政			継 P2630			継		継					継	継継				立政
繼自今立政						繼		継					継	継	継			立政
嗚呼繼自今後王立政						繼		継					継	継	継			立政

版本	則其無淫于觀于逸于遊于田	以萬民惟正之供無皇曰
唐石經	則其無淫于觀于逸于遊于田	以萬民惟正之供無皇曰
書古文訓	則亓亡淫亏觀亏逸亏遊亏田	吕万民惟正业共亡皇曰
晁刻古文尚書	則亓亡至亏觀亏佾亏逰欧	吕万民惟正业共亡皇曰
上圖本（八）	則亓亡淫亏觀亏逸亏遊亏田	吕万民惟正业供亡皇田
上圖本（影）	則其無淫于觀于逸于遊于田	以万民惟正之供無皇曰
足利本	則其無淫于觀于逸于遊于田	以民惟正之供無皇曰
古梓堂		
天理本		
觀智院		
上圖本（元）		
內野本	則亓亡淫亏觀亏逸亏遊亏田	吕万区惟正业供已皇曰
島田本		吕万区惟正业供已皇曰
九條本		
神田本		
岩崎本		
敦煌本 P3767	則亓亡淫于觀于逸于遊于田	吕万民惟正之共之皇曰
敦煌本 P2748	則其亡淫于觀于逸于遊于田	以万民惟正之共三皇曰
魏石經		
漢石經	酒淫作 毋勅礼作于遊田	維共無淫以萬民惟正之供 毋兄礼作曰
戰國楚簡		
無逸	則其無淫于觀于逸于遊于田	以萬民惟正之供無皇曰

今日耽樂乃非民攸訓　非天攸若時人丕則有愆

今日耽樂乃非民攸訓	今日 下缺	了鹿乃非民攸訓	今日湛樂乃非民攸訓	今日湛樂乃非民攸訓				今日耽樂乃非民攸訓			今日耽樂乃非民攸訓	今日耽樂乃非民攸訓	今日耽樂乃非民攸訓	今日湛樂尃非民攸訓	今日耽樂乃非民攸訓
非天攸若時人丕則有愆		非天攸若眚人丕則有愆	非天攸若時人丕則有愆	非天攸若眚人丕則有愆				非天攸若眚人丕則ナ愆			非天攸若眚人丕則有愆	非天攸若眚人丕則有愆	非天攸若眚人丕則有愆	非天尃若眚人丕則ナ愆	非天攸若時人丕則有愆

無若殷王受之迷亂酗于酒德哉｜曰嗚呼我聞曰古之人

亡若殷王㝡出烋嗣酗亏酒惠哉

亡㝡殷王受出迷樂酗亏酒惠才

无若殷王烈之迷亂酗于酒德哉

殷王受之迷亂酗于酒德哉

亡若殷王受出迷辜酗亏酒惠才

亡若殷王受之迷辜酗于酒德才

三若殷王受之迷辜酗于酒德才

無若殷王受之迷亂酗于酒德哉

周公曰繇庫戴耆曰古出人

周公曰鳥摩我耆曰古出人

周公曰嗚呼我閲曰古之人

周公曰嗚呼我閲曰古之人

周公曰烏摩我舂曰古出人

周公曰烏摩我聞曰古之人

周公曰烏摩我聞曰古之人

周公曰嗚呼我聞曰古之人

猶胥訓告胥保惠胥教誨								
猶胥訓告胥保惠胥教誨		猷胥訓誨告胥保惠胥教誨	猷胥訓告胥保惠胥教誨			猷胥胥告胥保惠胥教誨		猷胥訓告胥保惠胥教誨	絲胥誓告胥采惠胥教每告
民無或胥譸張爲幻		民亡或胥嚋張爲幻	民亡或胥嚋後爲幻			民亡或胥嚋張爲幻		民無或胥譸張爲幻	民無或胥嚋張爲

1299、譸

「無或胥譸張爲幻」《說文》言部「譸」字、予部「幻」字下引作「〈周書〉曰『無或譸張爲幻』」,《釋文》云:「譸,馬本作『輈』,《爾雅》及《詩》作『侜』同。」,《玉篇》口部「嚋」字「張狂也」,《集韻》平聲四 18 尤韻「譸」或作「嚋」,古作「嘷」,「嘷」即「嚋」字之隸古形。譸、嚋、輈、侜、侜音近通假,如《後漢書・皇后紀》「汝今輈張怙汝兄」作「輈張」,揚雄〈國三老箴〉「姦寇侜張」李善注:「『輈』與『侜』古字通」《說文》段注云:「《毛詩》作『侜張』,他書或作『侜張』,或作『輈張』,皆本無正字,以雙聲爲形容語。

「譸」字在傳鈔古文《尚書》有下列不同字形:

(1) 嘷四 2.24 嘷六 145 嚋.汗 1.6 嘷1 嘷2 嘷3 喳喳4 嗋5

《古文四聲韻》、《訂正六書通》錄《古尚書》「譸」字作:嘷四 2.24 嘷六 145,《汗簡》錄此形注爲「嚋」字嚋.汗 1.6,《箋正》謂「郭原注『譸』,今寫誤」,其右形與金文「壽」字作 ☖ 豆閉簋 ☖ 縣改簋 ☖ 陳伯元匜 ☖ 褒鼎 ☖ 曾伯陭壺 ☖ 王子申盞盂 ☖ 郘公鼎魏三體石經〈君奭〉古文作☖類同。

《書古文訓》「譸」字或作嘷1,右形爲☖魏三體之隸古形,與傳抄古尚書「譸」字同形,或變作嘷2;內野本作嘷3,右形爲「壽」字篆文作☖之隸變,源自金文作 ☖ 蔡大師鼎 ☖ 師鄂父鼎 ☖ 頌簋 ☖ 追簋 ☖ 子璋鐘 ☖ 秦公鎛,敦煌本 P2748、P3767 或隸變作喳喳4(參見"壽"字),敦煌本 P3767 或作嗋5,右形訛與「耆」字混同。

(2) 蕭

上圖本(八)「譸」字作蕭,乃以「壽」字爲「譸」。

【傳鈔古文《尚書》「譸」字構形異同表】

譸	傳抄古尚書文字 嚋.汗 1.6 嘷四 2.24 嘷六 145	戰國楚簡	石經	敦煌本	岩崎本b 神田本b 九條本b 島田本b	內野本	上圖(元)	觀智院b 天理本b 古梓堂b	足利本	上圖本(影)	上圖本(八)	古文尚書晁刻	書古文訓	尚書篇目
	民無或胥譸張爲幻			喳 P3767 喳 P2748		嘷					譸譸	蕭	嘷	無逸

人乃或譖張爲幻		P3767 P2748					譸 喬	嚔	無逸

1300、幻

「幻」字在傳鈔古文《尚書》有下列不同字形：

（1）汗2.19四4.221

《汗簡》、《古文四聲韻》錄《古尚書》「幻」字作：汗2.19四4.22，金文作孟父渃簋孟渃父簋，古璽作璽彙2925璽彙0391，亦省作璽彙1969璽彙0748，《說文》篆文作，與汗2.19形類同，四4.22當是璽彙1969璽彙0748之訛變。《書古文訓》「幻」字作，爲璽彙1969之古文字形。

（2）

內野本「幻」字或作，右形多一筆變作「刀」，與「幼」字混近。

（3）12

敦煌本P2748「幻」字作1，左形混作「糸」；敦煌本P3767作2，復右形混作「刀」。

【傳鈔古文《尚書》「幻」字構形異同表】

傳抄古尚書文字 幻 汗2.19 四4.22	戰國楚簡	石經	敦煌本	岩崎本	神田本b	九條本b	島田本b	內野本	上圖（元）	觀智院b	天理本b	古梓堂b	足利本	上圖本（影）	上圖本（八）	古文尚書晁刻	書古文訓	尚書篇目
民無或胥譸張爲幻			P3767 P2748															無逸
人乃或譸張爲幻			P3767 P2748															無逸

版本	此厥不聽人乃訓之乃變亂先王之正刑	至于小大民否則厥心違怨
唐石經	此厥不聽人乃訓之乃變亂先王之正刑	于小大民否則厥心違怨
書古文訓	此年弗聽人喜譽出專變亂先王出正刑	皇于小大民亞則年心莫命
晁刻古文尚書		
上圖本（八）	此其弗聽人乃嘗出乃彰亂先王出正刑	至于小大民否則我心違怨
上圖本（影）	此厥不聽人乃訓之乃變乱先王之正刑	至于小大民否則厥心違怨
足利本	此厥不聽人乃訓之乃变先王之正刑	至于小大民否則厥心違怨
古梓堂		
天理本		
觀智院		
上圖本（元）		
內野本	此本弗聽人乃迺嘗出迺彰亂先王出正刑	至于小大民否則本心違怨
島田本		
九條本		
神田本		
岩崎本		
敦煌本 P3767	此牛弗聽人乃嘗之乃癸舉先王之正刑	至于小大民否則身心專怨
敦煌本 P2748	此厥弗聽人乃訓出乃變寧先王之正刑	至于小大民否則厥心韋怨
魏石經	厥不聽人乃訓變有之乃亂正刑先王之	至于下缺
漢石經		
戰國楚簡		
無逸	此厥不聽人乃訓之乃變亂先王之正刑	至于小大民否則厥心違怨

否則厥口詛祝		否則厥口禋祝	川母口禛祝				否則本口詛祝	否則厥口詛祝	否則武口詛祝　否則厥口詛祝	否則武口禋祝　否則厥口詛祝

1301、詛

「詛」字在傳鈔古文《尚書》有下列不同字形：

（1）禮汗 1.3 禮1 禛2 禮3 禮4

《汗簡》錄《古尚書》「詛」字作：禮汗 1.3，从古文「示」字，右上爲「虍」之變，《書古文訓》〈呂刑〉「以覆詛盟」「詛」字作禮1，即此形之隸定，敦煌本 P3767 作禛2，右上从「虍」之隸變俗寫；《書古文訓》或作禮3，內野本或作禮4，右下「且」訛作「且」，上圖本（八）「詛」字旁注禮，與此相類；岩崎本或作禮，偏旁「示」字訛作「木」，「虍」訛似「雨」，其右爲「虘」之訛。諸形皆爲「禮」，爲「詛」字聲符更替之異體。

偏旁「且」、「晨」、「虘」古可互作，如「組」字作 　　虢季氏子組簠，又作 　　仰天湖 25.24，「祖」字漢碑或作禮司空宗俱碑「△父司隸校尉」禮孔遷碣「△述家業」，《隸辨》謂「孝女曹娥碑『其先與周同禮』亦以『禮』爲『祖』，蓋有自來」，楚簡「祖」字从「虘」作 　　包山 241 　　望山.卜，或从「虘」作禮天星觀.卜，即隸定作「禮」「禮」字。《漢書‧五行志》「劉屈氂復坐祝禮要斬」，顏注云：「禮，古詛字」，《玉篇》「禮」與「詛」同，《集韻》去聲七9御韻「詛」字古作「禮」，《汗簡箋正》云：「《說文繫傳》本示部有『禮』字，訓祝，與言部『詛』訓詶者是一字，『祝』『詶』古通用」，又《一切經音義》稱「《說文》詛，古文禮同」，知古有假「禮」（祖）爲「詛」字[註370]。

〔註370〕黃錫全以爲「禮」爲「詛」字古文：「《說文》詛下原當有古文禮，鄭珍列入《說文逸字》」。參見黃錫全，《汗簡注釋》，武漢：武漢大學出版社，1993，頁 67。

【傳鈔古文《尚書》「詛」字構形異同表】

尚書篇目	書古文訓	古文尚書晁刻	上圖本（八）	上圖本（影）	足利本	古梓堂 b	天理本	觀智院 b	上圖（元）	內野本	島田本 b	九條本	神田本 b	岩崎本	敦煌本	石經	戰國楚簡	傳抄古尚書文字　詛　禮 汗 1.3
無逸	禮														稹 P3767　禮 P2748			否則厥口詛祝
呂刑	禮		禮									禮						以覆詛盟

唐石經	書古文訓	晁刻古文尚書	上圖本（八）	上圖本（影）	足利本	古梓堂	天理本	觀智院	上圖本（元）	內野本	島田本	九條本	神田本	岩崎本	敦煌本 P2748 P3767	魏石經	漢石經	戰國楚簡	無逸
周公曰嗚呼自殷王中宗及高宗及祖甲及我周文王	周公曰繇虖自殷王中宗及高宗命及我周亥王	周公曰嗚呼自殷王中宗及高宗下及祖甲及我周亥王	周本曰嗚呼自殷王及中宗及高宗下及祖甲及我周文王	周公四烏呼自殷王中宗及高宗下及祖甲及我周文王	周公曰嗚呼自殷王及中宗及高宗下及祖甲及我周文王				周公曰烏虖自殷王中宗及高宗下及祖甲及我周亥王						周公曰烏虖自殷王中宗及高宗下及祖甲及我周亥王	周宗丁異及高宗眔弼宗丁異及祖祖乃佌乃日			周公曰嗚呼自殷王中宗及高宗及祖甲及我周文王

| 茲四人迪哲厥或告之日 | | 茲三人迪悊身或告之日 | 茲四人迪悊厥或告之日 | | | 茲三人迪哲本或告出日 | | | 茲四人迪哲厥或告之日 | 茲四人迪悊厥或告出日 | 絲三人迪嚞身或告出日 | 茲四人迪哲厥或告之日 |
| 小人怨汝詈汝則皇自敬德 | 則兄自乳作敬德 | 小人怨女詈女則皇自撲敬德 | 小人怨女詈女則皇自敬德 | | | 小人怨女詈女則皇自敬德 | | | 小人怨汝詈汝則皇自敬德 | 小人怨汝詈女則皇自敬德 | 小人怨女詈女則皇自敬德 | 小人怨汝詈汝則皇自敬德 |

1302、詈

「詈」字在傳鈔古文《尚書》有下列不同字形：

（1）魏三體

魏三體石經〈無逸〉「詈」字古文作，⺆為「网」之訛變。

【傳鈔古文《尚書》「詈」字構形異同表】

詈	戰國楚簡	石經	敦煌本	岩崎本	神田本b	九條本b	島田本b	內野本	上圖（元）	觀智院b	天理本	古梓堂b	足利本	上圖本（影）	上圖本（八）	古文尚書晁刻	書古文訓	尚書篇目
小人怨汝詈汝則皇自敬德		魏															詈	無逸
小人怨汝詈汝則信之		魏															詈	無逸

無逸	戰國楚簡	漢石經	魏石經	敦煌本 P2748	敦煌本 P3767	岩崎本	神田本	九條本	島田本	內野本	上圖本（元）	觀智院	天理本	古梓堂	足利本	上圖本（影）	上圖本（八）	晁刻古文尚書	書古文訓	唐石經
厥愆曰朕之愆允若時不啻不敢含怒			厥愆曰朕之愆允若時弗啻弗敢合怒	厥愆曰朕之愆允若時弗啻弗敢合怒	斗愆曰朕之愆允若肯弗啻弗敢含怒				卞愆曰皲生愆允若肯弗啻弗敢含怒						厥行曰朕之愆允若眡不啻不敢含怒	厥愆曰朕之愆允若眡不啻不敢含怒	式愆曰皲出愆允若肯弗啻弗敢含怒	斗愆曰朕出愆允若肯弜啻弜敢函怒		厥愆曰朕之愆允若時不啻不敢含怒

1303、嗇

「嗇」字在傳鈔古文《尚書》有下列不同字形：

（1）[魏三體]

魏三體石經〈無逸〉「嗇」字古文作[　]，上從古文「帝」[　]之訛變。

【傳鈔古文《尚書》「嗇」字構形異同表】

嗇	戰國楚簡	石經	敦煌本	岩崎本	神田本 b	九條本 b	島田本 b	內野本	上圖本（元）	觀智院 b	天理本	古梓堂 b	足利本	上圖本（影）	上圖本（八）	古文尚書晁刻	書古文訓	尚書篇目
不嗇不敢含怒		〔嗇〕魏																無逸

無逸	戰國楚簡	漢石經	魏石經	敦煌本 P2748	敦煌本 P3767	岩崎本	神田本	九條本	島田本	內野本	上圖本（元）	觀智院	天理本	古梓堂	足利本	上圖本（影）	上圖本（八）	晁刻古文尚書	書古文訓	唐石經
此厥不聽人乃或譸張爲幻曰			〔魏石經〕	此厥弗聽人乃或嘘張爲幻曰	此身弗聽人乃或嘻張爲幻曰					此卑帠聽人乃或嘻張爲幻曰	此厥不聽人乃或譸張爲幻曰				此厥不聽人乃或譸張爲幻曰	此厥不聽人乃或譸張爲幻曰	此我弗聽人乃或譸張爲幻曰	此身弜聽人乃或嘻張爲幻曰	此厥不聽人乃或譸張爲幻曰	此厥不聽人乃或譸張爲幻曰
小人怨汝詈汝則信之則若時			〔漢石經〕	小人怨女詈女則信之則若時	小人怨女詈女則信之則若時					小人怨女詈女則信之則若時	小人怨汝詈汝則信之則若時				小人怨汝詈汝則信之則若時	小人怨女詈女則信之則若時	小人怨女詈女則信之則若時	小人怨女詈女則信之則若時	小人怨汝詈汝則信之則若時	小人怨汝詈汝則信之則若時

（上半頁為各本「不永念厥辟不寬綽厥心亂罰無罪」字形比對欄，自右至左：）

不永念厥辟不寬綽厥心亂罰無罪

弗永念厥侯弗寬綽厥心亂罰亡辠

弗永念厥侯弗寬綽厥心亂罰三辠

弗永念厥侯弗寬綽本心亂罰三辠

不永念厥辟不寬綽厥心亂罰無罪

弗訊念式群弗寬綽厥心亂罰無罪

勁力念厥侯弗寬綽厥心亂罰亡辠

不永念厥辟不寬綽厥心亂罰無罪

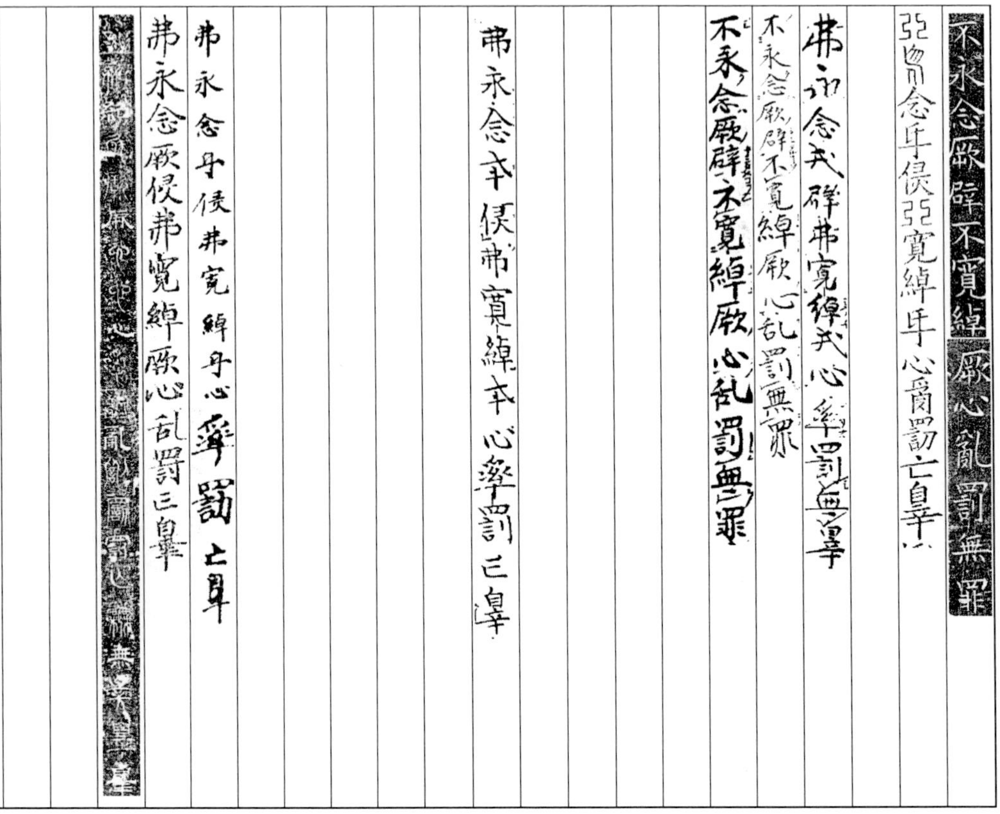

1304、綽

「綽」字在傳鈔古文《尚書》有下列不同字形：

（1）[古文字形]魏三體

〈無逸〉「不寬綽厥心」魏三體石經「綽」字三體皆作「紹」字，古文作[古文字形]，與《說文》糸部「紹」字古文从「邵」作[古文字形]同形。

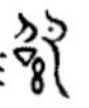

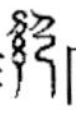

【傳鈔古文《尚書》「綽」字構形異同表】

綽	戰國楚簡	石經	敦煌本	岩崎本	神田本b	九條本	島田本b	內野本	上圖（元）	觀智院b	天理本	古梓堂b	足利本	上圖本（影）	上圖本（八）	古文尚書晁刻	書古文訓	尚書篇目
不寬綽厥心		 [古文字形]魏	綽 P3767											綽	綽			無逸

唐石經	書古文訓	晁刻古文尚書	上圖本（八）	上圖本（影）	足利本	古梓堂	天理本	觀智院	上圖本（元）	內野本	島田本	九條本	神田本	岩崎本	敦煌本 P3767	敦煌本 P2748	魏石經	漢石經	戰國楚簡	無逸
殺無辜怨有同是叢于厥身	懨亡辜怨大同是叢亐耳身		殺亡辜怨有同皆叢亐戎身	殺亡辜怨有同是兼亐厥身	殺亡辜怨有同是兼于厥身					殺已辜怨大同是叢亐卒身						殺已辜怨大同是叢于卒身	殺無辜怨有同是叢于厥身				殺無辜怨有同是叢于厥身
周公曰嗚呼嗣王其監于茲	周公曰嗚呼嗣王其監于茲		周公曰嗚呼嗣王其監於茲	周公曰嗚呼嗣王其監于茲	周公曰嗚呼嗣王其監于茲					周公曰嗚呼嗣王其監于茲						周公曰嗚呼嗣王其監于茲	周公曰嗚呼嗣王其監于茲				周公曰嗚呼嗣王其監于茲

四十四、君　奭

君奭	郭店楚簡	上博楚簡	漢石經	魏石經	敦煌本 P2748	岩崎本	神田本	九條本	島田本	內野本	上圖本（元）	觀智院	天理本	古梓堂	足利本	上圖本（影）	上圖本（八）	晁刻古文尚書	書古文訓	唐石經
召公為保周公為師相成王為左右					召公為保周公為師相成王為左右					召公為保周公為師相成王為左右					召公為俘周公為師相成王為左右	召公為保周公為師相成王為尼右	召公為保周公為師相成王為右	召公為采周公為師眯咸王為左右	召公為保周公為師相成王為左右	召公為保周公為師相成王為左右
召公不說周公作君奭					召公弗說周公作君奭					召公弗說周公作君奭					召公不說周公作君奭	召公不說周公作君奭	召公弗說周公作君奭	召公弱悅周公作君奭	召公不說周公作君奭	召公弗悅周公作君奭

周公若曰君奭弗弔				周公若曰君奭弗弔					周公若曰君奭弗弔				周公若曰君奭弗弔			周公若曰君奭弗弔	周公若曰君奭亞弔	周公若曰君奭弗弔

1305、奭

「奭」字在傳鈔古文《尚書》有下列不同字形：

（1）　[奭]汗 2.17 [奭]四 5.26

《汗簡》、《古文四聲韻》錄《古尚書》「奭」字作：[奭]汗 **2.17**[奭]四 **5.26**，與《說文》篆文作[奭]同形，古文作[奭]，上博〈緇衣〉簡18、郭店〈緇衣〉簡36、37引〈君奭〉句〔註371〕「奭」字作[奭]**上博 1 緇衣 18**[奭]**郭店緇衣 36**，戰國古璽、古

〔註371〕上博〈緇衣〉18「〈君奭〉員：『□□□□□□□□□□□，集大命於氏（是）身。』」
　　　　郭店〈緇衣〉36、37「〈君奭〉員：『昔才上帝戡（割）紳觀文王德，其集大命於坙身。』」
　　　　今本〈緇衣〉「〈君奭〉云：『昔在上帝周田觀文王之德，其集大命於厥躬。』」
　　　　今本〈君奭〉云：「在昔上帝割申勸寧王之德，其集大命于厥躬。」

陶作墅彙 2680 陶彙 4.26。

（2）魏三體

魏三體石經〈君奭〉「奭」字古文作，與郭店楚簡〈成之聞之〉簡 22、29 引〈君奭〉句〔註372〕「奭」字作郭店.成之 22郭店.成之 29 同形。

（3）魏三體奭₁奭₂奭₃奭₄奭₅

魏三體石經〈君奭〉「奭」字篆隸二體作，內野本、足利本、上圖本（影）「奭」字或作奭₁，與此同形；《書古文訓》作奭₂，其上變作「宀」；上圖本（八）作奭₃，所從「百」變作「日」；敦煌本 P2748 訛變作奭₄，「百」變作「日」；九條本訛變作奭₅，復其下「大」形訛作「火」。

【傳鈔古文《尚書》「奭」字構形異同表】

傳抄古尚書文字 奭 汗 2.17 四 5.26	戰國楚簡	石經	敦煌本	岩崎本 神田本b	九條本 島田本b	內野本 上圖（元）	觀智院b 天理本 古梓堂b	足利本	上圖本（影）	上圖本（八）	古文尚書晁刻	書古文訓	尚書篇目
召公不說周公作君奭			奭 P2748			奭		奭	奭	奭		奭	君奭
周公若曰君奭弗弔	魏		奭 P2748			奭		奭	奭	奭		奭	君奭
公曰君奭我聞在昔成湯既受命			魏三體.敦煌本 P2748 少奭字			奭		奭	奭			奭	君奭
公曰君奭天壽平格	魏		奭 P2748			奭		奭	奭	奭		奭	君奭
公曰君奭在昔上帝割申勸寧王之德	魏		敦煌本 P2748 少奭字			奭		奭	奭	奭		奭	君奭
若游大川予往暨汝奭			奭 P2748		奭	奭		奭	奭	奭		奭	君奭
保奭其汝克敬以予監于殷	魏		奭 P2748		奭				奭	奭		奭	君奭

〔註372〕郭店〈成之聞之〉簡 22：「〈君奭〉曰『唯於不䐓再惠』」今本〈君奭〉曰：「惟冒丕單稱德」

〈成之聞之〉簡 29：「〈君奭〉曰『襄我二人，毋又合才音』」今本〈君奭〉曰：「襄我二人，汝有合哉言」。

乃同召太保奭芮伯彤伯							 b		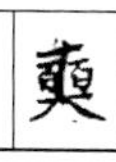				顧命

君奭	郭店楚簡	上博楚簡	漢石經	魏石經	敦煌本 P2748		岩崎本	神田本	九條本	島田本	內野本	上圖本（元）	觀智院	天理本	古梓堂	足利本	上圖本（影）	上圖本（八）	晁刻古文尚書	書古文訓	唐石經
天降喪于殷殷既墜厥命																				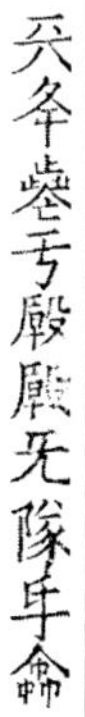	
我有周既受我不敢知曰				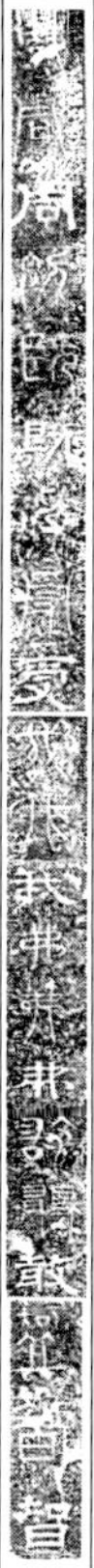																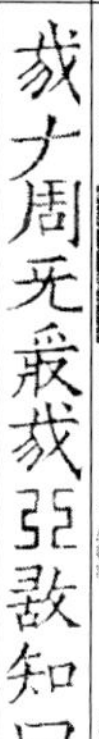	

厥基永孚于休若 我亦不敢知曰其終出于不祥											
厥基永孚于休若天棐忱			厥基永孚于休若天棐忱				厥基永孚于休若天棐忱	其基永孚于休若天棐忱	其基永孚于休若天棐忱	其基永孚于休若天棐忱	厥基永孚于休若天棐忱
我亦不敢知曰其終出于不祥	道經 作 出于不詳	孔作	我亦弗敢知曰其終出于弗祥				我亦弗敢知曰其基出于弗祥	我亦不敢知曰其終出于不祥	我亦不敢知曰其終出于弗祥	我亦弗敢知曰其終出于弗祥	我亦弗敢知曰其終出于弗祥

嗚呼君己曰時我我亦不敢寧于上帝命	於戲君呥曰時我		烏呼君巳時我亦弗敢寧于上帝命				嗚呼君巳曰時我々亦弗敢寧亏上帝命		嗚呼君巳曰眹我々亦不敢寧亏上帝命	烏虖君巳曰尚我；亦弗敢寧亏上帝命	惟虞商巳日昔我亥我亦弜敢寧亏上帝侖
弗永遠念天威越我民罔尤違			弗永遠念天畏尋我迟宅尤違				弗永遠念天畏異我迟宅尤違		不永遠念天威越我民周尤違	弗永遠念天畏異我迟宅尤違	弜图遽念天畏越我民宣尤冀

惟人在我後嗣子孫大弗克恭上下

惟人圣救後尋學孫大弜亭龔上丅

惟人在我後嗣子孫大弗克龔上下

惟人在我后嗣子孫大不克龔上下

惟人在我后嗣子孫大不克龔上下

惟人在我後尋子孫大弗克龔上丁

惟民在我後嗣子孫大弗克恭上下

惟人在我後嗣子孫大弗克恭上下

遏佚前人光在家不知

遏佚舞人茨圣家弜知

遏佚嗣舞人光在家弗知

佚嗣人光在家不知

遏佚前金在家家不知

遏佚前民光在家弗知

遏佚前人光在家不知

天命不易天難諶乃其墜命										
穴命弜易穴難諶忱卤弓亓隊命	天命不易天難諶乃其墜命	命弗易天難諶迺亓墜命	天命不易天難諶乃其墜命	天命不易天難諶乃其墜命		命弗易亢難諶迺亓墜命				天命弗易天難忱乃其墜命	天命不易天難諶乃其墜命

弗克經歷嗣前人恭明德										
亞卢經歷嗣前人龏其明惪	弗克經歷嬰享舛人龏明惪	不克經歷嗣前人重其明德	不克經歷嗣前人童其明德		弗克經歷享舛人龏明惪				弗克經歷嗣前人恭明德	弗克經歷嗣前人恭明德

在今予小子旦非克有正								
圣今予小學旦非戸大正	在今予小孑旦非克有正	在今予小子旦非克有正	在今予小子旦非克有正		在今亭小子旦非克宍正		在今予小子旦非克有正	在今予小子旦非克有正
迪惟前人光施于我沖子								
迪惟舜人英仓亏敦沖学	迪惟前人光施亏我沖子	迪惟前人光施于我沖子	迪惟前人光施于我沖子		迪惟舛人光施亏我沖子		迪惟前民光施于我沖子	迪惟前人光施于我沖子

又曰天不可信我道惟寍王惪延　　天不庸釋于文王受命

又曰天不可信我道惟寍王惪延　　天不庸釋于文王受命

又曰天弜可伐我道衞惟寍王惪延　　吴弜庸釋亐亥王受命

又曰天弗可伝我道惟寍王惪延　　天弗庸釈亐文王受命

又曰天不可信我道惟寍王惪延　　天不庸釈于文王受命

文曰天弗可𢓨我道惟寍王甚延　　无弗庸釋亐亥王受命

又曰天不可信我道惟寧王德延　　天弗庸釋于文王受命

又曰天不可信我道惟寧王德延　　天不庸釋于文王受命

公曰君奭我聞在昔成湯既受命

公曰商奭戕聲至答成湯无虬命

公曰君奭我聞在昔成湯既受命

公曰我聲在簪戒湯无受命

公曰君奭我闾在昔成湯既受命取

公曰君奭我侵在昔成湯既受令

公曰君奭我侵在答成湯无受命

公曰君奭我聞在昔成湯既受命

公曰君奭我聞在昔成湯既受命

時則有若伊尹格于皇天			旹則有若伊尹格于皇元	旹則ナ若伊尹格于皇元			旹則ナ若伊尹格亏皇兎			旹則ナ若伊尹格于皇天	旹則ナ若伊尹格亏皇天	旹則ナ若伊尹格亏皇夨	旹則ナ若勘尹哉亏皇夨	時則有若伊尹格于皇天
在太甲時則有若保衡			在太甲時則有若保衡	在太甲旹則ナ若保衡			在大甲旹ナ若保眞			在太甲昤則ナ若保衛	大甲旹則ナ若保貞	在太甲旹則ナ若保衛	圣大甬旹則ナ㫚采奭	在太甲時則有若保衡

在大戊時則有若伊陟臣扈					在大戊時則有若伊陟臣扈			在大戊時則有若伊陟臣扈			在大戊時則有若伊陟臣扈	在太戊耿則有若伊陟臣扈	在太戊曽則ナ若伊陟臣扈	圣大戊曽則ナ若勑徵呂屼	在大戊時則有若伊陟臣扈
格于上帝巫咸乂王家					格于上帝巫咸乂王家			格于上帝巫咸乂王家			格亐上帝巫咸乂王家	格于上帝巫咸乂王家	格亐上帝巫咸乂王家	咸亐上帝夑咸乂王家	格于上帝巫咸乂王家

在祖乙時則有若巫賢			在祖乙時則有若望賢				在祖乙眚則ナ若巫賢			在祖乙眎則有若巫賢	在祖乙眚則有若巫賢	在祖乙眚則ナ若粟賢	圣祖乙眚則ナ若粟賢
在武丁時則有若甘盤			在武丁時則有若甘盤				在武丁眚則ナ若甘盤			在武丁眎則有若甘盤	在武丁眚則有若甘盤	在武丁眚則ナ若甘盤	圣武丁眚則ナ若甘般

率惟茲有陳保乂有殷				率惟茲有陳保乂有殷			
率惟茲有陳保乂有殷		率惟茲有陳保乂有毅		惟茲ナ敕保乂大殷	率惟茲有陳保乂有殷	率惟茲ナ陣保乂有𤔔	率惟茲ナ敕保乂ナ發	衞惟丝ナ敕桑乂ナ𤔔
故殷禮陟配天多歷年所				故殷禮陟配天多歷年所			
故殷禮陟配天多歷年所		故陟配天多歷年所		故殷乱陟配𢍰多歷秊所	故殷礼陟配天多歷年所	故殷礼陟配天多歷秊所	故殷礼陟配天多歷秊所	故殷乱𨒈配𢍰多厤秊所

天惟純佑命則商實百姓			天惟純右命則商實百姓	天惟純右命則商實百姓				旲惟純右命則商實百姓			天惟純佑命則商実百姓	天惟純佑命則商実百姓	天惟純右則商寶百姓	旲惟醇右侖則商定百姓

王人罔不秉德明恤小臣屏侯甸

王人周弗秉德明恤小臣屏侯甸

王人宅丕東喜明恤 小臣屏侯甸

王人周不秉德明恤 小臣屏侯甸

王人宅丕康喜明恤 小臣屏族甸

王人周不秉德明恤 小臣屏侯甸

王人宅丕秉惪罔邲 小臣屏医甸

王人罔不秉德明恤小臣屏侯甸

矧咸奔走惟茲惟德稱用乂厥辟

矧咸奔走惟茲惟惠疇用乂年侵

矧咸奔走惟茲惟德稱用乂厥辟

矧咸奔走惟茲惟德稱用乂厥辟

教咸奔走惟茲惟惠疇用乂年侵

教咸奔走惟茲惟惠疇用乂年侵

教咸奔走惟茲惟德稱用乂敓辟

矧咸奔走惟茲惟德稱用乂厥辟

故一人有事于四方若卜筮罔不是孚

故弌人ナ事亐三匹若卜筮宅弜昰孚

故弌人事亐三方若卜筮宅弗昰孚

故一人有事于四方若卜筮罔不是孚

故一人有事于四方若卜筮罔不是孚

故弌人事亐三方若卜筮宅弗是孚

故有民事于四方若方卜筮囚弗是孚

故一人有事于四方若卜筮罔不是孚

公曰君奭天壽平格保乂有殷

公曰商奭兲齒圖桑㦳桑乂大殷

公曰羅奭夭壽平旅保乂有殷

公曰君奭天壽平格保乂一殷

公曰君奭天昌平格保乂一殷

公曰君奭夭壽平捡保乂大殷

公曰君奭天壽平格保乂有殷

公曰君奭天壽平格保乂有殷

有殷嗣天滅威今汝永念									
有殷嗣天滅威今汝永念		有殷嗣天滅威今汝永念				:. 享死滅農今女永念		:.. 享天滅威今女永念	大殷享咊威豊今女䀠念

黑底標題：有殷嗣天滅威今汝永念

第一欄（由右至左）：
- 大殷享咊威豊今女䀠念
- 享天滅威今女永念 (:..)
- 嗣天滅威今女永念
- 嗣天滅威令女永念
- 享死滅農今女永念 (:.)
- 有殷嗣天滅威今汝永念
- 有殷嗣天滅威今汝永念

黑底標題：則有固命厥亂明我新造邦

第二欄：
- 剗大固命年爵明我新膴畫
- 剗大固命年爵爾我新造邦
- 則有固余其亂明我新造邦
- 則有固余其亂明我新造邦
- 則大固命年爭明我新造邦
- 剗有固命厥亂明我新造邦
- 則有固命厥亂明我新造邦

黑底標題：公曰君奭在昔上帝割申勸寧王之德

第三欄：
- 公曰兩奭聖督上帝創申勸靈王出惠
- 公曰君奭之管十帝割申勸靈王出惠
- 公曰君奭在昔上帝割申勸寧王之㤅
- 公曰君奭在昔上帝剞申勸寧王之德
- 公曰君奭在昔上帝割申勸寧王出直
- 公曰君奭在昔上帝剞申勸寧王德
- 公曰君奭在昔上帝割申勸寧王之德
- 公曰君奭在昔上帝割申勸寧王之德

其集大命于厥躬惟文王尚克修和我有夏

亦惟有若虢叔有若閎夭

1306、虢

「虢」字在傳鈔古文《尚書》有下列不同字形：

（1）虢虢₁舿₂

「虢」字金文作 虢弔盂 虢弔尊 頌簋 頌壺 虢季子白盤 虢文公鼎，足利本、上圖本（影）、《書古文訓》作 虢虢₁，左下訛作「亏」，敦煌本 P2748 作 舿₂，「寸」訛作「丂」，右從「虎」字隸變俗寫。

【傳鈔古文《尚書》「虢」字構形異同表】

虢	戰國楚簡	石經	敦煌本	岩崎本b / 神田本b / 九條本 / 島田本b	內野本	上圖本（元）	觀智院b / 天理本	古梓堂b	足利本	上圖本（影）	上圖本（八）	古文尚書晁刻	書古文訓	尚書篇目
亦惟有若虢叔			虥 P2748		虢				虢	虢	虢		虢	君奭

君奭	郭店楚簡	上博楚簡	漢石經	魏石經	敦煌本 P2748	岩崎本	神田本	九條本	島田本	內野本	上圖本（元）	觀智院	天理本	古梓堂	足利本	上圖本（影）	上圖本（八）	晁刻古文尚書	書古文訓	唐石經
有若散宜生有若泰顛					有若散宜生有若泰顛					有若散宜生又若泰顛					有若散宜生有若泰顛	有若散宜生有若泰顛	有若散宜生又若泰顛		有若散宜生又若泰顛	有若散宜生有若泰顛
有若南宮括又曰無能往來					有若南宮括又曰無能往來					又若南宮括又曰无能進來					有若南宮括又曰无能往來	有若南宮括又曰无能往來	又若南宮括又曰无能進來		又若南宮括又曰亡能進來	有若南宮括又曰無能往來

茲迪彝教文王蔑德降于國人		茲迪彝教文王蔑德降于國民	茲迪彝效文王蔑惪降亏哉人	茲迪彝教文王蔑德降亏哉人	茲迪尋教文王蔑德降于国人	茲迪彝教文王蔑德降于國人

1307、蔑

「蔑」字在傳鈔古文《尚書》有下列不同字形：

（1）蔑汗 2.18 周書大傳 蔑.四 5.1 周書大傳 蔑1蔑2蘺3蔑4

「蔑」字《汗簡》錄周書大傳「蔑」字作：蔑汗 2.18 周書大傳，《古文四聲韻》錄周書大傳「蔑」字作蔑四 5.1 周書大傳，皆「莫」假借爲「蔑」字，《說文》首部「莫」字下引「〈周書〉曰『布重莫席』」今本〈顧命〉作「敷重篾席」，段注云：「今作『敷重蔑席』，『蔑』衛包又改爲『篾』，俗字也。『莫』者，『蔑』之假借字」（參見 "篾" 字）。

「蔑」字內野本作蔑1，所從「戍」少一畫訛作「戊」；足利本、上圖本（影）作蔑2，「蘺」爲「蔑」之俗字，敦煌本 P2748 少一畫訛作蘺3，上圖本（八）訛作蔑4。

【傳鈔古文《尚書》「蔑」字構形異同表】

蔑	戰國楚簡	石經	敦煌本	岩崎本	神田本b	九條本b	島田本b	內野本	上圖本（元）	觀智院b	天理本	古梓堂b	足利本	上圖本（影）	上圖本（八）	古文尚書晁刻	書古文訓	尚書篇目
文王蔑德降于國人			蘺 P2748					蔑						蔑	蔑	蔑			君奭

君奭	郭店楚簡	上博楚簡	漢石經	魏石經	敦煌本 P2748	岩崎本	神田本	九條本	島田本	內野本	上圖本（元）	觀智院	天理本	古梓堂	足利本	上圖本（影）	上圖本（八）	晁刻古文尚書	書古文訓	唐石經
亦惟純佑秉德迪知天威				〔魏石經古文〕	亦惟純右秉德迪知天威			天畏		亦惟純右秉惪迪知旡畏					亦惟純佑秉德迪知天畏	亦惟統佑秉德迪知天畏	亦惟純右秉惪迪知天畏	亦惟醇右秉惪迪知天畏	亦惟純右秉德迪知天畏	亦惟純佑秉德迪知天威
乃惟時昭文王迪見冒聞于上帝				〔魏石經古文〕	乃惟時昭文王迪見冒聞于上帝			乃惟旹昭文王迪見冒聞于上帝		廸惟旹昭文王迪見冒聞于上帝					廸惟昣昭文王迪見冒聞于上帝	廸惟昣昭文王迪見曾聞于上帝	廸惟旹昭文王迪見冒聞于上帝	廸惟旹昭彥王迪見冒聞亏上帝	廸惟時昭文王迪見冒聞于上帝	乃惟時昭文王迪見冒聞于上帝
惟時受有殷命哉武王惟茲四人				〔魏石經古文〕	惟時受有殷命哉武王惟茲四人			惟旹受有殷命才武王惟茲三人		惟旹受ナ殷命才武王惟茲三人					惟昣受有殷命哉武王惟茲四人	惟昣受有殷命哉武王惟茲四人	惟旹受ナ殷命才武王惟茲四人	惟旹㝡ナ殷命才武王惟茲三人	惟時受有殷命哉武王惟茲四人	惟時受有殷命哉武王惟茲四人

尚迪有祿後暨武王誕將天威								
尚迪有祿後暨武王誕將天威	尚迪有祿後暨武王誕將天威		尚迪有祿後暨武王誕將天威		尚迪有祿後暨武王誕將天威	尚迪有祿後暨武王誕將天威	尚迪有祿後暨武王誕將天威	尚迪有祿後暨武王誕將天威
咸劉厥敵惟茲四人昭武王	咸劉厥敵惟茲四民昭武王		咸劉手敵惟茲三人昭武王	咸劉手敵惟茲三人昭武王	咸劉厥敵惟茲四人昭武王	咸劉手敵惟茲三人昭武王	咸劉厥敵惟茲四人昭武王	咸劉厥敵惟茲四人昭武王
惟冒不單稱德今在予小子旦	惟冒不單稱德今在予小子旦		惟冒不單稱德今在予小子旦	惟冒不單稱德今在予小子旦	惟冒不單稱德今在予小子旦	惟冒不單稱德今在予小子旦	惟冒不單稱德今在予小子旦	惟冒丕單稱德今在予小子旦

若游大川予往暨汝奭		若遊大川予往暨汝奭		若游大川予往泉女奭	若游大川予進泉女奭	若游大川予遊泉女奭	若游大川予往泉汝奭	若游大川予進泉女奭	若浮大川予進泉女奭	若游大川予往暨汝奭
其濟小子同未在位誕無我責		其濟小子同未在位誕無我責		其濟小子同未在位誕亡我責	其濟小子同未在位誕亡我責	其濟小子同未在位誕亡我責	其濟小子同未在位誕亡我責	其濟小子同未在位誕亡我責	其濟小子同未至位誕亡我責	其濟小子同未在位誕亡我責

1308、責

「責」字在傳鈔古文《尚書》有下列不同字形：

（1）魏三體

魏三體石經〈君奭〉「誕無我責」「責」字古文作，篆隸二體皆作「責」，古文乃假「朿」為「責」，《說文》貝部「責」字從貝朿聲，「朿」字甲金文作 乙87697 朿卣 般仲朿盤，「責」字甲金文作 乙39 旅作父戊鼎 兮甲盤 秦公簋，魏三體形則中多一短橫，當為飾筆。

【傳鈔古文《尚書》「責」字構形異同表】

責	戰國楚簡	石經	敦煌本	岩崎本	神田本b	九條本	島田本b	內野本	上圖（元）	觀智院b	天理本	古梓堂b	足利本	上圖本（影）	上圖本（八）	古文尚書晁刻	書古文訓	尚書篇目
誕無我責		魏																君奭

版本	收罔勖不及耇造德不降	我則鳴鳥不聞矧曰其有能格	公曰嗚呼君肆其監于茲
唐石經	收罔勖弜及耇艁德弜降	我則鳴鳥弜聲矧曰亓𠂇耐𢼅	公曰𦔻虖爾䛾亓𫂒亐丝
書古文訓	収定㥯弗及㠪造㥯弗㢤	我則鳴鳥弗耊𢿙曰亼𠂇䏌𢼅	公曰烏虖君𫂒亓𫂒亐丝
晁刻古文尚書			
上圖本（八）	収罔㥯弗及耇造德弗降	我則鳴鳥弗聞矧曰亓有能格	公曰烏虖君𫂒亓監亐丝
上圖本（影）	収罔㥯不及耇造惪不降	我則鳴鳥不聞矧曰其有能格	公曰嗚呼君𫂒亓監亐丝
足利本	収罔㥯不及耇造惪不降	我則鳴鳥不聞矧曰其有能様	公曰嗚呼君𫂒其監于兹
古梓堂			
天理本			
觀智院			
上圖本（元）			
內野本	収㝏㥯弗及耇造惪弗降	我則鳴鳥弗聲矧曰亓有能格	公曰烏虖君𫂒亓監亐兹
島田本			
九條本	収㝏㥯弗及畜造㥯弗降	我則鳴鳳弗聲効曰亓又能格	公曰烏虖君𫂒亓監于兹
神田本			
岩崎本			
敦煌本 P2748	収㝏㥯弗及畜造德弗降	我則鳴鳥弗聞矧曰其有能格	公曰烏虖君𫂒其監于兹
魏石經			
漢石經			
上博楚簡			
郭店楚簡			
君奭	收罔勖不及耇造德不降	我則鳴鳥不聞矧曰其有能格	公曰嗚呼君肆其監于茲

我受命無疆惟休亦大惟艱										
戠最命亡畺惟休亦大惟龖		我受命亡畺惟休亦大惟龖		我受命亡畺惟休亦大惟難	我受命亡畺惟休亦大惟難		我受命三畺惟休亦大惟艱			我受命三畺惟休亦大惟艱	我受命無疆惟休亦大惟艱
告商畺繇褢戠弜吕後人悆		告㕚畺繇褢戠弜吕後人迷		告㕚獻裕我弗吕後人迷	告君乃獻裕我不以后人迷		告君乃獻褢我弗吕後人迷		告君乃縣裕我弗以後人迷		告君乃猷裕我不以後人迷
公曰肖人尃畺心㠯悉命女		公曰肖人尃迺心㠯悉命女		公曰肖人尃迺心㠯悉命女	公曰前人敷乃心乃悉命汝		公曰前人敷乃心乃悉命女		公曰前人敷乃心乃悉命汝		公曰前人敷乃心乃悉命汝

作汝民極日汝明勖偶王			任汝人極日汝明勖偶王	作女民極日女明勖偶王	任女民極日女明勖偶王	作汝民極日汝明勖偶王	作汝民極即女明勖偶王	作女民極日女明勖偶王	烝女民極日女明勖禺王	作汝民極日汝明勖偶王	

1309、偶

「偶」字在傳鈔古文《尚書》有下列不同字形：

（1）禺

《書古文訓》「偶」字作禺，「偶」、「禺」音同通假，《尚書隸古定釋文》卷 7.3 謂「禺」與「偶」通，《史記・封禪書》「木禺龍欒車一馴，木禺車馬一馴」〈索隱〉曰：「『禺』音『偶』」，《漢書・匈奴傳》「溫偶駼王」胡三省〈通鑑注〉曰：「按《後漢書》匈奴有『溫禺犢王』，班固〈燕然山銘〉曰『斬溫禺以釁鼓血尸逐以染鍔』，『溫偶』即『溫禺』也，當讀曰『禺』。又《後漢書・劉表傳》論『猶木禺之於人也』注『刻木爲人』」，顧炎武云：「『偶』古音『虞』，偶、寓、禺、遇等字古俱通用」。

【傳鈔古文《尚書》「偶」字構形異同表】

偶	戰國楚簡	石經	敦煌本	岩崎本	神田本b	九條本	島田本b	內野本	上圖（元）	觀智院b	天理本	古梓堂b	足利本	上圖本（影）	上圖本（八）	古文尚書晁刻	書古文訓	尚書篇目
汝明勖偶王																	禺	君奭

唐石經	書古文訓	晁刻古文尚書	上圖本（八）	上圖本（影）	足利本	古梓堂	天理本	觀智院	上圖本（元）	內野本	島田本	九條本	神田本	岩崎本	敦煌本 P2748	魏石經	漢石經	上博楚簡	郭店楚簡	君奭
聖宅堯絲大命惟亥王惪			在宅秉茲大命惟文王惪	在宅親茲大余惟文主徝	在宅秉茲大余惟文王惪					在宅秉茲大命惟亥王惪		在宅親茲大命惟文王亩			在宅乘茲大命惟文王德	宅乘茲茲大命命命旱輩				在宅乘茲大命惟文王德
丕承亡壼出鄉公曰商告女朕允			丕承亡壼出恖公曰君告女般允	丕秉亡疆之恤公曰君告汝朕允	丕秉亡疆之恤公曰君告女朕允					丕秉亡壼出恤公曰君告女般允		丕秉亡壼維鄉公曰君告女朕允			丕承無壼恤公曰君告汝朕允	朕允兄				丕承無疆之恤公曰君告汝朕允

保奭其汝克敬以予監于殷			保奭其汝克敬以予監于殷		保奭其女克敬以予監于殷	保奭其女克敬以予監于殷			保奭其女克敬呂予監于殷	保奭其汝克敬以予監于殷	保奭其女克敬呂予監于殷	采奭亓女敦呂予鹽亐殷	保奭其汝克敬以予監于殷
喪大否肆念我天威			宣大否肆念我天畏		喪大否肆念我天畏	喪大否肆念我天畏			喪大否肆念我天畏	喪大否肆念我天威	喪大否肆念我天畏	喪大㔻肆念我天豐	喪大否肆念我天威
予不允惟若茲誥予惟日			予弗允惟若茲誥予惟日		予弗允惟若茲誥予惟日	予弗允惟若茲誥予惟日			予弗允惟若茲誥予惟曰	予不允惟若此誥予惟日	予弗允惟若茲誥予惟日	予㔻允惟若𢆶誥予惟日	予不允惟若茲誥予惟日

襄我二人汝有合哉言曰在時二人								
襄我弎人女大合才言曰聖當弎人	襄我弎人女大合才言曰在當弎人	襄我二人資有合哉言曰在眓二人	襄我二人有合哉言曰在眓二人	襄我弎人女大合才言曰在當弎人	襄我弍人女文合才言曰眓當二人	襄我二人汝有合哉言曰是時民	襄我二人汝有合哉言曰在時二人	(古文字形)
天休滋至惟時二人弗戢								
夭休芋坚惟當弎人亞戚	天休芋至惟當弎人弗戚	天休芋至惟眓二人不戢	天休滋至惟眓二人不戢	尭休芋至惟當弎人弗戢	天休芋至惟當二人弗戢	天休至惟時二民弗戢	天休滋至惟時二人弗戢	
其汝克敬德明我俊民在讓								
亓女卢歡悪朙我畯民坐攘	亓女卢歡悪朙我畯民坐攘	其汝克敬悳明我畯民在讓	其汝克敬德明我畯民在讓	亓女克敬悳明我畯民在讓	亓女克敬悳明我畯民在攘	其汝克敬德明我畯在讓	其汝克敬德明我俊民在讓	

										後人于丕時鳴呼篤棐時二人
後人于不時鳴呼篤棐時二人			後民于不時鳴呼篤棐時二人		後人于不時鳴呼篤棐時二人	後人于不時鳴呼篤棐時二人			后人于丕時公曰鳴呼篤棐時二人	後人于丕當絅虙笠棐昔弍人
我式克至于今日休			我式克至于今日休		我式克至于今日休	我式克至于今日休			我式克至于今日休	我式克至于今日休
我咸成文王功于不怠			我咸成文王功于弗怠		我咸成文王功于弗怠	我咸成文王功于弗怠			我咸成文王珍于弗怠	我咸成文王珍于弜怠
不冒海隅出日罔不率俾			丕冒棐隅出日囚弗率俾		丕冒棐隅出日宜弗率俾	丕冒棐隅出日宜弗率俾			丕冒海隅出日圓不率俾	丕冒海堨出日宜弜衛界

公曰君予不惠若茲多誥			公曰君予弗惠若茲多誥	公曰君予帯惠若茲多誥	公曰君予不惠若茲多誥	公曰君予不惠若茲多誥	公曰君予弜惠若茲多誥	公曰君予弜惷若絲多辟	（古文）公曰商予弜惷若絲多辟
予惟用閔于天越民公曰嗚呼			予惟用閔于天越民公曰爲呼	予惟用閔于元奥已公曰烏虐	林用閔亏元奥已公曰烏虐	予惟用閈亏天越民公曰嗚庫	予惟用閈亏天奥区公曰烏虐	予惟閈愚亏哭越民公曰羅庫	予惟閈愚亏哭越民公曰嗚呼

1310、閔

「閔」字在傳鈔古文《尚書》有下列不同字形：

（1）[glyph]魏三體 [glyph][glyph]1

《說文》「閔」字古文作[glyph]，魏三體石經〈文侯之命〉「嗚呼閔予小子嗣」「閔」字古文作[glyph]魏三體，與《汗簡》、《古文四聲韻》錄石經作[glyph]汗 **4.48**[glyph]四 **3.14** 形相類，《箋正》云：「石經蓋作[glyph]，以『思』字分書之」，又錄[glyph]汗 **4.59** 史書[glyph]汗 **5.66** 史書[glyph]四 **3.14** 古史記形，[glyph]汗 **5.66** 史書形與[glyph]說文古文閔相類，惟其從日，《箋正》云：「《前漢‧吳王濞》『臣甚惛焉』注一曰『惛，古閔字』，作『惛』則『惛』本是『悗』別字，其古『閔』作[glyph]，從思從古文民聲。此合今史與《說文》爲之，非也」。

[glyph]魏三體[glyph]汗 **4.48** 石經[glyph]四 **3.14** 石經[glyph]汗 **4.59** 史書[glyph]汗 **5.66** 史書[glyph]四 **3.14** 古史記等當皆「惛」（惛）字之訛變，[glyph]汗 **5.66** 史書[glyph]說文古文閔則移「心」於下。依序諸形所從[glyph][glyph][glyph][glyph]、屮形，即古文「民」訛變，由[glyph]齊壺、魏三體石經古文[glyph]無逸[glyph]多方[glyph]呂刑、[glyph]說文古文民等形而變，[glyph]汗 **4.48**[glyph]四 **3.14** 所從則析離爲二作[glyph]，

其下ㄓ形即 [⿱] 蚉壺 [⿱] 說文古文民之下形；又所從 [⿱][⿱][⿱][⿱] 即「日」之訛變〔註373〕；石經 [⿱][⿱][⿱] 形即「心」之訛變；《說文》「閔」字古文當正作 [⿱] 汗 **5.66** 史書形，隸定作「悶」，即「惛」字。

　　《書古文訓》「閔」字作 [⿱][⿱]1，為 [⿱] 說文古文閔之隸古定。

【傳鈔古文《尚書》「閔」字構形異同表】

閔	戰國楚簡	石經	敦煌本	岩崎本b	神田本b / 九條本	島田本b	內野本	上圖本（元）	觀智院b	天理本	古梓堂b	足利本	上圖本（影）	上圖本（八）	古文尚書晁刻	書古文訓	尚書篇目
予惟用閔于天越民			閔 P2748	閔								閔	閔	閔		惥	君奭
嗚呼閔予小子嗣		[古文]魏										閔	閔	閔		惥	文侯之命

君奭	郭店楚簡	上博楚簡	漢石經	魏石經	敦煌本 P2748	岩崎本	神田本	九條本	島田本	內野本	上圖本（元）	觀智院	天理本	古梓堂	足利本	上圖本（影）	上圖本（八）	晁刻古文尚書	書古文訓	唐石經
君惟乃知民德亦罔不能厥初					君惟乃知之德亦罔弗能厥初			君惟乃知民惠亦宜典能手初	君惟迺知邑惠亦宜典能手初						君惟乃知民惠亦罔不能其初	君惟乃知民作亦罔不能其初	君惟迺知邑惠亦宜典能年初	兩惟鹵知民惠亦宜弜耐年初	君惟乃知民德亦罔不能厥初

〔註373〕參見黃錫全，《汗簡注釋》，武漢：武漢大學出版社，1993，頁379。

惟其終祗若茲往敬用治 · 惟其終祗若茲往敬用治 · 惟亓臭祗若茲遑敬用治 · 惟亓臭祗若茲遑敬用治 · 惟其終祗若茲往敬用治 · 惟亓㝈祗若茲遑歜甫亂 · 惟亓㝈祗若茲往敬用治 · 惟其終祗若茲往敬用治

四十五、蔡仲之命

蔡仲之命	戰國楚簡	漢石經	魏石經	敦煌本 P2748	敦煌本 S2074	岩崎本	神田本	九條本	島田本	內野本	上圖本（元）	天理本	觀智院本	古梓堂本	足利本	上圖本（影）	上圖本（八）	晁刻古文尚書	書古文訓	唐石經
蔡叔既沒王命蔡仲踐諸侯位作蔡仲之命				蔡叔既沒王命蔡仲踐諸侯位作蔡仲之命						蔡叔无没王命蔡仲踐諸侯位作蔡仲之命					蔡叔既没王命蔡仲踐諸侯位作蔡仲之命	蔡叔既没王命蔡仲踐諸侯位作蔡仲之命	蔡叔无没王命蔡仲踐諸侯位作蔡仲之命	蔡叔无没王命蔡仲踐諸侯位作蔡仲之命	蔡叔既没王命蔡仲踐諸侯位作蔡仲之命	蔡叔既沒王命蔡仲踐諸侯位作蔡仲之命
惟周公位冢宰正百工				惟周公位冢宰正百工			惟周公位冢宰正百工			惟周公位冢宰正百工					惟周公位冢宰正百工	惟周公位冢宰正百工	惟周公位冢宰正百工	惟周公位冢宰正百工	惟周公位冢宰正百工	惟周公位冢宰正百工
群叔流言乃致辟管叔于商				群叔流言乃致辟管叔于商			群叔流言乃致辟管叔于商			群叔流言乃致辟管叔于商					群叔流言乃致辟管叔于商	群叔流言乃致辟管叔于商	群叔流言乃致辟管叔于商	群叔流言乃致辟管叔于商	群叔流言乃致辟管叔于商	群叔流言乃致辟管叔于商

囚蔡叔于郭鄰以車七乘		囚蔡叔亐郭隣以車七乘		囚蔡叔亐郭鄰㠯昌車七乘	囚蔡叔亐郭鄰以車七乘	囚蔡叔亐郭鄰㠯車七乘	囚蔡𠊂亐郫从昌車七乘	囚蔡𠊂亐郫从昌車七乘

1311、郭

「郭」字在傳鈔古文《尚書》有下列不同字形：

（1）�12

《書古文訓》「郭」字作�12，為《說文》篆文之隸古定。

【傳鈔古文《尚書》「郭」字構形異同表】

尚書篇目	書古文訓	古文尚書晁刻	上圖本（八）	上圖本（影）	足利本	古梓堂b	天理本	觀智院b	上圖（元）	內野本	島田本b	九條本	神田本b	岩崎本	敦煌本	石經	戰國楚簡	郭
蔡仲之命	䣜		郭	郭						郭					郭P2748			囚蔡叔于郭鄰以車七乘

唐石經	書古文訓	晁刻古文尚書	上圖本（八）	上圖本（影）	足利本	古梓堂本	天理本	觀智院本	上圖本（元）	內野本	島田本	九條本	神田本	岩崎本	敦煌本S2074	敦煌本P2748	魏石經	漢石經	戰國楚簡	蔡仲之命
降霍叔于庶人三年不齒	降霍叔于庶人三年不齒	冬霍𠊂亐庶人弍秊亞齒	降霍叔于庶人三年不齒	降霍叔于廆人三年不齒						降霍叔亐庶人弍秊帯齒		降霍叔于庶人三年帯齒								降霍叔于庶人三年不齒

蔡仲克庸祇德周公以爲卿士						蔡仲克庸祇寔周公呂爲卿士	蔡仲克庸祇寔周公呂爲卿士			蔡仲克庸祇寔周公呂爲卿士	蔡中克庸曾祇寔周公呂爲卿士
叔卒乃命諸王邦之蔡						叔卒乃命諸王邦之蔡	叔卒遹命裞王堂出蔡		叔卒乃命諸侯封之蔡	叔卒乃命諸王封之蔡	芾卒遹命彬王堂出蔡
王若曰小子胡惟爾率德改行						王若曰小子胡惟衛寔改行	王若曰小子胡惟介率寔改行		王若曰小子胡惟介率旡改行	王若曰小子胡惟介率寔改行	王若曰小學胡惟亦衛寔改行
克愼厥猷肆予命爾侯于東土						克愼厥繇駯予命𠇹侯于東土	克眷厒肆予命亦侯于東土		克愼其猷駯予命𠇹侯于東土	克愼其猷駯予命𠇹侯于東土	眷厒繇駯予命𠇹厒于東土

往即乃封敬哉爾尚蓋前人之愆

惟忠惟孝爾乃邁迹自身

克勤無怠以垂憲乃後

率乃祖文王之彝訓

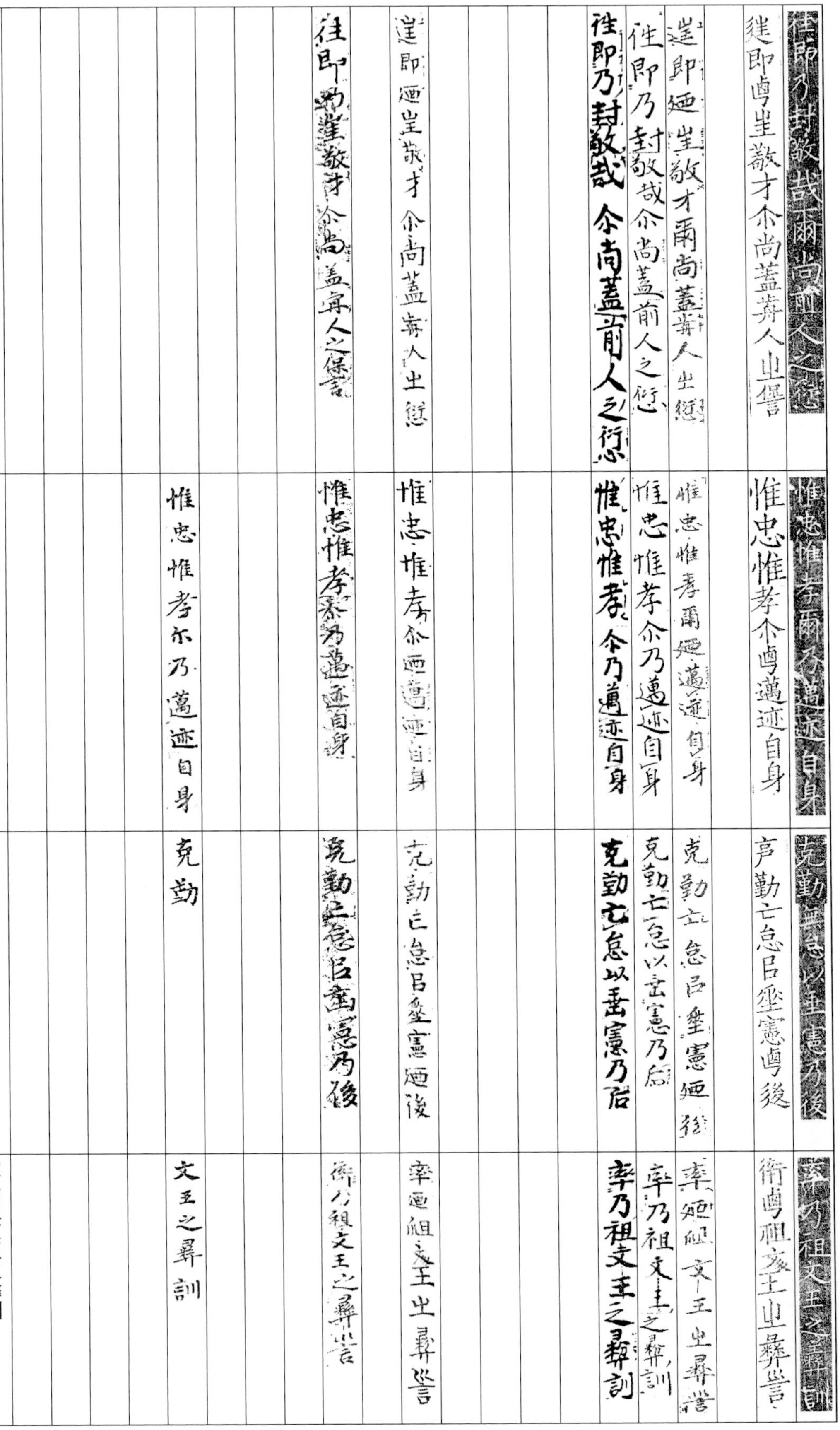

無若爾考之違王命			亡若尔孝之		三若余孝之違王命	亡若尔考出達王命			亡若介考之違王命	亡若尔考之違王命	亡若介考出達王命	亡若介考出莫王命	亡若尔出莫王命	無若爾考之違王命
皇天無親惟德是輔			皇天亡親惟惪之輔		皇天亡親惟意之輔	皇堯之親惟惪出輔			皇天亡親惟惪是梼	皇天亡親惟惪是梼	皇天亡親惟惪出輔	皇天亡親惟惪是輔	皇天亡親惟惪是輔	皇天無親惟德是輔
民心無常惟惠之懷					民心之常惟惠之襄	民心亡常惟惠出襄			民心亡常惟惠之懷	民心亡常惟惠出襄	民心亡常惟惠出襄	民心亡常惟惠之懷	民心亡常惟惠出襄	民心無常惟惠之懷
為善不同同歸于治			同之歸于治		為善弗同之歸于治	為善弗同同歸于治			為善不同同歸于治	為善弗同同歸于治	為善弗同同歸于治	為善弗同同歸于亂	為善弗同同歸于亂	為善不同同歸于治
為惡不同同歸于亂			為惡弗同之歸于率		為惡弗同之常于率	為惡弗同同歸于率			為惡不同同歸于亂	為惡不同同歸于亂	為惡弗同同歸于率	為惡弗同同還于窗	為惡弗同同還于窗	為惡不同同歸于亂

爾其戒哉慎厥初惟厥終			尔亓烖才睿㠯初惟㠯終		仐亓戒才睿㠯初惟㠯棊	仐亓戒才睿㠯初惟㠯棊			仐其戒哉慎厥初惟其終	尔亓戒哉睿㠯初惟㠯棊	仐具戒哉慎厥初惟具終	仐其戒哉慎厥初惟其終	尔亓戔才睿㠯初惟㠯兂	爾其戒哉慎厥初惟厥終
終以不困不惟厥終			㠯弗釆弗惟㠯兂		㠯弗釆弗惟㠯	㠯弗釆弗惟㠯兂			㠯不困不惟厥終	㠯不困不惟欶終	㠯不困不惟欶終	㠯釆釆惟㠯兂	兂㠯弜釆弜惟㠯兂	終以不困不惟厥終
終以困窮懋乃收績			㠯釆窮懋廼逌績		㠯釆窮懋廼逌績	㠯釆窮懋廼逌績			㠯釆窮懋廼逌績	㠯釆窮懋廼逌績	終㠯困窮懋乃收績	終㠯困窮懋乃收績	兂㠯釆窮楸㠯亶績	終以困窮懋乃收績
睦乃四鄰以蕃王室			睦乃四㠯㠯蕃王室		睦廼三㠯吕蕃王室	睦乃三㠯吕蕃王室			睦乃四隉以蕃王室	睦廼三㠯吕蕃王室	睦乃四隉以蕃王室	睦乃四隉以蕃王室	蕃廼三㠯吕蕃王室	睦乃四鄰以蕃王室

以和兄弟康濟小民			吕咪兄弟康溚小民		吕咪兄弟廉溚小民	吕咪兄弟康溚小民			以和兄弟康濟小民	吕咪兄弟康溚小民
率自中無作聰明亂舊章			寧自中亡作聰明率舊章		衛自中亡作聰明繇舊章	寧自中亡作聰明率舊章			寧自中亡作聰明亂舊章	衛自中亡㐬聰明繇舊章
詳乃視聽罔以側言改厥度			詳乃眹聽宦吕庶言改乎庹		詳乃眹聽宦吕庶言改乎庹	詳廼眹聽宦吕反言改乓庹			詳廼視聽罔以側言改其度	詳乃眹聽宦吕庶言改乎庹
則予一人汝嘉王曰嗚呼小子胡			則予一人女嘉王曰烏寧小子胡		則予一人汝嘉王曰烏寧小子胡	則予弎人女嘉王曰烏寧小子胡			則予一人汝嘉王曰嗚呼小子胡	則予弎人女嘉王曰嘃摩小子胡

汝往哉無荒棄朕命				女往才亡荒弄朕命		女往才亡荒弄朕命	汝往才亡荒棄朕命			汝往哉亡荒棄朕命	汝往哉亡荒棄朕命	汝往哉亡荒棄朕命	女往才亡荒弄朕命
成王東伐淮夷遂踐奄作成王政				成王東伐淮尸遂踐奄作成王政		成王東伐淮尸遂踐奄作成王政	成王東伐淮夷遂踐奄作成王政			成王東伐淮夷遂踐奄作成王政	成王東伐淮夷遂踐奄作成王政	成王東伐淮尸遂踐奄作成王政	成王東伐淮尸遂踐奄延成王政
成王既踐奄將遷其君於蒲姑				成王旡踐奄將舉亓君蒲姑		成王旡踐奄將舉亓君蒲姑	成王旡踐奄將舉亓君蒲姑			成王既踐奄將遷其君於蒲姑	成王既踐奄將遷其君於蒲姑	成王旡踐奄將遷亓君於蒲姑	成王旡踐奄將遷亓而嬪蒲姑
周公告召公作將蒲姑				周公告召公作將蒲姑		周公告召公作將蒲姑	周公告召公作將蒲姑			周公告召公作將蒲姑	周公告召公作將蒲姑	周公告召公延將蒲姑	周公告召公作將蒲姑

四十六、多　方

唐石經	書古文訓	晁刻古文尚書	上圖本（八）	上圖本（影）	足利本	古梓堂本	天理本	觀智院本	上圖本（元）	內野本	島田本	九條本	神田本	岩崎本	敦煌本	敦煌本 S2074	魏石經	漢石經	戰國楚簡	多方
成王歸自奄在宗周誥庶邦作多方	成王歸自奄圣宗周韋屡當延多匚	成王歸自奄在宗周誥庶邦作多方	成王歸自奄在宗周誥庶邦作多方	成王敀自奄在宗周誥庶邦作多方	成王敗自奄在宗周誥庶邦作多方					成王歸自余在宗周誥庶邦作多方		成王埽自奄在宗周誥庶邦作多方				成王歸自奄在宗周誥庶邦作多方				成王歸自奄在宗周誥庶邦作多方
惟五月丁亥王來自奄至于宗周	惟五月丁亥王徠自奄息亏宗周	惟五月丁亥王來自奄至于宗周	惟五月丁亥王來自奄至于宗周	惟五月丁亥王來自奄至于宗周	惟五月丁亥王來自奄至于宗周					惟五月丁亥王來自奄至于宗周		惟五月丁亥王來自奄至于宗周				惟五月丁亥王來自奄至于宗周（今本無）				惟五月丁亥王來自奄至于宗周

周公曰王若曰獻告爾四國多方		周公曰王若曰繇告介四哉多方		周公曰王若曰繇告介四哉多方		周公曰王若曰繇告介三哉多方	周公曰王若曰繇告介三哉多方		周公曰王若曰獻告介四國多方	周公曰王若曰繇告介四國多方	周公曰王若曰繇告介三哉多方
惟爾殷侯尹民我惟大降爾命		惟尔叚侯尹民我惟大降尔命		惟介殷侯尹民我惟大降介命		惟介殷侯尹民我惟大降介命	惟介殷侯尹民我惟大降介命		惟介殷侯尹民我惟大降介命	惟介殷侯尹民我惟大降介命	惟介殷侯尹民我惟大降介命
爾罔不知洪惟天之命		尔罔不知洪惟圖天之命		介罔不知洪惟圖天之命		介罔不知洪惟圖天之命	介罔不知洪惟圖天之命		介罔不知洪惟圖天之命	介罔不知洪惟圖天之命	介罔不知洪惟圖天之命

惟帝降格于夏有夏誕厥逸	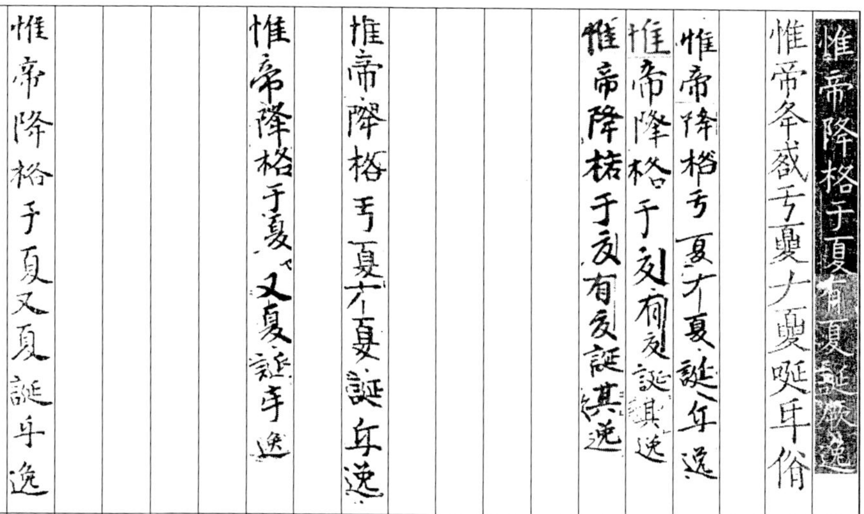
不肯慼言于民乃大淫昏	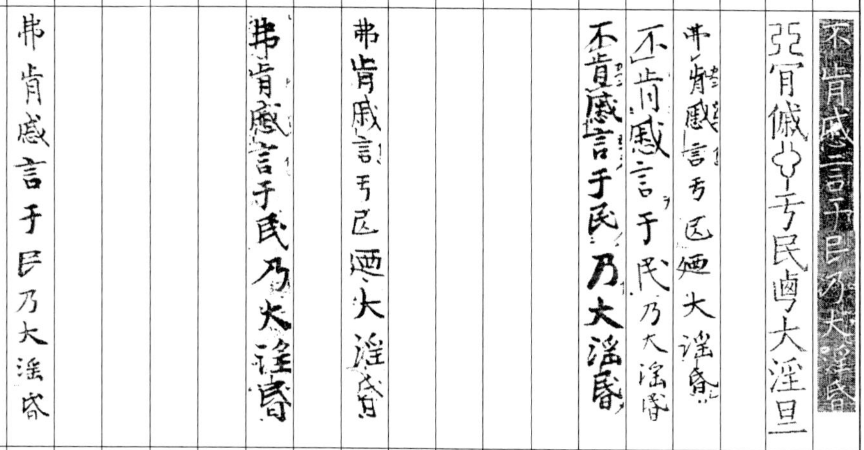
不克終日勸于帝之迪	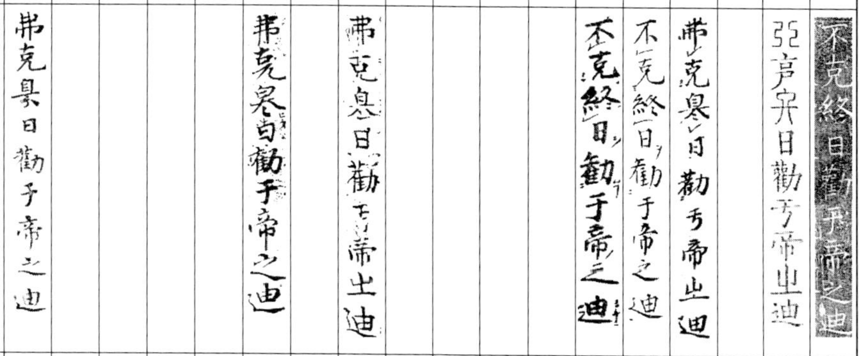
乃爾攸聞厥圖帝之命	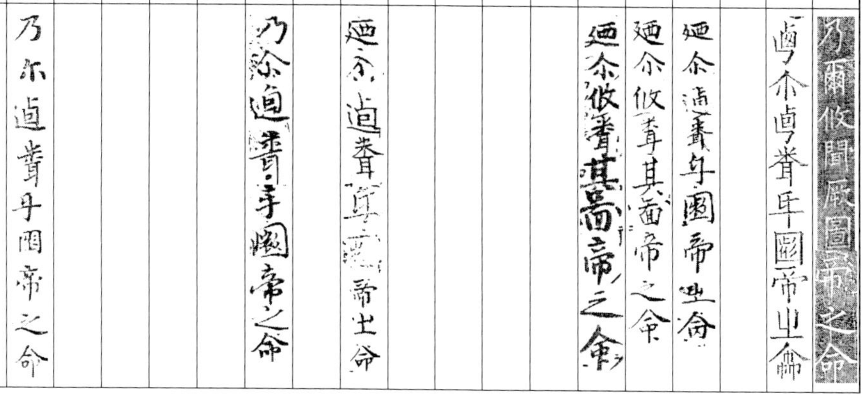

1312、開

「開」字《說文》古文作[開]，「闢」字古文作[開]〔註374〕，段注云：「〈書序〉『東郊不[開]』，馬本作『闢』，張揖《古今字詁》云：『[開]闢古今字』舊讀[開]爲開非也……。自衛包徑改『[開]』爲『開』，而古文之見於尙書者滅矣」。今由諸傳鈔古文《尙書》可證此字衛包改「闢」字古文「[開]」爲「開」之非。

「開」字在傳鈔古文《尙書》有下列不同字形：

（1）[開]₁ [開][開]₂ [開]₃ [開]₄

《書古文訓》「開」字或作[開]₁，爲「闢」字古文[開]之隸古定，九條本、《書古文訓》或作[開][開]₂，爲此形之隸定。〈書序・費誓〉「並興東郊不開作費誓」九條本作[開]₂，《書古文訓》「開」字作[開]₃，爲[開]說文古文闢之隸古定訛變，內野本訛作[開]₄。上述諸形皆爲「闢」字。

【傳鈔古文《尚書》「開」字構形異同表】

開	戰國楚簡	石經	敦煌本	岩崎本b	神田本b	九條本	島田本b	內野本	上圖（元）	觀智院b	天理本	古梓堂b	足利本	上圖本（影）	上圖本（八）	古文尚書晁刻	書古文訓	尚書篇目
不克開于民之麗															開		開	多方
大不克開														開	開		開	多方
開釋無辜亦克用勸														開	開		開	多方
大動以威開厥顧天惟爾多方								開						開	開		開	多方
並興東郊不開作費誓						開		開						開	開		開	費誓

〔註374〕《說文》「闢」字下「[開]，虞書曰『闢四門』，从門从[北]」段注云：「按此上當依《匡謬正俗》、《玉篇》補『古文闢』三字」是也。

1313、麗

「麗」字在傳鈔古文《尚書》有下列不同字形：

（1）麗魏三體 麗麗₁麗麗₂麗麗₃麗₄麗₅

魏三體石經〈多方〉「麗」字古文作麗，源自麗元年師旋簋 麗元年師旋簋 麗取膚匜 隨縣193 陶彙5.193 秦陶1478等形。敦煌本S2074、九條本麗麗₁，所從「鹿」字「匕」形隸寫作「厶」，如鹿漢石經.春秋.僖21（參見"鹿"字）；岩崎本、內野本或作麗₂，復所從「丽」變作「兩」，與漢碑作麗張遷碑麗張納功德敘類同；內野本、上圖本（八）或作麗麗₃，所從「丽」變作「苗」；觀智院本或作麗₄，「匕」形訛變似「人」形，足利本、上圖本（影）變作麗₅，其下訛似「廉」字下形。

（2）丽丽₁丽₂丽₃

《書古文訓》「麗」字或作丽丽₁，爲《說文》籀文作丽之古文字形；或作丽₂，爲《說文》古文作丽之隸古定，丽說文籀文麗丽說文古文麗當皆源自麗陳麗子戈《集成》17.11082形；或作丽₃，與《說文繫傳》古文作丽同形。

【傳鈔古文《尚書》「麗」字構形異同表】

麗	戰國楚簡	石經	敦煌本	岩崎本	神田本b	九條本	島田本b	內野本	上圖（元）	觀智院b	天理本b	古梓堂b	足利本	上圖本（影）	上圖本（八）	古文尚書晁刻	書古文訓	尚書篇目
不克開于民之麗			麗S2074			麗		麗					麗	麗	麗		丽	多方
簡代夏作民主慎厥麗乃勸		麗魏	麗S2074			麗		麗					麗	麗	麗		丽	多方
奠麗陳教則肄肄不違								麗	麗b				麗	麗	麗		丽	顧命
敝化奢麗萬世同流					麗			麗					麗	麗	麗		丽	畢命
越茲麗刑并制罔差有辭					麗			麗					麗	麗	麗		丽	呂刑
惟時苗民匪察于獄之麗					麗			麗					麗	麗	麗		丽	呂刑

唐石經	書古文訓	晁刻古文尚書	上圖本（八）	上圖本（影）	足利本	古梓堂本	天理本	觀智院本	上圖本（元）	內野本	島田本	九條本	神田本	岩崎本	敦煌本 S2074	敦煌本	魏石經	漢石經	戰國楚簡	多方
乃大降罰崇亂有夏	乃大降罰崇亂有夏		乃大降罰崇亂有夏	乃大降罰崇亂有夏	乃大降罰崇亂有夏				乃大降罰崇亂有夏	乃大降罰崇亂有夏		乃大降罰崇亂有夏			乃大降罰崇亂有夏					乃大降罰崇亂有夏
因甲于內亂不克靈承于旅	因甲于內亂不克靈承于旅		因甲于內亂不克靈承于旅	因甲于內亂不克靈承于旅	因甲于內亂不克靈承于旅				因甲于內亂不克靈承于旅	因甲于內亂不克靈承于旅		因甲于內亂不克靈承于旅			因甲于內亂不克靈承于旅					因甲于內亂不克靈承于旅
罔丕惟進之恭洪舒于民	罔丕惟進之恭洪舒于民		罔丕惟進之恭洪舒于民	罔丕惟進之恭洪舒于民	罔丕惟進之恭洪舒于民				罔丕惟進之恭洪舒于民	罔丕惟進之恭洪舒于民		罔丕惟進之恭洪舒于民			罔丕惟進之恭洪舒于民					罔不惟進之恭洪舒于民

1314、舒

「舒」字在傳鈔古文《尚書》有下列不同字形：

（1）茶

《書古文訓》「舒」字作茶，「茶」、「舒」音同通假。

【傳鈔古文《尚書》「舒」字構形異同表】

舒	戰國楚簡	石經	敦煌本	岩崎本	神田本b	九條本	島田本b	內野本	上圖本(元)	觀智院b	天理本	古梓堂b	足利本	上圖本(影)	上圖本(八)	古文尚書晁刻	書古文訓	尚書篇目
罔丕惟進之恭洪舒于民			舒 S2074			舒	舒						舒	舒	舒		茶	多方

多方	戰國楚簡	漢石經	魏石經	敦煌本 S2074	敦煌本	岩崎本	神田本	九條本	島田本	內野本	上圖本(元)	觀智院本	天理本	古梓堂本	足利本	上圖本(影)	上圖本(八)	晁刻古文尚書	書古文訓	唐石經
亦惟有夏之民叨懫				亦惟又夏之民明孫				亦惟文夏之民叨蠻		亦惟又夏之區叨懫					亦惟有夏之民叨懫	亦惟侚夏之民叨懫	亦惟大夏虫區叨懫	亦惟大憂山民饕叠	亦惟大憂山民饕叠	亦惟有夏之民叨懫

1315、叨

「叨」字在傳鈔古文《尚書》有下列不同字形：

（1）饕

《書古文訓》「叨」字作饕，《說文》食部「饕」或體「叨」从口刀聲。

【傳鈔古文《尚書》「叨」字構形異同表】

叨	戰國楚簡	石經	敦煌本	岩崎本	神田本b	九條本	島田本b	內野本	上圖本(元)	觀智院b	天理本	古梓堂b	足利本	上圖本(影)	上圖本(八)	古文尚書晁刻	書古文訓	尚書篇目
亦惟有夏之民叨懫			叨 S2074			叨	叨						叨	叨	叨		饕	多方

版本	日欽劓割夏邑天惟時求民主	乃大降顯休命于成湯	刑殄有夏惟天不畀純
唐石經	日欽劓割夏邑天惟時求民主	乃大降顯休命于成湯	刑殄有夏惟天不畀純
書古文訓	日欽劓割夏邑天惟旹求民主	卤大条烈休命亏成湯	𠛬殄有夏惟天亞畀純
晁刻古文尚書			
上圖本（八）	日欽劓割夏邑天惟旹求民主	乃大降顯休命亏成湯	刑殄有夏惟天不畀純
上圖本（影）	日欽劓割夏邑天惟𣅳求民主	乃大降顯休命亏成湯	刑殄而夏惟天不畀純
足利本	日欽劓割夏邑天惟𣅳求民主	乃大降顯休命于成湯	刑殄有夏惟天不畀純
古梓堂本			
天理本			
觀智院本			
上圖本（元）	日欽劓割夏邑天惟旹求民主	延大降顯休命亏成湯	刑殄大夏惟天希畀純
內野本			
島田本			
九條本	日欽劓割夏邑天惟旹求民主	乃大降顯休命于成湯	刑弥又夏惟天弗畀純
神田本			
岩崎本			
敦煌本			
敦煌本 S2074	日欽劓割夏邑天惟旹求民主	乃大降顯休命于成湯	刑弥又夏惟天弗畀純
魏石經			
漢石經			
戰國楚簡			
多 方	日欽劓割夏邑天惟時求民主	乃大降顯休命于成湯	刑殄有夏惟天不畀純

											乃惟以爾多方之義巳
乃惟以爾多方之義民			乃惟吕尒多方之誼巳			乃惟吕尒多方之誼巳	乲惟吕尒州方出誼區			乲惟以尒多方之義民 乲惟以尒多方之㦿民 乲惟以尒多方之誼远	乲惟吕尒多匹出誼民
不克永于多享惟夏之恭多士			帯克永于多㑹惟夏之襲多士			帯克永于多㑹惟夏之襲多士	帯克永亏州㑹惟夏出襲州士			不克永于多享惟㦿之恭多士 帯克永于多享惟㦿之襲多士 帯克永亏多㑹惟㦿山襲多士	弜声留亏多音惟夏山襲多士
大不克明保享于民			大帯克明保㑹于巳			大帯克明保㑹于民	大帯克朙保㑹亏區			大不克明保喜于民 大不克朙保㑹于民 大弗克朙保㑹亏區	大弜声朙桑音亏民
乃胥惟虐于民至于百為			乃胥惟虐于巳至于白為			乃胥惟虐于民至于百為	乲胥惟虐亏區至亏百為			乲胥惟虐于民至于百為 乲胥惟虐亏民亏區至亏百為 乲胥惟虐亏民至于百為	乲定朙惟虐于巳至于百為

大不克開乃惟成湯克以爾多方										大不克開乃惟成湯克以爾多方
簡代夏作民主慎厥麗乃勸										簡代夏作民主慎厥麗乃勸
大不克開乃惟成湯克以爾多方		大弗克開乃惟成湯克呂尔多方		大弗克開延惟成湯克呂介卅方		大弗克開延惟成湯克呂介卅方	大不克開延惟成湯克以介多方	大不克刑延惟成湯克以介多方	大弗克開延惟成湯克以介多方	大亞亭闢粤惟成湯亭吕介多匹
簡代夏作民主慎厥麗乃勸		粟代夏作民主春斗麗乃勸		東代夏作民主眷年麗乃勸		東代夏汪区主眷兵麗延勸	簡代夏作民主慎其麗延勸	周代夏作民主收其麗延勸	粟代夏作民主睿身麗延勸	東代憂众民主眷年麗粤勸

厥民刑用勸以至于帝乙			氒民刑用勸吕至于帝乙			氒民刑用勸吕至于帝乙	氒民刑用勸吕至于帝乙			其民刑用勸㠯至于帝乙	其民刑用勸㠯至于帝乙	氒民丣用勸吕至亏帝乙	氒民刐用勸吕望亏帝乙	氒民刐用勸㠯至于帝乙
罔不明德慎罰亦克用勸			㝉弗明惪眘罰亠克用勸			㝉弗明惪眘罰亦克用勸	㝉弗明惪眘罰亦克用勸			罔不明惪慎罰亦克用勸	㝉弗明惪眘罰亦克用勸	㝉亞明惪眘罰亦㝉用勸		罔不明德慎罰亦克用勸

								要囚殄戮多罪亦克用勸
要囚殄戮多罪亦克用勸		〔古文〕	要囚殄戮多辜六克用勸		要囚殄戮多辜亦克用勸	要囚殄戮多辜亦克用勸	要囚殄戮多罪亦克用勸	開釋無辜亦克用勸
開釋無辜亦克用勸		〔古文〕	開釋亡辜亦克用勸	開釋亡辜亦克用勸	開釋亡辜亦克用勸	開釋亡辜亦克用勸	開釋亡辜亦克用勸	今至于爾辟弗克以爾多方享天之命
今至于爾辟弗克以爾多方享天之命		〔古文〕	今至于尔綠帝克臣尔多方會天之命	今至于余綠兼克臣余多方會天之命	今至于余還弗克臣余多方亦會克之命	今至于余辟不克以余多方其享天之余	今至于爾辟弗克以爾多方享天之命	今至于爾辟弗克以爾多方享天之命

嗚呼王若曰誥爾多方非天庸釋有夏			烏霅王若曰誥尔多方非天庸釋又夏			舄虖王若曰誥告余多方非天庸釋又夏	舄虖王若曰誥告介州方非尧庸釋大夏			嗚呼王若曰誥告介多方非天庸釈有夏	嗚呼王若曰誥告余多方非天庸釈又	烏虖王若曰誥告介多亢非天庸釋大夏	繹虖王秦曰异告介多己非天音釋大夏	嗚呼王若曰誥告爾多方非天庸釋有夏

非天庸釋有殷乃惟爾辟			非天庸釋又殷乃惟尔辟			非天庸釋又殷乃惟余嶪	非死庸釋才穀廼惟余辟		非天庸釈有殷廼惟余辟	非天庸釋有殷乃惟爾辟
以爾多方大淫圖天之命			吕尔多方大淫圖天之命		吕余多方大淫圖天之命	吕余岁方大淫圖天之命	吕余岁方大淫圖天之命		以余多方大淫圖天之命	吕余多方大淫圖天之命
屑有辭乃惟有夏圖厥政			屑又訶乃惟又夏圖厥政			屑又訶乃惟又夏圖厥政	屑又圖廼惟才夏圖厥政		屑有辞廼惟有夏圖其政	屑又圖廼惟才夏圖厥政

不集于享天降時喪		柔而不像 集閒雄	弗損于會天陼皆喪			弗損于會天降眥喪	弗集亏會天降眥夤		不集于享天降眀喪	不集于享天降眀喪	亞集亏亯六夅皆喪	不集亏亯天降時喪
有邦閒之乃惟爾商後王		隹爾邦 图高厲人廢後王	又邦閒之乃惟尔高後王		又邦閒之乃惟余高後王	ナ邦间出延惟余高後王		有邦间之延惟余高後王	又邦间之延惟余高後王	ナ屮閒亞甹惟介爾後王	有邦閒之介惟爾商後王
逸厥逸圖厥政不蠲烝		偹尔邦 图厥風流厥延图图	逸乎偹圖年政弗蠲菜		逸乎偹圖乎政弗蠲烝	偹乍偹圖年政弗蠲烝		逸其偹圖年政.弗蠲烝	偹年偹圖年政弗蠲烝	偹年偹圖年政亞蠲烝	逸厥逸圖厥政不蠲烝

1316、蠲

「蠲」字在傳鈔古文《尚書》有下列不同字形：

（1）[字形]1 [字形]2

足利本、上圖本（影）、上圖本（八）「蠲」字或省作[字形]1，九條本或作[字形]2，偏旁「益」字與「蓋」字隸變作[字形]陽泉熏盧[字形]武威簡.服傳31[字形]衡方碑混同。

【傳鈔古文《尚書》「癉」字構形異同表】

癉	戰國楚簡	石經	敦煌本	岩崎本	神田本b	九條本	島田本b	內野本	上圖（元）	觀智院b	天理本	古梓堂b	足利本	上圖本（影）	上圖本（八）	古文尚書晁刻	書古文訓	尚書篇目
弗癉乃事時同于殺																	癉	酒誥
逸厥逸圖厥政不癉烝	癉 S2074			癉		癉							癉		癉			多方
上帝不癉降咎于苗苗民無辭于罰													癉	癉				呂刑

多方	戰國楚簡	漢石經	魏石經	敦煌本 S2074	敦煌本	岩崎本	神田本	九條本	島田本	內野本	上圖本（元）	觀智院本	天理本	古梓堂本	足利本	上圖本（影）	上圖本（八）	晁刻古文尚書	書古文訓	唐石經
天惟降時喪惟惟聖罔念作狂				天惟降旹喪惟聖宀念作狂				天惟降旹喪惟聖宀念作狂	旡惟降旹喪惟聖亾念作狂	天惟降旹喪惟聖罔念作狂							旡惟岑旹蓉惟聖宀忘㳂惟		天惟降旹喪惟聖宀念作狂
惟狂克念作聖天惟五年須暇之子孫				惟狂克念作聖天惟五年須暇之子孫				惟狂克念作聖天惟五年須暇之子孫	誰狂克念作聖旡惟五年須暇㞢子孫	惟狂克念作重天惟五年須暇㞢子孫								惟怪亾忘㳂聖旡惟五奉頖暇㞢子孫		惟狂克念作聖天惟五年須暇之子孫

誕作民主罔可念聽天惟求爾多方		誕作民主宅可念聽天惟求尒多方			誕作民主宅可念聽天惟求尒多方	誕作民主宅可念聽尭惟求尒多方			誕作民主罔可念聽天惟求尒多方	誕作民主宅可念聽天惟求金多方	哑烝民主宅可忘聽天惟求尒多巳
											誕作民主罔可念聽天惟求爾多方
大動以威開厥顧天惟爾多方		大壇昌畏閞尊顧天惟尒多方			大連呂畏開牟顧天惟尒多方	大埀呂畏開牟顧尭惟尒多方			大動以威開其顧天惟尒多方	大動呂晨閞年顧天惟尔多方	大逶呂豐閞年顧尭惟尒多巳
											大動以威開厥顧天惟爾多方

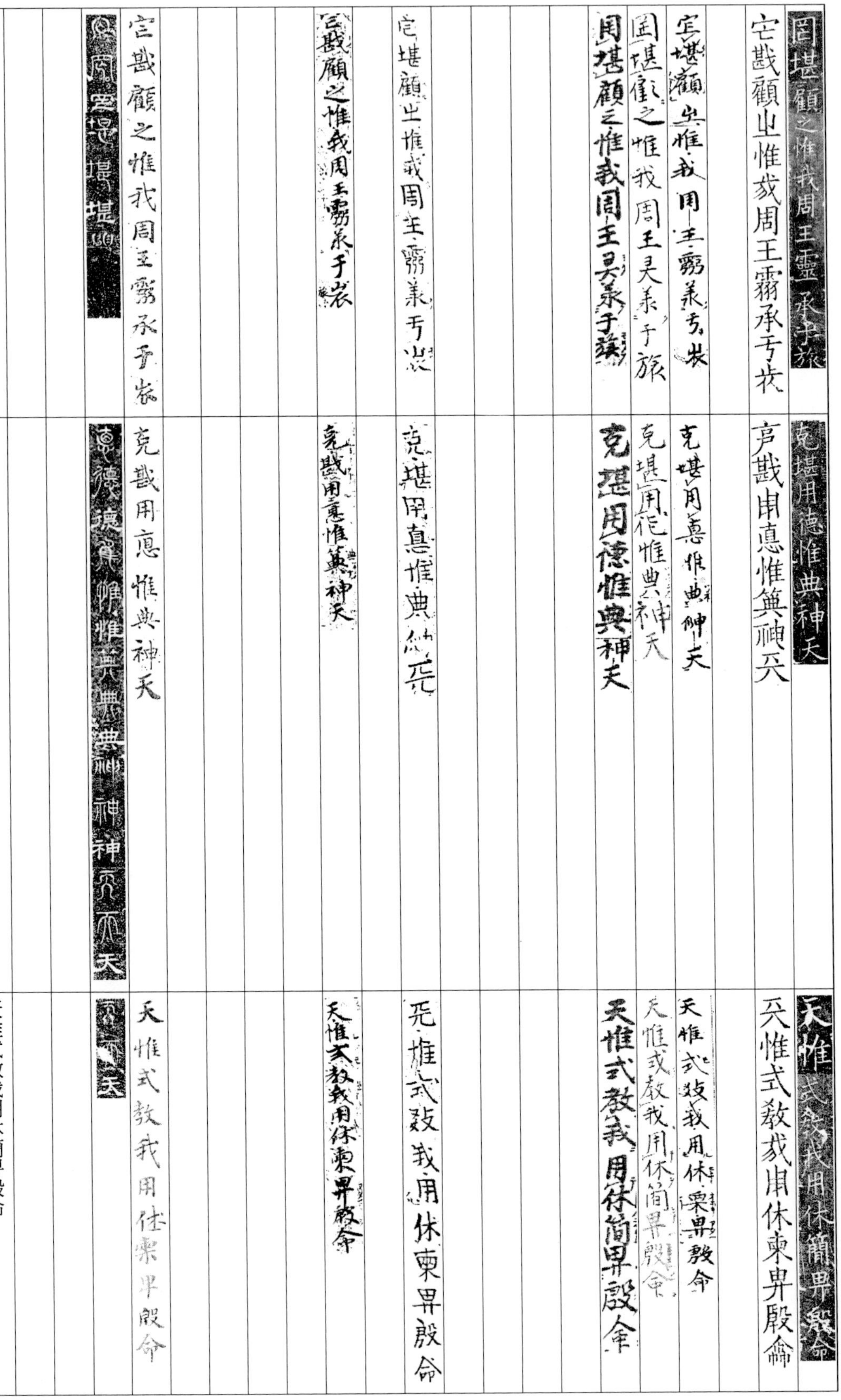

罔堪顧之惟我周王靈承于旅

克堪用德惟典神天

天惟式教我用休簡畀殷命

尹爾多方今我曷敢多誥										尹爾多方今我曷敢多誥
尹爾多方今我曷敢多誥										
我惟大降爾四國民命										我惟大降爾四國民命
爾曷不忱裕之于爾多方										爾曷不忱裕之于爾多方

										爾曷不夾介乂我周王享天之命
										今爾尚宅爾宅畋爾田

爾曷不夾介乂我周王享天之命

今爾尚宅爾宅畋爾田

爾曷不惠王熙天之命								爾曷不惠王熙天之命
爾乃迪屢不靜爾心未愛								爾乃迪屢不靜爾心未愛
爾乃不大宅天命爾乃屑播天命								爾乃不大宅天命爾乃屑播天命
爾乃自作不典圖忱于正								爾乃自作不典圖忱于正

												我惟時其教告之我惟時其或要囚之
我惟時其教告之我惟時其戰要囚之			我惟𦱠亓教告之我惟𦱠亓𣥏要囚之			我惟𦱠亓教告之我惟𦱠亓𣥏要囚之	我惟𦱠亓教告𡳿我惟𦱠亓𣥏要囚𡳿		我惟眕其教告之我惟眕其戰要囚之	我惟𦱠亓教告𡳿我惟𦱠亓𣥏要囚𡳿	我惟眨其教告之我惟眨其戰要囚之	𢧄惟𦱠亓教告𡳿𢧄惟𦱠亓𠭥要囚𡳿	至于再至于三乃有不用我降爾命
至于再至于三乃有不用我降爾命			至于再至于三乃又弗用我降尔令			廷于𣻣至于三乃又弗用我降命	至于再至于𢎨大弗用我降尒令		至于再至于三𢎨有不用我降尒令	至于再至于三𢎨有不用我降尒令	望于再望于弍𢎨大弱𢎨余尔命	我乃其大罰殛之
我乃其大罰殛之			我乃亓大罰極之			我乃亓大罰極之	我𢎨亓大罰極之		我𢎨其大罰極之	我𢎨亓大罰殛𡳿	我𢎨亓大罰殛𡳿	𢧄𢎨亓大罰殛𡳿	

非我有周秉德不康寧乃惟爾自速辜		非我又周康惠弔康乃唯尔自速辜		非我又闌康惠弔康寧迺惟介自速辜	非我大周康惠帝康寧迺惟介自速辜			非我有周康惠弔康寧迺惟介自速辜 小我有周凍徨不康寧迺惟介自速辜 非我大周康惠帝康寧迺惟介自速辜	非我又周秉惠弱康寧寧惟介自遬趾
王曰嗚呼猷告爾有方多士暨殷多士		王曰烏虖猷告尓又方多士泉殷多士		王曰烏寧猷告介又方多士泉殷多士	王曰烏虖猷告介大方多士泉殷多士			王曰嗚呼猷告介有方多士暨殷多士 王曰嗚呼猷告介有方多士暨殷多士 王曰烏虖猷告介大方多士泉殷	王曰緝虖猷告介大口多士泉殷多士
今爾奔走臣我監五祀		今尔奔走臣我監尽祀		今介奔走臣我監又祀	今介奔走臣我監又祀			今介奔走臣我監五祀 今介奔走臣我監五祀 今介奔走臣我監又祀	今小犇走臣我監又禩

越惟有胥伯小大多正			越惟又骨柏小大多正			越惟又骨柏小大多正	粤惟大胥怕小大多正		粤惟大胥伯小大多正	越惟有胥伯小大多正	越惟大胥柏小大多正	惟有胥伯小大多正
爾罔不克臬自作不和			尔室弗克臬自作弗咮			余宁弗克臬自作弗咮	尔宅弗克臬自作弗咮		余宁弗克臬自作弗咮	余罔不克臬自作不和	余罔不克臬自作弗咮	尔宅弜亭臬自延弜咮	爾罔不克臬自作不和
爾惟和哉爾室不睦			尔惟咮才尔室弗睦			余惟咮才余室弗睦	余惟咮才余室弗睦		余惟咮才余室弗睦	余惟和哉余室不睦	余惟和哉余室弗睦	尔惟咮才尔室弜酱	爾惟和哉爾室不睦
爾惟和哉爾邑克明			尔惟咮才尔邑克明			余惟咮才余邑克明	余惟咮才余邑克明		余惟咮才余邑克明	余惟和哉余邑克明	余惟咮才余邑克明	尔惟咮才尔邑亭明	爾惟和哉爾邑克明

爾惟克勤乃事爾尚不忌于凶德

亦則以穆穆在乃位克閱于乃邑謀介

爾乃自時洛邑尚永力畋爾田

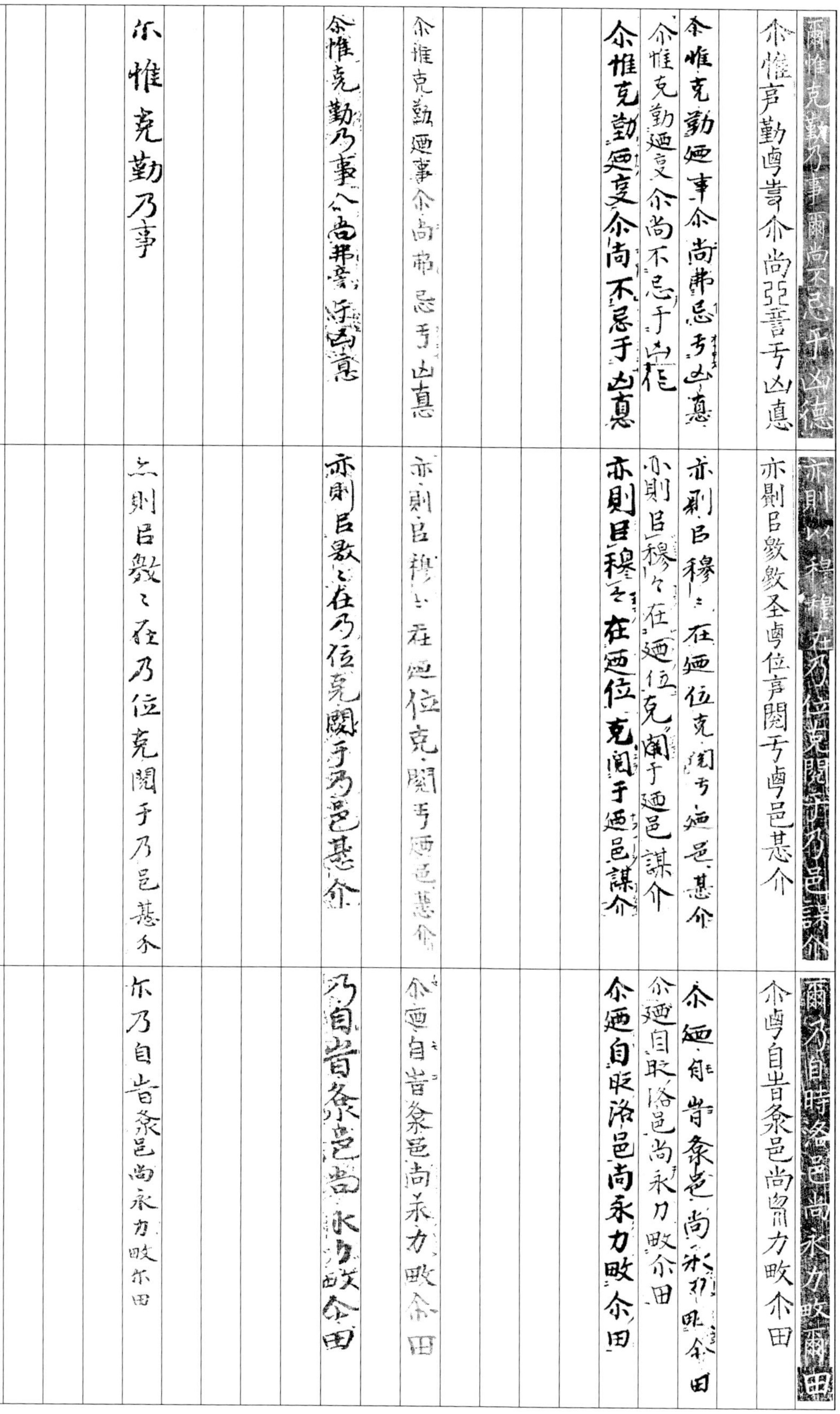

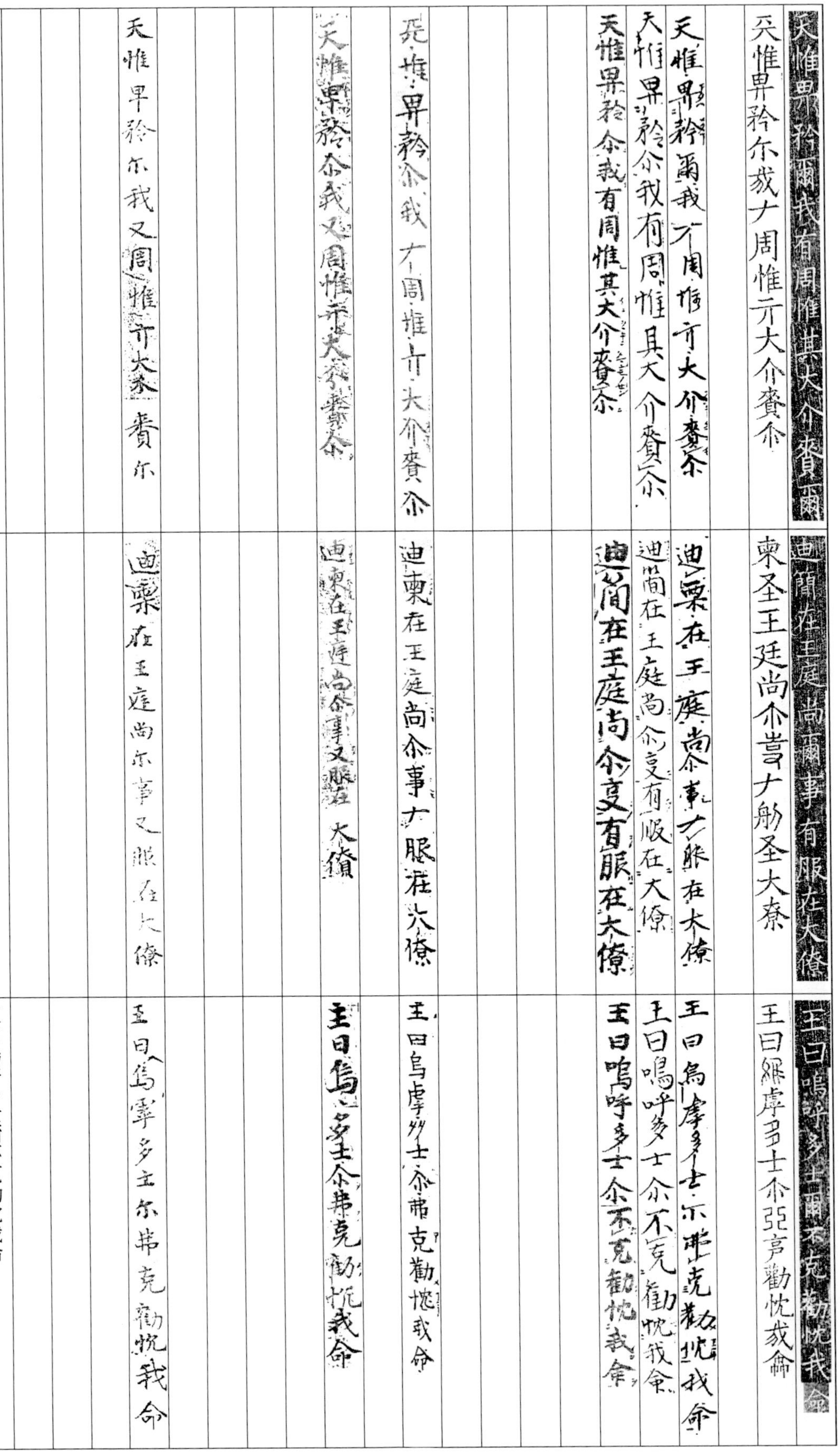

天惟畀矜爾我有周惟其大介賚爾
迪簡在王庭尚爾事有服在大僚
王曰嗚呼多士爾不克勸忱我命

爾亦則惟不克享凡民惟曰不享		尔亦則惟弗克會凡民惟日帝會		余亦則惟弗克會凡民惟曰弗會		余亦則惟弗克會凡民惟曰弗會		余亦則惟不克享凡民惟曰則不享	余亦則惟不克享凡民惟曰不享	尔亦則惟亞卨凡民惟曰亞卨
爾乃惟逸惟頗大遠王命		尔乃惟逸惟頗大遠王命		尔乃惟俗惟頗大遠王命		余廷惟俗惟頗大遠王命		余廷惟俗惟頗大遠王命		尔鹵惟俗惟頗大遠王命
則惟爾多方探天之威		則惟尔多方探天之畏		則惟余多方探天之畏		則惟余多方探天之畏		則惟余多方探天之威		則惟尔多巳挨天之畐

1317、探

「探」字在傳鈔古文《尚書》有下列不同字形：

（1）挨₁探₂

《書古文訓》「探」字作挨₁，為《說文》篆文㪿字形之隸古定，內野本、足利本俗作探₂。

【傳鈔古文《尚書》「探」字構形異同表】

尚書篇目	書古文訓	古文尚書晁刻	上圖本（八）	上圖本（影）	足利本	古梓堂本b	天理本 觀智院b	上圖本（元）	內野本	島田本b	九條本 神田本b	岩崎本	敦煌本	石經 戰國楚簡	探
多方	撥			探		探			探	探				P2630 探 S2074	則惟爾多方探天之威

唐石經	書古文訓	晁刻古文尚書	上圖本（八）	上圖本（影）	足利本	古梓堂本	天理本	觀智院本	上圖本（元）	內野本	島田本	九條本	神田本	岩崎本	敦煌本 S2074	敦煌本	魏石經	漢石經	戰國楚簡	多方
我則致天之罰離逖爾土	我則致天之罰離邊尒土		我則致天之罰離逖尒土	我則致天之罰離逖尒土	我則致天之罰離逖尒土					我則致天之罰離逖尒土		我則致天之罰離逖邊尒土				我則致天之罰離逖爾土					我則致天之罰離逖爾土
王曰我不惟多誥我惟祇告爾命	王曰我弜惟多誥我惟祇告尒命		王曰我帶惟多誥我惟祇告尒命	王曰我帶惟多誥我惟祇告尒命	王曰我不惟多誥我惟祇告尒命					王曰我弗惟多誥我惟祇告尒命		王曰我帶惟多誥我惟祇告尒命				王曰我弗惟多誥我惟祇告尒命					王曰我不惟多誥我惟祇告爾命

又曰時惟爾初不克敬于和則無我怨			又曰昔惟尒初弗克敬于咪則亡我怨		又曰昔惟尒初弗克敬于咪則亡我怨	又曰昔惟尒初帯克敬亏咪則已我怨		又曰昔惟尒初弜亯歆亏咪劓亡敬廞

四十七、立　政

版本	周公作立政	周公若曰拜手稽首	告嗣天子王矣用咸戒于王曰	王左右常伯常任準人綴衣虎賁
唐石經	周公作立政	周公若曰拜手稽首	告嗣天子王矣用咸戒于王曰	王左右常伯常任準人綴衣虎賁
書古文訓		周公若曰捧手𦥔首	告嗣𡗝學王矣用咸戒亏王曰	王左右悤栢悤任準人𦃼𧚍虎賁
晁刻古文尚書				
上圖本（八）	周公作立政	周公若曰拜手乩首	彰嗣天子王矣用咸戒亏王曰	王左右常伯常任準人綴衣虎賁
上圖本（影）	周作立政	周公君曰拜手稽首	告嗣天子王矣用咸戒亏王曰	王左右常伯常任準人綴衣虎賁
足利本	周公作立政	周公若曰拜手誓首	告嗣天子王矣用咸戒于王曰	王左右常伯常任準人綴衣虎賁
古梓堂本				
天理本				
觀智院本				
上圖本（元）				
內野本	周公作立政	周公若曰拜手乩首	告嗣兓子王矣用咸戒亏王曰	王左右常伯常任準人綴衣虎賁
島田本				
九條本	周公作立政	周公若曰拜手諂首	告嗣天子王矣用咸戒于王曰	王左右常栢常任準人綴衣帚賁
神田本				
岩崎本				
敦煌本 P2630	蘭公作立政	周公若曰拜手諂首	告嗣天子王矣用咸戒于王曰	左右常栢常任準人綴衣帚賁
敦煌本 S2074	周公作立政	周公若曰拜手諂首	告罗天子王矣用咸戒于王曰	左右常栢常任準人綴衣帚賁
魏石經				
漢石經				常伯常任辟〔孔作準 下缺〕
戰國楚簡				
立政	周公作立政	周公若曰拜手稽首	告嗣天子王矣用咸戒于王曰	王左右常伯常任準人綴衣虎賁

1318、準

「準」字在傳鈔古文《尚書》有下列不同字形：

（1）辟：辟**隸釋**

〈立政〉「王左右常伯常任準人綴衣虎賁」《隸釋》錄漢石經尙書殘碑「常伯常任辟（下缺）」「準」字作辟，孫星衍云：「辟，亦法也，『辟人』謂法官也」，「辟」「準」義可相通。

（2）準：準

內野本、足利本、上圖本（影）、上圖本（八）「準」字或少一點作準，《說文》水部「準」字「平也，從水隼聲」。

（3）准：准

敦煌本 P2630「準」字作准，《集韻》上聲五 17 準韻「『準』俗作『准』非也」，此形當爲（2）準之省形，爲「準」之俗訛字。

【傳鈔古文《尚書》「準」字構形異同表】

準	戰國楚簡	石經	敦煌本	岩崎本	神田本b	九條本 島田本b	內野本	上圖（元）	觀智院b 天理本	古梓堂b	足利本	上圖本（影）	上圖本（八）	古文尚書晁刻	書古文訓	尚書篇目
王左右常伯常任準人綴衣虎賁		辟 隸釋	准 P2630										準			立政
宅乃準			准 P2630				準				準	準	準			立政
立政任人準夫牧作三事			准 P2630				準						準			立政

1319、綴

「綴」字在傳鈔古文《尚書》有下列不同字形：

（1）**魏三體**綴綴₁綴₂綴₃綴₄

魏三體石經〈立政〉「虎賁綴衣趣馬小尹」「綴」字古文作，與《說文》篆文作綴相類。九條本、觀智院本或作綴綴₁，偏旁「糸」字省作「纟」，觀智院本或作綴₂，復右下「又」變作「マ」形；內野本或作綴₃，所從（叕）隸變作「叕」；足利本、上圖本（影）或作綴₄，所從「叕」下形作「乀」爲同形

部件「又」之省略符號「＝＝」。

【傳鈔古文《尚書》「綴」字構形異同表】

綴	戰國楚簡	石經	敦煌本	岩崎本 神田本b 九條本 島田本b	內野本	上圖 （元）	觀智院b	天理本	古梓堂b	足利本	上圖本 （影）	上圖本 （八）	古文尚書晁刻	書古文訓	尚書篇目
王左右常伯常任準人綴衣虎賁		綴 S2074		綴	緵						綴	綴			立政
虎賁綴衣趣馬小尹		魏		綴							綴	綴			立政
茲既受命還出綴衣于庭					綴						綴				顧命
狄設黼扆綴衣牖間南嚮					綴	綴b					綴	綴			顧命
西序東嚮敷重底席綴純文貝仍几						綴b					綴	綴			顧命

唐石經	書古文訓	晁刻古文尚書	上圖本 （八）	上圖本 （影）	上圖本 （元）	觀智院本	天理本	古梓堂本	足利本	內野本	島田本	九條本	神田本	岩崎本	敦煌本 P2630	敦煌本 S2074	魏石經	漢石經	戰國楚簡	立政

1320、競

「競」字在傳鈔古文《尚書》有下列不同字形：

（1）競　競₁　競₂

敦煌本 S2074、P2630、九條本「競」字作競競₁，《說文》誩部「競」字篆文作競，从誩从二人，此形「言」變作「音」，足利本、上圖本（影）「競」字下半省併作競₂，二「音」之下半「日」與二「人」省併。

【傳鈔古文《尚書》「競」字構形異同表】

競	戰國楚簡	石經	敦煌本	岩崎本	神田本b	九條本	島田本b	內野本	上圖（元）	觀智院b	天理本	古梓堂b	足利本	上圖本（影）	上圖本（八）	古文尚書晁刻	書古文訓	尚書篇目
古之人迪惟有夏乃有室大競			競 S2074 競 P2630			競								競	競			立政

立政	戰國楚簡	漢石經	魏石經	敦煌本 S2074	敦煌本 P2630		岩崎本	神田本	九條本	島田本	內野本	上圖本（元）	觀智院本	天理本	古梓堂本	足利本	上圖本（影）	上圖本（八）	晁刻古文尚書	書古文訓	唐石經
籲俊尊上帝迪知忱恂于九德之行				籲俊尊上帝迪知忱恂于九德之行	喻俊尊上帝迪知忱恂于九德之行			籲俊尊上帝迪知忱恂于九德之行	籲俊尊上帝迪知忱恂于九德之行		籲俊尊上帝迪知忱恂于九德之行	籲俊尊上帝迪知忱恂于九德之行				籲俊尊上帝迪知忱恂于九德之行	籲俊尊上帝迪知忱恂于九德之行	籲俊尊上帝迪知忱恂于九德之行	籲俊尊上帝迪知忱恂于九德之行	籲俊尊上帝迪知忱恂于九德之行	籲俊尊上帝迪知忱恂于九德之行

乃敢告教厥后曰拜手稽首后矣									
乃敢告教厥后曰拜手稽首后矣		乃敢告教厥后曰拜斷蓄首后矣	乃敢告教厥后曰拜手叽省后矣		乃敢告教平后日拜手誧首后矣	迺敢告教年后曰拜手叽省后矣		迺敢告教厥后日拜手替首后矣 迺敢告教年后曰拜手替首后矣 迺敢告教厥后日拜手替首后矣	卤敢告教年后曰捧手龖首后矣

曰宅乃事宅乃牧宅乃準									
日宅乃事宅乃牧宅乃準		日宅乃事宅乃牧宅乃準	曰宅乃事宅乃牧宅乃準		日宅乃事宅乃牧宅乃準	日宅迺事宅迺牧宅迺準		日宅迺事宅迺牧宅迺準 日宅迺事宅迺牧宅迺準 日宅迺事宅迺牧宅迺準	日宅粤嘗寵粤坶粤準

茲惟后矣謀面用丕訓德									
茲惟后矣謀面用不訓德	亂孔謀面用下缺	茲惟后矣甚面用丕譬惠	茲惟后矣甚面用丕譬惠		茲惟后矣甚面用丕譬惠	茲惟后矣甚面用丕譬惠		茲惟后矣謀面用丕訓德 茲惟后矣謀面用丕訓德 茲惟后矣謀面用丕訓德	茲惟后矣甚面用丕譬惠

則乃宅人茲乃三宅無義民										則乃宅人茲乃三宅無義民
桀德惟乃弗作往任是惟暴德罔後										桀德惟乃弗作往任是惟暴德罔後
亦越成湯陟丕釐上帝之耿命										成湯陟丕釐上帝之耿命

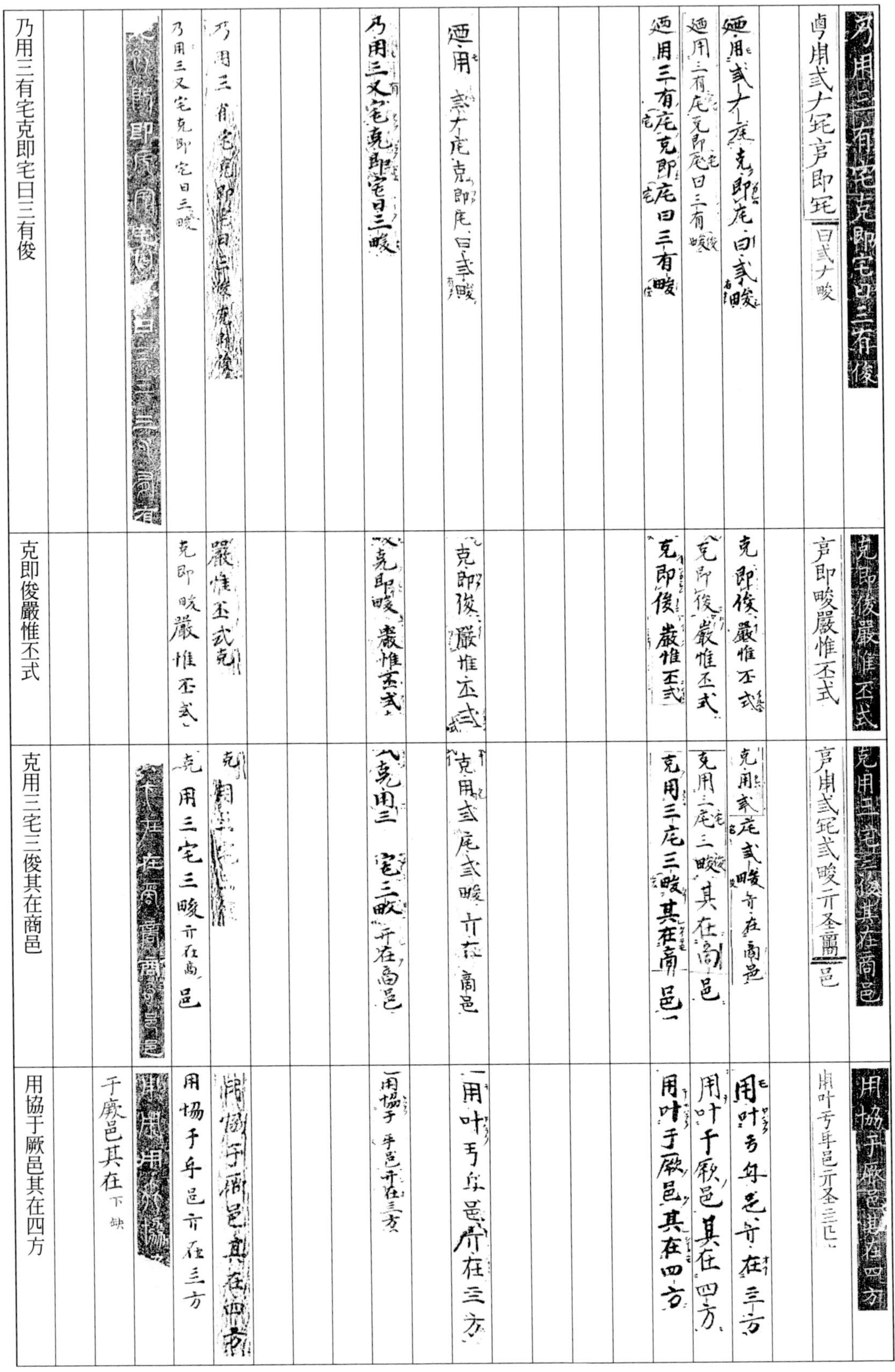

乃用三有宅克即宅曰三有俊
克即俊嚴惟丕式
克用三宅三俊其在商邑
用協于厥邑其在四方
于厥邑其在 下缺

用不式見德鳴呼其在受德啟		庄在州爾夏中德攄布啟	用丕式見意為寧亦在受意惡		用丕式見高為寧亦在受意惡	用丕式　鳥孛亦在受意啟		用丕式見德鳴呼其在喪德啟	用丕式見息為呼其在受德啟	用丕式見息綿庠亦聖嚴直惡

1321、啟

「啟」字《尚書》二見：〈康誥〉「啟不畏死」，《說文》攴部「啟，冒也」下引「〈周書〉曰『啟不畏死』」與之相合；〈立政〉「其在受德啟」《說文》心部「忞，彊也」下引「〈周書〉曰『在受德忞』」「啟」字作「忞」，「啟」字下段注云：「〈康誥〉『啟不畏死』《孟子》作『閔』，〈立政〉『其在受德啟』心部作『忞』，昏聲文聲同部」《爾雅・釋詁》「啟」訓強也與「忞」同義，二字音近義同。

「啟」字在傳鈔古文《尚書》有下列不同字形：

（1）[魏三體]忞忞忞

魏三體石經〈立政〉「啟」字古文作[圖]，與《說文》心部「忞」字下所引相合，敦煌本S2074、九條本、《書古文訓》亦作忞忞忞。

（2）[圖][魏三體]啟₁啟₂

魏三體石經〈立政〉「啟」字篆隸二體作[圖]啟，內野本作啟₁，所從「日」訛作「目」，足利本作啟₂，「日」訛作「月」。

（3）惌

敦煌本P2630「啟」字作惌，當即「愍」字，所從「民」缺筆，《說文》心部「愍，痛也，從心啟聲」，「愍」「啟」音近假借。

【傳鈔古文《尚書》「晵」字構形異同表】

晵	戰國楚簡	石經	敦煌本	岩崎本b 神田本b	九條本 島田本b	內野本	上圖本(元) 觀智院b 天理本 古梓堂b	足利本	上圖本(影) 上圖本(八)	古文尚書晁刻	書古文訓	尚書篇目
其在受德晵		[印]魏	态 S2074 悠 P2630			臀	臀		臀 臀		态	立政

立政	戰國楚簡	漢石經	魏石經	敦煌本S2074	敦煌本P2630	岩崎本	神田本	九條本	島田本	內野本	上圖本(元)	古梓堂本	天理本	觀智院本	足利本	上圖本(影)	上圖本(八)	晁刻古文尚書	書古文訓	唐石經
惟羞刑暴德之人同于厥邦				惟羞刑暴悳之同于亐厥邦	惟羞刑暴德之人同于手邦			惟羞刑暴惪之同于手邦		惟羞刑暴真业人同亏年邦					惟羞刑暴德之人同于厥邦	惟羞刑暴德之人同于厥邦	惟羞刑暴惠业人同亏年邦	惟羞剄虣惠业人同亏年当	惟羞剄虣惠业人同亏年当	惟羞刑暴德之人同于厥邦
乃惟庶習逸德之人同于厥政				乃惟庶習俗德之人同于手政	乃惟庶習俗意之同于手政			乃惟庶習逸真之人同于手政		迺惟庶習俏惠业人同亏年政					迺惟庶習逸德之人同于厥政	迺惟庶習逸化之人同于厥政	迺惟庶習俏惠业人同亏年政	迺惟庶習逸德俗惠出人同亏年政	尊惟庶習逸德俗惠业人同亏年政	尊惟庶習逸德俗惠出人同亏年政

									帝欽罰之乃伻我有夏
帝欽罰之乃伻我有夏		帝欽罰之乃伻我有夏	帝欽罰之乃伻我有夏		帝欽罰之乃伻我有夏	帝欽罰之乃伻我有夏			帝欽罰之乃伻我有夏
式商受命奄甸萬姓亦越文王武王		式商受命奄甸萬姓亦越文王武王	式商受命奄甸萬姓亦越文王武王		式商受命奄甸萬姓亦越文王武王	式商受命奄甸萬姓亦越文王武王			式商受命奄甸萬姓亦越文王武王
克知三有宅心灼見三有俊心	有會忠作心	武王克知三有宅心灼見三有俊心	克知三有宅心灼見三有俊心		克知三有宅心灼見三有俊心	克知三有宅心灼見三有俊心			克知三有宅心灼見三有俊心
以敬事上帝立民長伯	以敬事下缺	以敬事上帝立民長伯	以敬事上帝立民長伯		以敬事上帝立民長伯	以敬事上帝立民長伯			以敬事上帝立民長伯

		立政任人準夫牧作三事		立政常任準人牧作三事			立政任人準夫牧作三事	立政任人準夫牧作三事			立政任人準夫坺廷弎壹	立政任人準夫牧作三事		立政任人準夫牧作三事	立政任人準夫牧作三事	立政任人準夫坺廷弎壹	立政任人準夫牧作三事
		虎賁綴衣趣馬小尹左右攜僕		帝賁綴衣趣馬小尹左右攜僕			帝賁綴衣趣馬小尹左右攜僕	虎賁綴衣趣馬小尹左右攜僕			帝賁綴衣趣馬小尹左右攜僕	虎賁綴衣趣馬小尹左右攜僕		虎賁綴衣趣馬小尹左右攜僕	虎賁綴衣趣馬小尹左右攜僕	帝賁綴衣趣馬小尹左右攜僕	虎賁綴衣趣馬小尹左右攜僕

1322、趣

「趣」字在傳鈔古文《尚書》有下列不同字形：

（1）趣趣

敦煌本 S2074、九條本「趣」字作趣趣，「取」所從「又」俗書變作「く」。

【傳鈔古文《尚書》「趣」字構形異同表】

尚書篇目	書古文訓	古文尚書晁刻	上圖本（八）	上圖本（影）	足利本	古梓堂 b	天理本	觀智院 b	上圖（元）	內野本	島田本 b	九條本	神田本 b 岩崎本	敦煌本	石經	戰國楚簡	趣
立政														趣 S2074			虎賁綴衣趣馬小尹 趣

唐石經	書古文訓	晁刻古文尚書	上圖本（八）	上圖本（影）	足利本	古梓堂本	天理本	觀智院本	上圖本（元）	內野本	島田本	九條本	神田本	岩崎本	魏石經	敦煌本 S2074	敦煌本 P2630	漢石經	戰國楚簡	立 政
百司庶府大都小伯藝人表臣	百司厔府大都小粕藝人表臣		百司廣府大都小伯藝人表臣	百司廣府木都小伯藝人表臣	百司廣府大都小伯藝人表臣					百司庶府大都小伯藝人表臣		百司廣府大都小柏藝人表臣	百司廣府大都小柏藝人表臣			百司廣府大都小柏藝人表臣	百司廣府大都小伯藝人表臣			百司庶府大都小伯藝人表臣
百司太史尹柏庶常吉士	百司太史尹柏厔蒦吉士		百司太史尹柏庶掌吉士	百司太史尹柏庶掌吉士	百司太史尹柏庶常吉士					百司太史尹伯庶帝吉士		百司太史尹柏庶常吉士	百司太史尹伯庶帝吉士			百司太史尹柏庶掌古士	百司太史尹伯庶帝吉士			百司太史尹伯庶常吉士
司徒司馬司空亞旅	司徒司馬司空亞旅		司徒司馬司空亞旅	司徒司馬司空亞旅	司徒司馬司空亞旅					司徒司馬司空亞旅		司徒司馬司空亞旅	司徒司馬司空亞旅			司徒司馬司空亞旅	司徒司馬司空亞旅			司徒司馬司空亞旅

夷微盧烝三亳阪尹							夷微盧烝武亳阪尹
文王惟克厥宅心乃克立茲常事	王維厥有克上宅孔宅心乃 下宅		文王惟克厥宅心乃克立茲常事	文王惟克厥宅心乃克立茲常事	文王惟克厥宅心乃克立茲常事		文王惟克厥宅心乃克立茲常事
司牧人以克俊有德			牧人以克俊有德		牧人以克俊有德		司牧人以克俊有德
文王罔攸兼于庶言庶獄庶慎			文王罔攸兼于庶言庶獄庶慎	文王罔攸兼于庶言庶獄庶慎	文王罔攸兼于庶言庶獄庶慎		文王罔攸兼于庶言庶獄庶慎

惟有司之牧夫是訓用違			惟又司之牧夫是訓用違			惟又司之牧夫是訓用辝	惟大司出牧夫是訓用違		惟有司之牧夫是訓用違
庶獄庶慎文王罔敢知于茲			庶獄庶奮文王罔敢知于茲			庶獄庶奮文王罔敢知于茲	庶獄庶奮文王罔敢知于茲		庶獄庶慎文王罔敢知于茲
亦越武王率惟敉功不敢替厥義德			亦越武王率惟敉功帛敢替厥義德			亦越武王衛惟敉功帛敢替其誼惪	亦越武王率惟敉功帛敢替其誼惪		亦越武王率惟敉功不敢替厥義德
率惟謀從容德以並受此丕丕基	受茲九作丕丕其基		率惟謀從容德以並受此丕丕基			衛惟慧初容惪吕並受此丕丕基	率惟慧初容惪吕並受此丕丕基		率惟謀從容德以並受此丕丕基

嗚呼孺子王矣繼自今我其立政									
嗚呼孺子王矣繼自今我其立政	於戲 下缺		烏呼孺子王矣繼自今我其立政		烏虖孺子王矣繼自今我其立政	烏虖孺子王矣繼自今我其立政		嗚呼孺子王矣繼自今我其立政	嗚呼孺子王矣繼自今我其立政	嗚呼孺子王矣繼自今我其立政	雞虖孺學王矣繼自今我亓立政
立事準人牧夫我其克灼知厥若									
立事準人牧夫我其克灼知厥若			立事準人牧夫我其克灼知厥若		立事準人牧夫我其克灼知厥若	立事準人牧夫我其克灼知厥若		立事準人牧夫我其克灼知其若	立事準人牧夫我其克灼知其若	立事準人牧夫我其克灼知其若	立事準人坶夫戉亓亯焯知年若
丕乃俾亂相我受民和我庶獄庶慎									
丕乃俾亂相我受民和我庶獄庶慎			丕乃俾亂相我受民和我庶獄庶慎		丕乃俾華相我受民和我庶獄庶眷	丕乃俾華相我受民和我庶獄庶眷		丕乃俾亂相我受民和我庶獄庶慎	丕乃俾亂相我受民和我庶獄庶慎		丕乃俾亂相我受民和我庶
時則勿有間之自一話一言									
時則勿有間之自一話一言			時則勿有間之自一話一言		時則勿又間之自一話一言	時則勿大開出自式話式言		時則勿又間之自一話一言	時則勿又間之自一話一言		時則勿大開出自式話式言

										我則 末惟成德之彥以乂我受民
我則末惟成德之彥以乂我受民			我則末惟成德之彥以乂我受民		我則末惟成惠之彥呂乂我受民	我則末惟成惠之彥呂乂我受民			我則末惟成德之彥以乂我受民	我則末惟成惠之彥呂乂我受民
嗚呼予旦已受人之徽言	旦以前孔傳 已受人之徽 孔作言 下缺		嗚呼予旦已受人之徽言		嗚呼予旦已受人之徽言	嗚呼予旦已受人之徽言			嗚呼予旦已受人之徽言	繹庫予旦已受人之徽心
咸告孺子王矣繼自今文子文孫			咸告孺子王矣繼自今文子文孫		咸告孺子王矣繼自今文子文孫	咸告孺子王矣繼自今文子文孫			咸告孺子王矣繼自今文子文孫	咸告孺子王矣繼自今文子孫
其勿誤于庶獄庶慎惟正是乂之			其勿誤于庶獄庶慎惟正是乂之		亓勿誤于庶獄庶春惟正是乂之	亓勿誤于庶獄庶春惟正其乂也			其勿誤于庶獄	亓勿誤于庶獄庶傳惟正是乂也

									自古商人亦越我周文王
自古商人亦越我周文王		自古商人亦越我周文王		自古商人亦越我周文王	自古商人亦越我周文王			自古商人亦越我周文王	**立政立事牧夫準人則克宅之**
立政立事牧夫準人則克宅之		立政立事牧夫準人則克宅之	立政立事牧夫準人則克宅之	立政立事牧夫準人則克宅之			立政立事牧夫準人則克宅之		**克由繹之茲乃俾乂國則罔有立政用憸人**
克由繹之茲乃俾乂國則罔有立政用憸人		克由繹之茲乃俾乂國則罔有立政用憸人	克由繹之茲乃俾乂國則罔有立政用憸人	克由繹之茲乃俾乂國則罔有立政用憸人			克由繹之茲乃俾乂國則罔有立政用憸人		**不訓于德是罔顯在厥世**
不訓于德是罔顯在厥世	訓德有于上是罔顯厥在其世下沇	弗訓德是宅顯在厥世	弗志訓德是宅顯在厥世	弗志訓德是宅顯在厥世			弗訓于德是罔顯在其世		

繼自今立政其勿以憸人			繼自今立政其勿以憸人	繼自今立政其勿以憸人	繼自今立政其勿以憸人			繼自今立政其勿以憸人	繼自今立政其勿以憸人	繼自今立政其勿以憸人
其惟吉士用勤相我國家			其惟吉士用勤相我國家	惟吉士用勤相我國家	亦惟吉士用勤相我國家			其惟吉士用勤相我國家	亦惟吉士用勤相我國家	亦惟吉士用勤眛效國家

1323、勤

「勤」字在傳鈔古文《尚書》有下列不同字形：

（1）**勠**

《說文》力部「勤」字下引「〈周書〉曰『用勤相我邦家』」今本「邦」作「國」。「勤」字足利本、上圖本（影）作**勠**，右从「万」。

【傳鈔古文《尚書》「勤」字構形異同表】

勤	戰國楚簡	石經	敦煌本	岩崎本 神田本b	九條本 島田本b	內野本	上圖（元）	觀智院b	天理本	古梓堂b	足利本	上圖本（影）	上圖本（八）	古文尚書晁刻	書古文訓	尚書篇目
其惟吉士用勤相我國家			勤 P2630			勤					勠	勠	勤		勤	立政

立政	戰國楚簡	漢石經	魏石經	敦煌本 S2074	敦煌本 P2630	岩崎本	神田本	九條本	島田本	內野本	上圖本（元）	觀智院本	天理本	古梓堂本	足利本	上圖本（影）	上圖本（八）	晁刻古文尚書	書古文訓	唐石經
今文子文孫孺子王矣其勿誤于庶獄					今文子文孫孺子王矣其勿誤于庶獄			今文子文孫孺子王矣其勿誤于庶獄		今文子文孫孺子王矣其勿誤于庶獄						今文子文孫孺子王矣其勿誤于庶獄	今文子文孫孺子王矣其勿誤于庶獄	今文學孫孺學王矣其勿誤于庶獄	今文子文孫孺子王矣其勿誤于庶獄	
惟有司之牧夫其克詰爾戎兵					惟有司之牧夫其克詰爾戎兵			惟有司之牧夫其克詰爾戎兵		惟有司之牧夫其克詰爾戎兵						惟有司之牧夫其克詰爾戎兵	惟有司之牧夫其克詰爾戎兵	惟有司之牧夫其克詰爾戎兵	惟有司之牧夫其克詰爾戎兵	

1324、兵

「兵」字在傳鈔古文《尚書》有下列不同字形：

（1）

《書古文訓》「兵」字作，爲《說文》古文从廾干作之隸古定。

【傳鈔古文《尚書》「兵」字構形異同表】

尚書篇目	書古文訓	古文尚書晁刻	上圖本（八）	上圖本（影）	足利本	古梓堂本b	天理本	觀智院本b	上圖本（元）	內野本	島田本b	九條本	神田本b	岩崎本	敦煌本	石經	戰國楚簡	兵
立政	俌																	其克詰爾戎兵

唐石經	書古文訓	晁刻古文尚書	上圖本（八）	上圖本（影）	足利本	古梓堂本	天理本	觀智院本	上圖本（元）	內野本	島田本	九條本	神田本	岩崎本	敦煌本 P2630	敦煌本 S2074	魏石經	漢石經	戰國楚簡	立政
																				以陟禹之迹方行天下
																				至于海表罔有不服
																				以觀文王之耿光以揚武王之大烈

								嗚呼繼自今後王立政其惟克用常人
							周公若曰太史司寇蘇公	
							式敬爾由獄以長我王國	
							茲式有慎以列用中罰	

1325、列

「列」字在傳鈔古文《尚書》有下列不同字形：

（1）汗 2.21四 5.13

《汗簡》、《古文四聲韻》錄《古尚書》「列」字作：汗 2.21四 5.13，《說文》篆文作，漢碑作夏承碑楊叔恭殘碑，此形巛下多一橫，《書古文訓》隸變作。「列」字所从「歺」《說文》古文作，即由「死」字《說文》古文作、魏三體石經古文作、戰國作望山.卜郭店.忠信 3中山王兆域圖所从訛變，其上訛作「巛」、「水」形。

【傳鈔古文《尚書》「列」字構形異同表】

列 傳抄古尚書文字 汗 2.21 四 5.13	戰國楚簡	石經	敦煌本	岩崎本	神田本b	九條本	島田本b	內野本	上圖（元）	觀智院b	天理本	古梓堂本b	足利本	上圖本（影）	上圖本（八）	古文尚書晁刻	書古文訓	尚書篇目
茲式有愼以列用中罰																			立政

四十八、周　官

唐石經	書古文訓	晁刻古文尚書	上圖本（八）	上圖本（影）	足利本	古梓堂本	天理本	觀智院本	上圖本（元）	內野本	島田本	九條本	神田本	岩崎本	敦煌本	魏石經	漢石經	戰國楚簡	周　官
成王无黜殷命威淮尸	成王无黜殷命滅淮夷	成王无黜殷命滅淮夷	成王既黜殷命滅淮夷	成王既黜殷命滅淮夷						成王无黜殷命滅淮夷									成王既黜殷命滅淮夷
還歸在豐作周官	還歸在豐作周官	還歸在豐作周官	還師在豐作周官	還師在豐作周官						還歸在豐作周官									還歸在豐作周官
惟周王攺万當徇戻甸	惟周王攺万邦巡侯甸	惟周王撫萬邦巡侯甸	惟周王撫万邦巡侯甸	惟周王撫万邦巡侯甸						惟周王攺万邦巡侯甸									惟周王撫萬邦巡侯甸
三征弗廷綏娭厥民六船羣侵	三征弗廷綏厥兆民六服群辟	四征不庭綏厥兆民六服群辟	四征不庭綏厥兆民六服群辟	三征弗庭綏年兆民六脈羣侵						三征弗庭綏厥兆民六服群辟									四征弗庭綏厥兆民六服群辟

罔不承德歸于宗周董正治官
王曰若昔大猷制治于未亂
保邦于未危曰唐虞稽古建官惟百
內有百揆四岳外有州牧侯伯

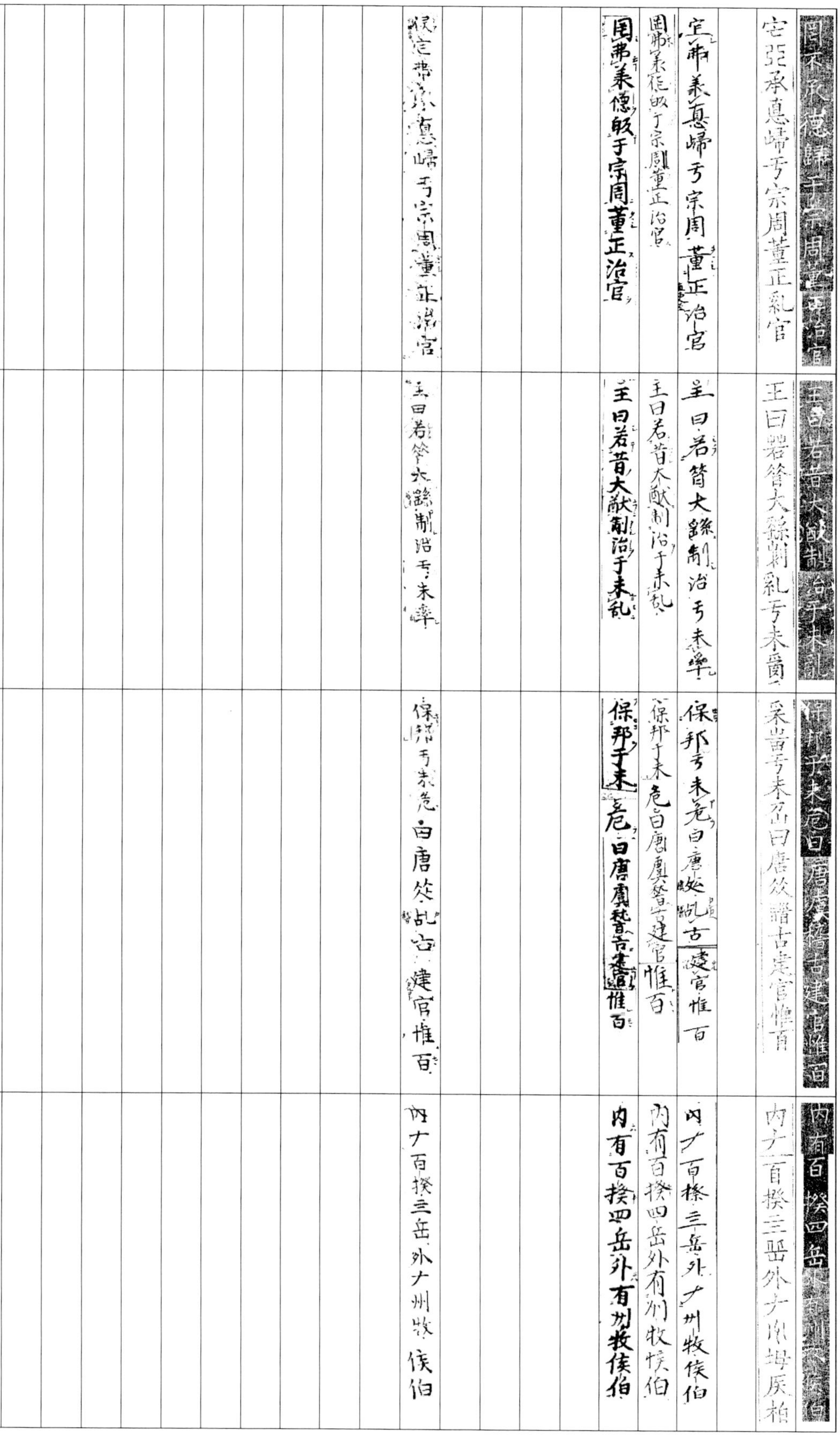

庶政惟和萬國咸寧夏商官倍							庶政惟咊万載咸寍夏商官倍		庶政惟咊万國咸寍夏商官倍	庶政惟咊万載咸寍夏商官倍
亦克用父明王立政不惟其官惟其人							亦克用父明王立政帝惟亓官惟亓人		亦克用父明王立政帝惟其官惟其人	亦克閉又明王立政帝惟亓官亓人
今予小子祗勤于德夙夜不逮							今予小子征勤亐死夜帝逮	今予小子征勤于悳夙夜帝逮	今予小子祗勤于德夙夜帝逮	今予小子征勤于悳夙夜帝逮
仰惟前代時若訓迪厥官							仰惟前代暜若警迪厥官	仰惟前代暜若訓迪厥官	仰惟前代暜若訓迪其官	仰惟舜代暜若訓迪年官

立太師太傅太保茲惟三公								立太師太傅太保茲惟三公	立太師太傅太保茲惟三公	立太師太傅太保茲惟二公	立太師太傅太保茲惟三公	立太師太傅太保茲惟三公	立太師太傅太保茲惟三公	立太師太傅太保茲惟弍公	立太師太傅太保茲惟弍公
論道經邦燮理陰陽官不必備								論道經邦燮理陰陽官希必備	論道經邦燮理會易容希必備	論道經邦燮理陰陽官希必備	論道經邦藥理陰陽官希必備	論道經邦燮理陰陽官希必備	論道經邦藥理會易官希必苟	論道經邦燮理會易官弗必苟	論道經邦燮理陰陽官不必備
惟其人少師少傅少保曰三孤								惟其人少師少傅少保曰三孤	惟亓人少師少傅少保曰三孤	惟亓人少師少傅少保曰三孤	惟其人少師少傅少保曰三孤	惟其人少師少傅少保曰三孤	惟亓人少師少傅少保曰三孤	惟亓人少帝少傅少保曰三孤	惟亓人少師少傅少保曰三孤
貳公弘化寅亮天地弼予一人								貳公弘化寅亮天地弼予弍人	二公弘化寅亮天地弼予一人	二公弘化寅亮天地弼予一人	貳公弘化寅亮天地弼予一人	貳公弘化寅亮天地弼予一人	二公弘化寅亮天地弼予弍人	弍公弘化寅亮天地敬予弍人	弍公弘化寅亮天地敬予弍人

冢宰掌邦治統百官均四海								冢宰掌邦治統百官均三彙		冢宰掌邦治統百官均三彙	冢宰掌邦治統百官均四彙	冢宰掌邦治統百官均四彙	冢宰掌邦治統百官皇三彙	**冢宰掌邦治統百官均四海**
司徒掌邦教敷五典擾兆民								司徒掌邦教敷五典擾兆民		司徒掌邦教敷五典擾兆民	司徒掌邦教敷五典擾兆民	司徒掌邦教敷五典擾兆民	司徒掌邦教敷五典擾兆民	**司徒掌邦教敷五典擾兆民**
宗伯掌邦禮治神人和上下								宗伯掌邦禮治神人和上下		宗伯掌邦禮治神人和上下	宗伯掌邦禮治神人和上下	宗伯掌邦禮治神人和上下	宗伯掌邦禮治神人和上下	**宗伯掌邦禮治神人和上下**
司馬掌邦政統六師平邦國								司馬掌邦政統六師平邦國		司馬掌邦政統六師平邦國	司馬掌邦政統六師平邦國	司馬掌邦政統六師平邦國	司馬掌邦政統六師平邦國	**司馬掌邦政統六師平邦國**

司寇掌邦禁詰姦慝刑暴亂							司寇掌邦禁詰姦慝刑暴舉	司寇掌邦禁詰姦慝刑暴亂		同寇掌邦禁詰姦慝刑暴亂	司寇掌邦禁詰姦慝刑暴舉	司寇掌邦禁詰姦慝刑暴舉	司寇掌司禁詰姦慝刑暴亂	司寇掌邦禁詰姦慝刑暴亂
司空掌邦土居四民時地利							司空掌邦其居三民皆坐利	司空掌邦土居三民皆地利		同空掌邦土居四民取地利	司空掌邦土居四民取地利	司空掌邦土居三民皆坐利	司空掌邦土居三民皆坐利	司寇掌邦土居三民皆坐利
六卿分職各率其屬							六卿分職各師其屬	六卿分職各師其屬月		六卿分職各師其屬	六卿分職各師其屬	六卿分職各師其屬	六卿分職各衛其屬	六卿分職各率其屬
以倡九牧阜成兆民							呂倡九牧遒成兆民	倡九牧遒成兆民		以倡九牧阜成兆民	汲倡九牧阜成兆民	呂倡九牧阜成兆民	呂倡九坤阜成兆民	以倡九牧阜成兆民

六年五服一朝又六年王乃時巡								六年五服弌輪又六秊王乃酒䝰巡	六年又服一朝又六秊王乃峕巡		六秊五服一朝又六秊王乃䝰巡	六秊五服弌朝又六秊王乃峕巡 … 六秊五服弌朝又六秊王粤䝰巡
考制度于四岳諸侯各朝于方岳								考制度亏三岳諸侯各朝亏方岳	考制度于三岳諸侯各朝亏方岳		考制度于四岳諸侯各朝于方岳 … 考制度于四岳諸侯各朝于方岳	考制度亏三岳諸侯各亏方岳 … 考制度亏三岳諸侯各朝亏方岳
大明黜陟王曰嗚呼凡我有官君子								大明黜陟王曰烏呼凡我有官君子	大明黜陟王曰為庳凡我有官君子		天明黜陟王曰嗚呼亢我有官君子 … 大明黜陟王曰嗚呼凡我有官君子	大明黜陟王曰雜庳凡我有官君子

欽乃攸司慎乃出令令出惟行弗惟反							欽迺迺司　眘迺出令・・出惟行弗惟反	欽乃迺司慎乃出令・・出惟行弗惟反	欽乃迺司慎乃出令令出惟行弗惟反	欽乃迺司惈乃出令令出惟行弗惟反	欽迺迺司㤲迺出令令出惟行弗惟反
以公滅私民其允懷學古入官							呂公滅公民亦允懷學古入官	呂公滅私民亦允懷學古入官	以公滅私民其允懷學古入官	以公滅私民其允懷學古入官	呂公滅公民亦允裒敦古入官
議事以制政乃不迷其爾典常作之師							口誼事・呂制政迺弗迷亦爾典常作師	議事以制政乃弗迷亦爾典常作師	議事以制政乃弗迷　其余典常作之師	議事以制政乃弗迷亦余典常作之師	誼事呂制政迺弗迷亦余典常作之師

1326、議

「議」字在傳鈔古文《尚書》有下列不同字形：

（1）議：**譲**

足利本、上圖本（影）「議」字作**譲**，所从「義」字俗省作**羙**（參見“義”

字）。

（2）誼：誼₁誼₂

《書古文訓》「議」字作誼₁，為「誼」字篆文誼之隸定，內野本作誼₂，所從「宀」作「宀」，《說文》言部「議，語也，從言義聲」，「誼」字訓「人所宜也」，此作「誼」為「議」之音同假借，《漢書·董仲舒傳》「論誼考問」，即以「誼」為「議」字。

【傳鈔古文《尚書》「議」字構形異同表】

議	戰國楚簡	石經	敦煌本	岩崎本	神田本b	九條本	島田本b	內野本	上圖（元）	觀智院b	天理本	古梓堂本b	足利本	上圖本（影）	上圖本（八）	古文尚書晁刻	書古文訓	尚書篇目
議事以制								誼						議	誐		誼	周官

周官	戰國楚簡	漢石經	魏石經	敦煌本	岩崎本	神田本	九條本	島田本	內野本	上圖本（元）	觀智院本	天理本	古梓堂本	足利本	上圖本（影）	上圖本（八）	晁刻古文尚書	書古文訓	唐石經
無以利口亂厥官蓄疑敗謀					正昌利口亂年官蓄疑敗謀		正昌利口蓉年官蓄疑敗惠		正昌利口亂年官蓄疑敗謀	無以利口亂其官蓄疑敗謀		無以利口亂其官蓄疑敗謀		正昌利口舉年官蓄疑敗甚		亡昌物口亂年官蓄疑敗甚	亡昌物口亂年官蓄疑敗甚		官昌物口亂年官蓄疑敗甚	無以利口亂厥官蓄疑敗謀
怠忽荒政不學牆面莅事惟煩					怠忽荒政弗學牆面莅事惟煩		怠忽荒政不學牆面莅事惟煩		怠忽荒政弗學牆面莅事惟煩	怠忽荒政弗學牆面莅事惟煩				怠忽荒政弗學牆面莅事惟煩		怠忽荒政弗學牆面莅事惟煩	怠忽荒政弗學牆面莅文惟煩		怠昌荒政弗教牆面莅事惟煩	怠忽荒政弗教牆面莅事惟煩

戒爾卿士功崇惟志業廣惟勤								戒爾卿士功崇惟志業廣惟勤	戒爾卿士功崇惟志業廣惟勤	戒爾卿士功崇惟志業廣惟勤	戒爾卿士功崇惟志業廣惟勤	戒爾卿士功崇惟志業廣惟勤	戒爾卿士功崇惟志業廣惟勤
惟克果斷乃罔後艱								惟克果斷乃罔後艱	惟克果斷乃罔後艱	惟克果斷乃罔後艱	惟克果斷乃罔後艱	惟克果斷乃罔後艱	惟克果斷乃罔後艱
位不期驕祿不期侈								位不期驕祿不期侈	位不期驕祿不期侈	位不期驕祿不期侈	位不期驕祿不期侈	位不期驕祿不期侈	位不期驕祿不期侈

1327、驕

「驕」字在傳鈔古文《尚書》有下列不同字形：

（1）憍₁㤭憍₂㤭₃

《書古文訓》「驕」字作憍₁，上圖本（八）作㤭憍₂，右從「喬」之隸變俗寫，內野本作㤭₃，偏旁「忄」字與「十」混同，岩崎本作㤭，復所從「喬」變似「高」。上述諸本皆以「憍」為「驕」，《說文》無「憍」字，《集韻》平聲三４宵韻「憍」通作「驕」。

【傳鈔古文《尚書》「驕」字構形異同表】

驕	戰國楚簡	石經	敦煌本	岩崎本	神田本b	九條本	島田本b	內野本	上圖（元）	觀智院b	天理本	古梓堂b	足利本	上圖本（影）	上圖本（八）	古文尚書晁刻	書古文訓	尚書篇目
位不期驕								憍							憍	憍	憍	周官
驕淫矜侉				憍				憍							憍	憍	憍	畢命

1328、侈

「侈」字在傳鈔古文《尚書》有下列不同字形：

（1）多₁伨₂

「祿不期侈」「侈」字上圖本（影）作多₁，爲俗書省略偏旁寫作「多」字；岩崎本、內野本、觀智院本或作伨₂，偏旁「多」字其上「夕」俗變作「口」（參見"多"字）。

【傳鈔古文《尚書》「侈」字構形異同表】

侈	戰國楚簡	石經	敦煌本	岩崎本	神田本b	九條本	島田本b	內野本	上圖（元）	觀智院b	天理本	古梓堂b	足利本	上圖本（影）	上圖本（八）	古文尚書晁刻	書古文訓	尚書篇目
祿不期侈								伨	侈b					多			伨	周官
怙侈滅義				伨				伨									伨	畢命

唐石經	書古文訓	晁刻古文尚書	上圖本（八）	上圖本（影）	足利本	古梓堂本	天理本	觀智院本	上圖本（元）	內野本	島田本	九條本	神田本	岩崎本			敦煌本	魏石經	漢石經	戰國楚簡	周官
										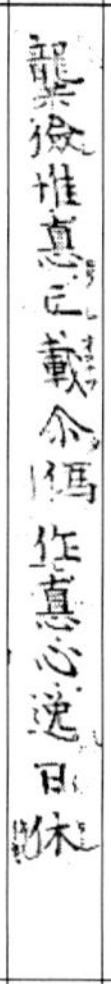											恭儉惟德無載爾偽作德心逸日休
																					作偽心勞日拙居寵思危罔不惟畏
			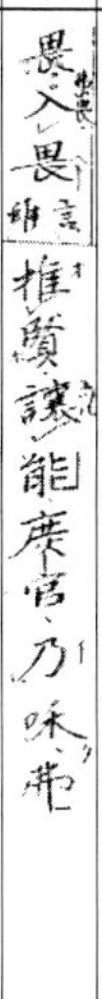							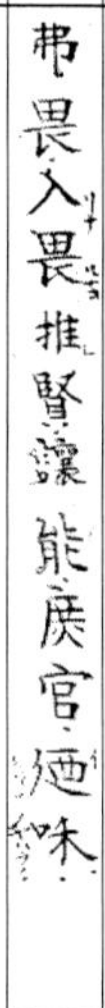											弗畏入畏推賢讓能庶官乃和

不和政彪舉能其官惟爾之能						弗味政彪舉能亓官惟尒之能	不和政庵舉能其官惟爾之能	弗和政庀舉能其官惟尒之能	弗味改彪舉能亓官惟尒之㠯	弗味改學能亓官惟尒之能	亞味政㢉舉耐亓官惟尒山耐

1329、彪

「彪」字在傳鈔古文《尚書》有下列不同字形：

（1）𢉥₁庵₂庀₃

《書古文訓》「彪」字作𢉥₁，爲《說文》篆文作[image]之隸古定訛變，偏旁「厂」字變作「广」，觀智院本作庵₂，亦變从作「广」，上圖本（影）訛誤作庀₃。

【傳鈔古文《尚書》「彪」字構形異同表】

彪	戰國楚簡	石經	敦煌本	岩崎本	神田本b	九條本	島田本b	內野本	上圖本（元）	觀智院b	天理本	古梓堂b	足利本	上圖本（影）	上圖本（八）	古文尚書晁刻	書古文訓	尚書篇目
不和政彪舉能其官								庇		庵b				庀	庇	庵	𢉥	周官

周官	戰國楚簡	漢石經	魏石經	敦煌本	岩崎本	神田本	九條本	島田本	內野本	上圖本（元）	觀智院本	天理本	古梓堂本	足利本	上圖本（影）	上圖本（八）	晁刻古文尚書	書古文訓	唐石經
稱匪其人惟爾不任									稱匪亓人惟尒弗任	稱匪其人惟爾而不任	稱匪其人惟尒弗任			稱匪其人惟尒弗任	稱亞亓人惟尒弗任	稱亞其人惟尒弗任	稱亞亓人惟尒弗任	稱匪元人惟亦亞任	稱匪亓人惟亦亞不任

王曰嗚呼三事暨大夫敬爾有官

亂爾有政以佑乃辟

永康兆民萬邦惟無斁

成王既伐東夷肅慎來賀

王俾榮伯作賄肅慎之命

1330、榮

「榮」字在傳鈔古文《尚書》有下列不同字形：

（1）榮

足利本、上圖本（影）「榮」字或作榮，其上炊省作三點。

【傳鈔古文《尚書》「榮」字構形異同表】

榮	戰國楚簡	石經	敦煌本	岩崎本	神田本b	九條本	島田本b	內野本	上圖（元）	觀智院b	天理本	古梓堂b	足利本	上圖本（影）	上圖本（八）	古文尚書晁刻	書古文訓	尚書篇目
王俾榮伯作賄肅慎之命													榮	榮				周官
邦之榮懷													榮	榮				秦誓

1331、賄

「蠲」字在傳鈔古文《尚書》有下列不同字形：

（1）賄

「賄」字《書古文訓》作賄，《玉篇》「賄」與「賄」同，《汗簡》錄王存乂《切韻》作：賄汗 **3.33**，與此同形，《箋正》謂「別从每聲，《一切經音義》履云：『賄，古文賄』，蓋後漢字書有之，王氏所本，薛本《尚書》『賄』亦作此，〈盤庚〉又以作『貨』字」，金文「賄」字作賄賄賢簋賄賄師袁簋賄兮甲盤，兮甲盤假賄為「賄」字，郭沫若謂「賄，當讀為賄」〔註375〕，古音「有」匣紐之部，「每」明紐之部，「賄」字作「賄」為聲符更替。

【傳鈔古文《尚書》「賄」字構形異同表】

賄	戰國楚簡	石經	敦煌本	岩崎本	神田本b	九條本	島田本b	內野本	上圖（元）	觀智院b	天理本	古梓堂b	足利本	上圖本（影）	上圖本（八）	古文尚書晁刻	書古文訓	尚書篇目
王俾榮伯作賄肅慎之命																	賄	周官

〔註375〕郭沫若，《兩周金文辭大系考釋》，台北：師範大學國文系，頁144。

周　官	戰國楚簡	漢石經	魏石經	敦煌本			岩崎本	神田本	九條本	島田本	內野本	上圖本（元）	觀智院本	天理本	古梓堂本	足利本	上圖本（影）	上圖本（八）	晁刻古文尚書	書古文訓	唐石經
周公在豐將沒欲葬成周											周公在豐將殘欲葬戌周	周公在豐將沒欲葬成周				周公在豐將沒欲葬成周	周公在豐將沒欲葬成周	周公在豐將沒欲葬成周		周公在豐將沒欲葬成周	周公在豐將沒欲葬成周
公薨成王葬于畢告周公作亳姑											公薨成王葬亐畢告周公作亳姑	公薨成王葬于畢告周公作亳姑				公薨成王葬于畢告周公作亳姑	公薨成王葬于畢告周公作亳姑	公薨成王葬于畢告周公作亳姑		公薨成王葬于畢告周公作亳姑	公薨成王葬于畢告周公作亳姑

四十九、君　陳

唐石經	書古文訓	晁刻古文尚書	上圖本（八）	上圖本（影）	足利本	古梓堂本	天理本	觀智院本	上圖本（元）	內野本	島田本	九條本	神田本	岩崎本	敦煌本	魏石經	漢石經	上博楚簡	郭店楚簡	君陳
周公旡又命商敷分正東郊成周延商敷	周公旡殳命君敕分正東郊成周		周公旡殳命君敕分正東郊成周作君敕	周公旣沒命君陳分正東郊成周作君陳	周公旣沒命君陳分正東郊成周作君陳				周公旡殳命君敕公正東郊戚周作君敕											周公旣沒命君陳分正東郊成周作君陳
王若曰商敷惟尒令悳孝襄	王若曰君陳惟介令惪孝龏		王若曰君陳惟介令恁孝龏	王若曰君陳惟介令恁孝龏	王若曰君陳惟介令德孝龏				王若曰君敕惟介令恁孝龏											王若曰君陳惟爾令德孝恭
惟孝友于兄弟克施有政	惟孝友于兄弟克施大政		惟孝友于兄弟克施大政	惟孝友于兄弟克施有政	惟孝友于兄弟克施有政				惟孝友于兄弟克施大政											惟孝友于兄弟克施有政

命女尹兹東郊敬哉	昔周公師保萬民民懷其德往慎乃司	兹率厥常懋昭周公之訓惟民其乂	我聞曰至治馨香感于神明
俞女尹丝東郊敬才	昔周公師保万民民懷其德往慎乃司兹	兹率其常懋昭周公之訓惟民其乂	我聞曰至治馨香感于神明
俞女尹兹東郊敬才	昔周公師保万民民懷其德往慎乃司兹	兹率年常懋昭周公之訓惟民其乂	我聞曰至治馨香感于神明
俞女尹丝東郊敬才	昔周公師保万民民懷其德往慎乃司	兹率厥常懋昭周公之訓惟民其乂	我聞曰至治馨香感于神明
俞女尹丝東郊敬才	師保万民民懷其德往慎乃司	兹率厥常懋昭周公之訓惟民其乂	我聞曰至治馨香感于神明
俞女尹兹東郊敬才	昔周公師保万民民懷其德往慎乃司	兹率年常懋昭周公之訓惟民其乂	我聞曰至治馨香感于神明
命汝尹茲東郊敬哉	昔周公師保萬民民懷其德往慎乃司	茲率厥常懋昭周公之訓惟民其乂	我聞日至治馨香感于神明

泰稷非馨明惪惟馨	尒尚式昔周公之猷訓	隹日孜孜亡敢作念尻	凡人未見聖若己見先見聖亦己不尻由聖
泰稷非馨明惪惟馨	尒尚式昔周公之猷訓	日孜孜亡敢逸孫	凡人未見聖若弗尻見既見聖亦弗尻由聖
泰稷非馨明惪惟馨	尒尚式眂周公之猷訓	隹日孜孜亡敢逸孫	凡人未見聖若弗尻見既見聖亦弗尻由聖
泰稷非馨明惪惟馨	尒尚式眂周公之猷訓	隹日孜孜亡敢逸孫	凡人未見聖若弗尻見既見聖亦弗尻由聖
泰稷非馨明惪惟馨	尒尚式昔周公之猷	隹日孜孜亡敢逸孫	凡人未見聖若弗尻見既見聖亦弗尻由聖
泰稷非馨明惪惟馨	尒尚式昔周公之猷訓	隹日孜孜亡敢逸念	凡人未見聖若弗尻見既見聖亦弗尻由聖
泰稷非馨明德惟馨	爾尚式時周公之猷訓	惟日孜孜無敢逸豫	凡人未見聖若不克見既見聖亦不克由聖

爾其戒哉爾惟風下民惟草								厼亣戒才厼惟風下民惟屮	爾冇戒于雨惟恖下民隹屮	厼其戒哉厼惟風下民惟草	禹亣戒才厼惟風下民惟屮	厼亣燹才厼惟風下民惟屮
圖厥政莫或不艱有廢有興								圙芋政莫圉帯艱亣廢亣興	圗厥政莫或帯艱亣攮又興	蒿其政莫或弗艱有廢有興	凶其政莫或帯艱冇癹有興	圗芉政莫或弜艱大廢大興
出入自爾師虞庶言同則繹	凸金凹厼坒圈于庶言晿 台膚 晉 旨							出入自厼師𢊇庶言同則繹	出入自厼𠂤虞庶言同則繹	出入自厼師虞庶言同則繎	出入自厼師虞庶言同則繹	出入自厼𠂤炎屟吂同則繹

													爾有嘉謀嘉猷則入告爾后于內爾乃順之于外
爾有嘉謀嘉猷則入告爾后于內爾乃順之于外									尒亣嘉慧嘉猷則入告尒后亏內尒乃順之于外	爾又嘉慧嘉猷則入告爾后于內爾乃順之于外	尒有嘉謀嘉猷則入告尒后于內尒乃順之于外	尒有嘉謀嘉猷則入告尒迨于內尒乃順之于外	尒广嘉慧嘉猷則入告尒后亏內尒乃順之于外
曰斯謀斯猷惟我后之德									曰斯慧斯猷惟我后之德	曰斯慧斯猷惟我后之德	曰斯謀斯猷惟我后之德	曰斯謀斯猷惟我后之德	曰斯慧斯猷惟誠后之德
嗚呼臣人咸若時惟良顯哉									烏摩臣人咸若時惟良顯才	烏摩臣人咸若時惟良顯才	烏摩臣人咸若時惟良顯哉	嗚呼臣人咸若時惟良顯哉	謀摩臣人咸若時惟良顯才

王曰君陳爾惟弘周公丕訓								王曰君敷爾惟弘周公丕訓	王曰君敷爾惟弘前周公丕訓		王曰君陳爾惟弘周公丕訓	王曰君敷爾惟弘周公丕訓	王曰君敷爾惟弘周公丕訓	王曰兩敷爾惟弘周公丕訓	王曰君陳爾惟弘周公丕訓
無依勢作威無倚法以削								無依勢作畏已倚法昌削	亡依勢往畏正倚法昌削		無依勢作威無倚法以削	無依勢作威無倚法以削	亡依勢作畏亡倚法昌削	亡亦執迍魯亡倚金昌削	無依勢作威無倚法以削
寬而有制從容以和殷民在辟								寬而大制從容宏昌味殷邑在辟	寬而有制從容宏昌味嚴民在辟		寬而有制從容以和殷民在辟	寬而有制從容以和殷民在辟	寬而有制從容以和殷民在辟	寬而大制從容宏昌味殷民聖侯	寬而有制從容以和殷民在辟

													予曰辟爾惟勿辟予曰宥爾惟勿宥
予曰辟爾惟勿辟予曰宥爾惟勿宥													惟厥中有弗若于汝政
惟厥中有弗若于汝政													弗化于汝訓辟以止辟乃辟
弗化于汝訓辟以止辟乃辟													狃于姦宄敗常亂俗三
狃于姦宄敗常亂俗三細不宥													

爾無忿疾于頑無求備于一夫

必有忍其乃有濟有容德乃大

簡厥修亦簡其或不修

進厥良以率其或不良

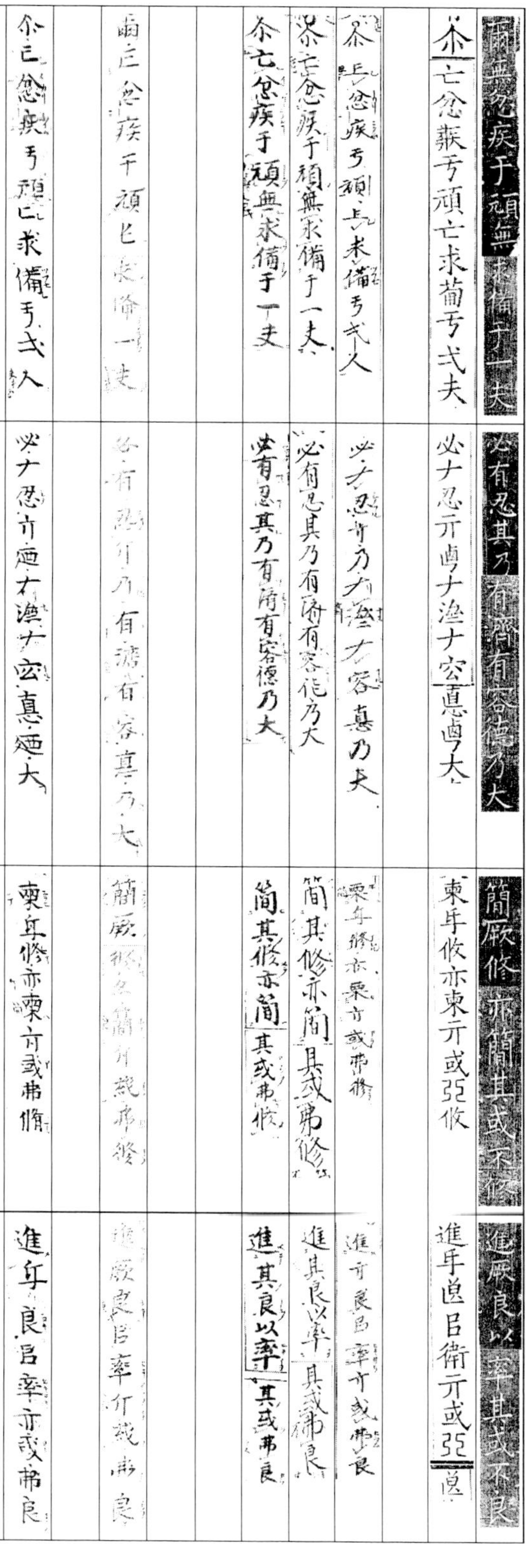

惟民生厚因物有遷
違上所命從厥攸好
爾克敬典在德時乃罔不變
允升于大猷惟予一人膺受多福
其爾之休終有辭於永世

五十、顧　命

顧命	戰國楚簡	漢石經	魏石經	敦煌本 P4509			岩崎本	神田本	九條本	島田本	內野本	上圖本（元）	觀智院本	天理本	古梓堂本	足利本	上圖本（影）	上圖本（八）	晁刻古文尚書	書古文訓	唐石經
成王將崩命召公畢公率諸侯相康王作顧命											成王將崩命召公畢公率彭侯相康王作顧命		成王將崩命召公畢公率厳復相康王作顧命			成王將崩命召公畢公率諸侯相康王作顧命	成王將崩命召公畢公率諸侯相康王作顧命	成王將崩命召公畢公率彭侯相康王作顧命	成王將崩命召公畢公衛彭戻昧康王延顧命	成王將崩命召公畢公率諸侯相康王作顧命	成王將崩命召公畢公率諸侯相康王作顧命
惟四月哉生魄王不懌											惟三月才生魄王弗懌		惟四月才生魄王弗懌			惟四月哉生魄王弗忧	惟四月哉生魄王弗忧	惟三月才生魄王弗懌		惟三月才生魄王弗懌	惟四月哉生魄王不懌
甲子王乃洮頮水相被冕服憑玉几											甲子王延洮頮水相被冕服憑玉几		甲子王乃純頮水相被戮服憑玉几			甲子王乃洮頮水相被冕服憑玉几	甲子王乃洮頮水相被冕服憑玉几	甲子王乃洮頮水相被冕服憑玉几	甲子王乃洮頮水昧相被純躬凭玉几	甲子王乃洮頮水相被冕服憑玉几	甲子王乃洮頮水相被冕服憑玉几

1332、洮

「洮」字在傳鈔古文《尚書》有下列不同字形：

（1）魏三體（古）魏三體（篆）1

魏三體石經〈顧命〉「洮」字古、篆各作，觀智院本作1，右從「兆」之隸變俗寫。

【傳鈔古文《尚書》「洮」字構形異同表】

洮	戰國楚簡	石經	敦煌本	岩崎本	神田本b	九條本	島田本b	內野本	上圖（元）	觀智院b	天理本	古梓堂b	足利本	上圖本（影）	上圖本（八）	古文尚書晁刻	書古文訓	尚書篇目
甲子王乃洮頮水		（古）（篆）魏								b								

1333、頮

「頮」字在傳鈔古文《尚書》有下列不同字形：

（1）頮：汗4.47四4.16沬四5.11魏三體

《汗簡》、《古文四聲韻》錄《古尚書》「頮」字作：汗4.47四4.16，魏三體石經〈顧命〉「頮」字古文作，與此同形，《箋正》謂《說文》「其古『沬』作，从水从頁。郭氏此體仍依今《尚書》『頮』作之。但據《尚書釋文》云《說文》『沬』古文作『頮』，是唐本《說文》『頮』原有収旁，僞孔經正合古字。此體蓋依《說文》，所見猶是未誤唐本，當據以訂今二徐書」。《古文四聲韻》又錄此形注爲「沬」字：沬.四5.11，「沬」爲「沬」字之訛，《說文》水部「沬」字「洒面也，从水未聲」古文从頁作，段注本據《尚書釋文》所云、《文選》「頮血飲泣」李善注謂「『頮』古『沬』字」、陸氏注文改爲，注云「从二手匊水而洒面，會意也」，今本《玉篇》「頮，火內切，洒面也」「沬，同上」「湏，古文」，《玉篇》殘卷頁378以「沬」爲《說文》篆文「頮」字，「頮」爲古文：「頮，呼憒反，尚書『王乃洮頮水』。野王案《說文》『頮，洒面也』，《禮記》『面垢燂湯請頮』是也，《說文》此亦古文『靧』字也」。（湏）、（頮）皆

洒面意「沬」、「靧」二字之古文，甲骨文作🔆後 **2.12.5**🔆寧滬 **2.52**，象以手取水洗面之形，金文變作🔆毛弔盤🔆𪘁伯作眉盤，或省作🔆🔆散盤🔆頌鼎🔆𣄽季良父壺🔆蔡姞簋🔆伯康簋🔆齊侯敦🔆🔆毳簋🔆陳逆簋等形。

（2）靧：靧

《書古文訓》「頮」字作靧，《說文》無「靧」字，《儀禮》〈內則〉、〈玉藻〉作「靧」，《說文》「沬」字下段注謂「靧」字从面貴聲「蓋漢人多用『靧』字」，「頮」會意字，異體作「靧」則為形聲字。

【傳鈔古文《尚書》「頮」字構形異同表】

頮 傳抄古尚書文字 🔆汗 4.47 🔆四 4.16 🔆沬.四 5.11	戰國楚簡	石經	敦煌本	岩崎本	神田本b	九條本b	島田本b	內野本	上圖（元）	觀智院b	天理本	古梓堂b	足利本	上圖本（影）	上圖本（八）	古文尚書晁刻	書古文訓	尚書篇目
王乃洮頮水		🔆魏						🔆	🔆				🔆	🔆	🔆		靧	顧命

1334、𠘶憑

《說文》几部「凭」字「依几也」，「〈周書〉曰『凭玉几』讀若馮」，段注云：「今尚書作『憑』，衛包所改俗字也，古叚借秖作『馮』，凡『馮依』皆用之」，《撰異》又謂「『馮』，衛包改作『憑』，開寶中，又並《釋文》改之」。

「憑」字在傳鈔古文《尚書》有下列不同字形：

（1）凭：

《書古文訓》「憑」字作凭**1**，與《說文》「凭」字下引《書》作「凭玉几」相合，為凭依之本字。

（2）馮：馮

觀智院本「憑」字作馮，為「馮」偏旁「冫」字多一畫作从「氵」，假「馮」為「凭」字。

（3）馮

內野本、足利本、上圖本（影）、上圖本（八）「憑」字作馮，所從「馬」末筆省變，「憑」為「馮」之俗字。

【傳鈔古文《尚書》「憑」字構形異同表】

憑	戰國楚簡	石經	敦煌本	岩崎本	神田本b	九條本	島田本b	內野本	上圖（元）觀智院本	天理本	古梓堂本b	足利本	上圖本（影）	上圖本（八）	古文尚書晁刻	書古文訓	尚書篇目
憑玉几								憑	憑b				憑	憑	憑	凭	顧命
曰皇后憑玉几道揚末命								憑	憑b				憑	憑	憑	凭	顧命

1335、几

「几」字在傳鈔古文《尚書》有下列不同字形：

（1）几：几

內野本、觀智院本、上圖本（八）「几」字或作几，右上多一畫。

（2）机：机

觀智院本〈顧命〉「憑玉几」「几」字作机，「机」為「機」之簡體字，當為「几」字訛作增加表義之偏旁。

【傳鈔古文《尚書》「几」字構形異同表】

几	戰國楚簡	石經	敦煌本	岩崎本	神田本b	九條本	島田本b	內野本	上圖（元）觀智院本	天理本	古梓堂本b	足利本	上圖本（影）	上圖本（八）	古文尚書晁刻	書古文訓	尚書篇目
憑玉几									机b								顧命
黼純華玉仍几								几	几b								顧命
綴純文貝仍几								几						几			顧命
畫純雕玉仍几								几	几b					几			顧命
曰皇后憑玉几道揚末命									几b								顧命

顧命	戰國楚簡	漢石經	魏石經	敦煌本 P4509			岩崎本	神田本	九條本	島田本	內野本	上圖本（元）	觀智院本	天理本	古梓堂本	足利本	上圖本（影）	上圖本（八）	晁刻古文尚書	書古文訓	唐石經
乃同召太保奭芮伯彤伯											乃同召太保奭芮伯彤伯		乃同召太保奭芮伯柏彤伯				乃同召太保奭芮伯彤伯	乃同召太保奭芮伯彤伯	乃同召太保奭芮伯彤伯	乃同召太保奭芮伯彤伯	乃同召太保奭芮伯彤伯

顧命	戰國楚簡	漢石經	魏石經	敦煌本 P4509			岩崎本	神田本	九條本	島田本	內野本	上圖本（元）	觀智院本	天理本	古梓堂本	足利本	上圖本（影）	上圖本（八）	晁刻古文尚書	書古文訓	唐石經
畢公衛侯毛公師氏虎臣百尹御事											畢公衛侯毛公師氏虎臣百尹御事		畢公衛侯毛公師氏虎臣百尹御事				畢公衛侯毛公師氏虎臣百尹御事	畢公衛侯毛公師氏虎臣百尹御事	畢公衛侯毛公師氏虎臣百尹御事	畢公衛侯毛公師氏虎臣百尹御事	畢公衛侯毛公師氏虎臣百尹御事
王曰嗚呼疾大漸惟幾病日臻											王曰嗚呼疾大漸惟幾病日臻		王曰嗚呼疾大漸惟幾病日臻				王曰嗚呼疾大漸惟幾病日臻	王曰嗚呼疾大漸惟幾病日臻	王曰嗚呼疾大漸惟幾病日臻	王曰嗚呼疾大漸惟幾病日臻	王曰嗚呼疾大漸惟幾病日臻

1336、臻

「臻」字在傳鈔古文《尚書》有下列不同字形：

（1）臻

內野本、觀智院本、上圖本（八）「臻」字作臻，所从「禾」訛作「示」。

【傳鈔古文《尚書》「臻」字構形異同表】

臻	戰國楚簡	石經	敦煌本	岩崎本	神田本b	九條本	島田本b	內野本	上圖（元）	觀智院b	天理本b	古梓堂b	足利本	上圖本（影）	上圖本（八）	古文尚書晁刻	書古文訓	尚書篇目
疾大漸惟幾病日臻										臻				臻b		臻	臻	臻	顧命

顧命	戰國楚簡	漢石經	魏石經	敦煌本P4509		岩崎本	神田本	九條本	島田本	內野本	上圖本（元）	觀智院本	天理本	古梓堂本	足利本	上圖本（影）	上圖本（八）	晁刻古文尚書	書古文訓	唐石經
既彌留恐不獲誓言嗣茲予審訓命汝																				

1337、彌

「彌」字在傳鈔古文《尚書》有下列不同字形：

（1）弥弥

內野本、觀智院本、足利本、上圖本（影）、《書古文訓》「彌」字作弥弥，偏旁「爾」字作「尒」（尒）（參見“爾”字），乃聲符更替。

【傳鈔古文《尚書》「彌」字構形異同表】

彌	戰國楚簡	石經	敦煌本	岩崎本	神田本b	九條本	島田本b	內野本	上圖本（元）	觀智院b	天理本	古梓堂b	足利本	上圖本（影）	上圖本（八）	古文尚書晁刻	書古文訓	尚書篇目
既彌留								弥	弥b				弥	弥			弥	顧命

1338、留

「留」字在傳鈔古文《尚書》有下列不同字形：

（1）畱₁畱₂

《說文》「留」字篆文作畱，从田丣聲，「丣」古酉字，足利本、上圖本（影）省變作畱₁，內野本、觀智院本作畱₂，其上形隸變作二口，與「劉」作劉書古文訓劉₁華山亭碑劉桐柏廟碑類同。

【傳鈔古文《尚書》「留」字構形異同表】

留	戰國楚簡	石經	敦煌本	岩崎本	神田本b	九條本	島田本b	內野本	上圖本（元）	觀智院b	天理本	古梓堂b	足利本	上圖本（影）	上圖本（八）	古文尚書晁刻	書古文訓	尚書篇目
既彌留								畱	畱b				畱	畱?				顧命

顧命	戰國楚簡	漢石經	魏石經	敦煌本P4509			岩崎本	神田本	九條本	島田本	內野本	上圖本（元）	觀智院本	天理本	古梓堂本	足利本	上圖本（影）	上圖本（八）	晁刻古文尚書	書古文訓	唐石經
昔君文王武王宣重光											昔君文王武王宣重光	昔君文王武王宣宣光	昔君文王武王宣重光			昔君文王武王宣重光	昔君文王武王宣重光	昔君文王武王宣重光	昔商文王武王宣重光	昔君文王武王宣重光	昔君文王武王宣重光

1339、肄

「肄」字在傳鈔古文《尚書》有下列不同字形：

（1）肄₁肄肄₂肄₃肄₄

上圖本（影）「肄」字作肄₁，右上變作「止」，內野本、上圖本（八）作肄肄₂，復右下「矢」變作「天」，足利本變作肄₃；觀智院本作肄₄，訛誤作「肆」。

【傳鈔古文《尚書》「肄」字構形異同表】

肄	戰國楚簡	石經	敦煌本	岩崎本b	神田本b	九條本	島田本b	內野本	上圖（元）	觀智院b	天理本	古梓堂b	足利本	上圖本（影）	上圖本（八）	古文尚書晁刻	書古文訓	尚書篇目
奠麗陳教則肄肄不違								肄	肄b					肄	肄			顧命

顧命	戰國楚簡	漢石經	魏石經	敦煌本P4509			岩崎本	神田本	九條本	島田本	內野本	上圖本(元)	觀智院本	天理本	古梓堂本	足利本	上圖本(影)	上圖本(八)	晁刻古文尚書	書古文訓	唐石經
		大命在									用克達殷集大命在後山侗敬迓天畏	用克達殷集大命在後山侗敬迓天畏	用克達殷集大命在後之侗敬迓天畏			用克達殷集大命在後之侗敬迓天威	用克達殷集大命在後之侗散迓天威	用柬達殷集本命在後山侗散迓天威	開芦達殷集大命圣後山侗散徛天畀	用克達殷集大命至後山侗敬徛天畀	用克達殷集大命在後之侗敬迓天威
嗣守文武大訓無敢昏逾											嗣守丸武大誉亾教昏逾	嗣守丸武大誉亾教昏逾	嗣守文武大誉亾教昏逾			嗣守文武大訓無敢昏逾	嗣守文武大訓無敢昏逾	嗣守文武大誉亾敬昏逾	嗣守厥武大誉亡歉皀逾	嗣守厥武大誉亡歉皀逾	嗣守厥武大訓亡歜昬逾
今天降疾殆弗興弗悟											今尢降疾殆弗興弗悟	今天降疾殆弗興弗悟	今天降疾殆弗興弗悟			今天降疾殆弗興弗悟	今天降疾殆弗興弗悟	今天降疾殆弗興弗悟	今天降疾殆弗興弗悟	今天降疾殆弗興弗悟	今天降疾殆弗興弗悟

1340、悟

「悟」字在傳鈔古文《尚書》有下列不同字形：

（1）[seal]汗 4.59 [seal]四 4.11 [seal]1

《汗簡》、《古文四聲韻》錄《古尚書》「悟」字作：[seal]汗 4.59 [seal]四 4.11，與《說文》古文作[seal]同形，《書古文訓》「悟」字作[seal]1，為此形之隸定。偏旁「吾」

字古作😊、😊、亦作😊，如「語」字作😊幺兒鐘😊璽彙3083、亦作😊中山王鼎😊璽彙3193，「敔」字作😊敔簋😊攻敔王光劍、亦作😊攻敔王光戈😊敔戈。

（2）悟

內野本「悟」字作😊，偏旁「忄」字與「十」混同。

【傳鈔古文《尚書》「悟」字構形異同表】

悟	傳抄古尚書文字 😊汗4.59 😊四4.11	戰國楚簡	石經	敦煌本	岩崎本	神田本b	九條本	島田本b	內野本	上圖（元）	觀智院b	天理本	古梓堂b	足利本	上圖本（影）	上圖本（八）	古文尚書晁刻	書古文訓	尚書篇目
今天降疾殆弗興弗悟									悟									忎	顧命

顧命	戰國楚簡	漢石經	魏石經	敦煌本 P4509		岩崎本	神田本	九條本	島田本	內野本	上圖本（元）	觀智院本	天理本	古梓堂本	足利本	上圖本（影）	上圖本（八）	晁刻古文尚書	書古文訓	唐石經
爾尚明時朕言用敬保元子釗										尚明時朕言用敬保元子釗	兩尚明時朕言用敬保元子釗	尒尚明時朕言用敬保元子釗			尒尚明時朕言用敬保元子釗	尒尚明時朕言用敬保元子釗	尒尚明時朕言用敬桑元子釗	尒尚明時朕言用敬桑元子釗	爾尚明時朕言用敬保元子釗
弘濟于艱難柔遠能邇										弘濟于艱難柔遠能通	弘濟于艱難柔遠能通	弘濟于艱難柔遠能迩			弘濟于艱難柔遠能迩	弘濟于艱難柔遠能迩	弘濟于艱難柔遠能迩	弘濟于艱難柔遠耐邇	弘濟于艱難柔遠能邇

安勸小大庶邦思夫人自亂于威儀	非幾						安勸小大庶邦思夫人自率于畏儀	勸小大庶邦思夫人自率于畏儀	安勸小大庶邦思夫人自率于畏儀	安勸小大庶邦思夫人自亂于威儀	安勸小大庶邦思夫人自亂于威儀	安勸小大庶邦思夫人自亂于威儀
爾無以釗冒貢于非幾							尒己呂釗冒貢於非幾	禹己呂釗冒貢於非幾	尒無以釗冒貢於非幾	尒無以釗冒貢於非幾	爾無以釗冒貢於非幾	尒亡以釗冒貢于非幾
茲既受命還出綴衣于庭	茲即 黼衣						茲无受命還出綴衣于庭	茲旡受命還綴衣于庭	茲既受命還出綴衣于庭	茲既受命還出綴衣于庭	茲无受命還出綴衣于庭	茲无受命還出綴衣于庭

1341、扆

「扆」字在傳鈔古文《尙書》有下列不同字形：

（1）衣 隸釋

《隸釋》錄漢石經尙書殘碑〈顧命〉「黼扆」「扆」字作衣，馮登府《漢石經考異》云：「按『扆』通『依』，〈明堂位〉『天子負斧依』《釋文》：『本作扆』。『依』亦作『衣』，〈學記〉『不學博依』注：『或爲衣』，『衣』即『依』省。」《說文》戶部「扆」字「戶牖之間謂之扆，从戶衣聲」，此乃假「衣」爲「扆」字。

【傳鈔古文《尚書》「辰」字構形異同表】

尚書篇目	書古文訓	古文尚書晁刻	上圖本（八）	上圖本（影）	上圖本（元）	觀智院b	天理本	古梓堂b	足利本	內野本	島田本b	九條本	神田本b	岩崎本	敦煌本	石經	戰國楚簡
顧命																衣（隸釋）	狄設黼扆綴衣牖間南嚮

唐石經	書古文訓	晁刻古文尚書	上圖本（八）	上圖本（影）	上圖本（元）	觀智院本	天理本	古梓堂本	足利本	內野本	島田本	九條本	神田本	岩崎本	敦煌本 P4509	漢石經	魏石經	戰國楚簡	顧命
越翼日乙丑王崩大㒸命中桓拏宮毛	越翌日乙丑王崩大㒸命中桓南宮毛		越翌日乙丑王崩太保命仲桓南宮毛	越翌日乙世王崩太保命仲桓南宮毛		越翌日乙丑王崩太保命仲桓南宮毛	越翌日乙午戌王崩命中桓南宮毛		越翼日乙丑王崩太保命仲桓南宮毛	㒸翌日乙丑王崩太保命中桓南宮委								越翼日乙丑王崩太保命仲桓南宮毛	
畀爰坐辰呂伋以二千戈䖶賁百人	俾爰坐侯呂伋以二千戈虎賁百人		俾爰齊侯呂伋以二千戈虎賁百人	俾爰坐侯呂伋以二千戈虎賁百人		俾爰坐侯呂伋以二千戈虎賁百人	畀爰坐侯呂伋以二千戈虎賁百人		俾爰齊侯呂伋以二千戈虎賁百人	俾爰坐侯呂伋沼式千戈虎賁百人								俾爰齊侯呂伋以二千戈虎賁百人	

逆子釗於南門之外							逆子釗于南門出外	逆子釗于南門之外	逆子釗于南門之外	逆子釗于南門出外	逆子釗于南門出外	莆學釗于榘門业外	逆子釗于南門之外
延入翼室恤宅宗丁卯命作冊度							延入翌室恤宅宗丁卯命作冊度	延入翌室卹宅宗丁卯作冊度	延入翼室恤宅宗丁卯命作冊度	延入翌室卹宅宗丁外命作冊文	延入翌室卹宅宗丁卯命作冊文	延入翌室恤宅宗丁卯命作冊度	延入翌室恤宅宗丁卯命作冊度
越七日癸酉伯相命士須材							越七日癸酉伯相命士須材	越七日癸酉伯相命士須材	越七日癸酉伯相命士須材	越七日癸酉伯相命士須材	越七日癸酉伯相命士須材	越七日癸酉伯相命士須材	越七日癸酉伯相命士須
狄設黼扆綴衣牖間南嚮							狄設黼扆綴衣牖間南嚮	狄設黼扆綴衣牖間南嚮	狄設黼扆綴衣牖間南嚮	狄設黼扆綴衣牖間南嚮	狄設黼扆綴衣牖間南嚮	狄設黼扆綴衣牖間南嚮	狄設黼扆綴衣牖間南

1342、牖

「牖」字在傳鈔古文《尚書》有下列不同字形：

（1）牖₁牖₂牖₃

上圖本（八）「牖」字作牖₁，右直筆上貫與「庸」字形近，觀智院本、上圖本（八）復少一畫作牖₂，內野本作牖₃，右形訛作「庸」。

【傳鈔古文《尚書》「牖」字構形異同表】

牖	戰國楚簡	石經	敦煌本	岩崎本	神田本b	九條本	島田本b	內野本	上圖本（元）	觀智院b	天理本b	古梓堂b	足利本	上圖本（影）	上圖本（八）	古文尚書晁刻	書古文訓	尚書篇目
狄設黼扆綴衣牖間南嚮									牖	牖b					牖			顧命

顧命	戰國楚簡	漢石經	魏石經	敦煌本 P4509			岩崎本	神田本	九條本	島田本	內野本	上圖本（元）	觀智院本	天理本	古梓堂本	足利本	上圖本（影）	上圖本（八）	晁刻古文尚書	書古文訓	唐石經
敷重篾席黼純華玉仍几											旉重篾席黼純華玉仍几		旉重篾席黼純華玉仍几			敷重篾席黼純華玉仍几	敷重篾席黼純華玉仍几	旉重篾帶黼純華玉仍几		旉重篾席麂黼純鞏玉芿几	敷重篾席麂黼純華玉仍几

1343、篾

「敷重篾席」《說文》茻部「莫」字「火不明也」下引「〈周書〉曰『布重莫席』」又「織蒻席也，讀與蔑同」，段注云：「今作『敷重蔑席』，『蔑』衛包又改為『篾』，俗字也。『莫』者，『蔑』之假借字」又「『莫』蓋壁中古文，『蔑』蓋孔安國以今字讀之，易為『蔑』」《撰異》謂「許據壁中古文也，敷、布古通用，莫、蔑古通用。《尚書》『莫席』其訓織蒻，則其字當作『蔑』，而作『莫』者，假借也。許君造《說文》曰『火不明也』，此其正義，引《書》而又釋之曰『織蒻席也』，此其假借之義。……衛包因孔〈傳〉訓為桃枝竹，遂改『蔑』為從竹之『篾』，形聲會意絕不可支。」古文尚書作「莫」為「蔑」之假借字，今本作「篾」，偏旁「艸」「竹」義類可通。

「篾」字在傳鈔古文《尚書》有下列不同字形：

（1）𦮻汗 2.18 周書大傳𦮻四 5.1 周書大傳

《汗簡》錄周書大傳「蔑」字作：𦮻汗 2.18 周書大傳，《箋正》謂「豈郭所見伏生《尚書大傳》『莫席』字亦如此歟？釋『蔑』即『蔑』俗字」《古文四聲韻》錄周書大傳「蔑」字作𦮻四 5.1 周書大傳，為此形之訛。𦮻汗 2.18𦮻四 5.1 皆「莫」字假借為「蔑」，與《說文》所引、《撰異》所云相合。

（2）篾：篾₁篾₂薆薆篾₃

內野本「篾」字作篾₁，所從「戌」少一畫訛作「戊」；觀智院本作篾₂，「篾」字俗作「篾」之訛變，上圖本（元）、足利本、上圖本（影）、上圖本（八）或作薆薆篾₃，為「篾」之訛少「亻」。

【傳鈔古文《尚書》「篾」字構形異同表】

篾	傳抄古尚書文字 𦮻汗 2.18 𦮻四 5.1	戰國楚簡	石經	敦煌本	岩崎本	神田本 b	九條本	島田本 b	內野本	上圖（元）b	觀智院 b	天理本 b	古梓堂 b	足利本	上圖本（影）	上圖本（八）	古文尚書晁刻	書古文訓	尚書篇目
敷重篾席									篾		篾b				薆	薆	篾		篾	顧命

1344、席

「席」字在傳鈔古文《尚書》有下列不同字形：

（1）厝₁厝₂

《書古文訓》「席」字或作厝₁，為《說文》古文作厝之隸古定，或作厝₂，其內訛變作「炎」。

（2）席：席帚₁席₂厝₃帶₄

內野本、足利本、上圖本（影）「席」字或作席帚₁，上圖本（影）或變作席₂；岩崎本、內野本、觀智院本、上圖本（八）或作厝₃，上圖本（八）或變作帶₄，「广」內形繁化訛變作「帶」，「席」本從巾庶省聲，但一般人以為「苫」不成字，於是遂繁化改為形近的「帶」。

【傳鈔古文《尚書》「席」字構形異同表】

席	戰國楚簡	石經	敦煌本	岩崎本	神田本b	九條本 島田本b	內野本	上圖（元）	觀智院b	天理本	古梓堂b	足利本	上圖本（影）	上圖本（八）	古文尚書晁刻	書古文訓	尚書篇目
敷重篾席黼純華玉仍几							席	廗b		席	席	帶				厝	顧命
西序東嚮敷重底席綴純文貝仍几							席	廗b			席	帶				厝	顧命
東序西嚮敷重豐席畫純雕玉仍几							席	廗b			席	帶				厝	顧命
西夾南嚮敷重筍席玄紛純漆仍几							席	席b			席	席				厝	顧命
茲殷庶士席寵惟舊怙侈滅義			席				席				席	序	席			厝	畢命

1345、仍

「仍」字在傳鈔古文《尚書》有下列不同字形：

（1）芿芿

觀智院本、《書古文訓》「仍」字作芿芿，《說文》艸部「芿」字訓艸也，以為草名，《廣韻》云：「陳根艸不芟，新草又生相因仍」，《集韻》「芿」「仍」皆如蒸切，云：「《說文》艸也，一曰陳草相因」，二字音同，義亦可通，乃假「芿」為「仍」。

【傳鈔古文《尚書》「仍」字構形異同表】

仍	戰國楚簡	石經	敦煌本	岩崎本	神田本b	九條本 島田本b	內野本	上圖（元）	觀智院b	天理本	古梓堂b	足利本	上圖本（影）	上圖本（八）	古文尚書晁刻	書古文訓	尚書篇目
敷重篾席黼純華玉仍几																芿	顧命
西序東嚮敷重底席綴純文貝仍几								芿b								芿	顧命
東序西嚮敷重豐席畫純雕玉仍几																芿	顧命
西夾南嚮敷重筍席玄紛純漆仍几																芿	顧命

唐石經	書古文訓	晁刻古文尚書	上圖本（八）	上圖本（影）	足利本	古梓堂本	天理本	觀智院本	上圖本（元）	內野本	島田本	九條本	神田本	岩崎本			敦煌本 P4509	魏石經	漢石經	戰國楚簡	顧命
西序東嚮敷重底席綴純文貝仍几	卤序東嚮再重厎綴純尨貝芳几	卤序東嚮再重厎綴純尨貝仍几	西序東嚮重絻綴純文貝仍几	西序東嚮敷重厎席綴純文貝仍几	西序東嚮敷重厎席綴純文貝仍几			西序東嚮再寘寔席綴純文貝芳几	西序東嚮再寘寔席綴純文貝仍几	西序東嚮再寘寔席綴純文貝仍几											西序東嚮敷重底席綴純文貝仍几
東序肉嚮再重豐厎畫純彫玉芳几	東序肉嚮再重豐厎畫純彫玉芳几	東序西嚮敷重豐席畫純彫玉仍几	東序西嚮經重豐帶畫純彫三仍几	東序西嚮敷重豐帶畫純彫三仍几			東序西畫專寘豐席畫純彫仍几	東序西嚮古方寘重豐席畫純彫玉仍几												東序西嚮敷重豐席畫純雕玉仍几

1346、畫

「畫」字在傳鈔古文《尚書》有下列不同字形：

（1）蕃

《書古文訓》「畫」字作蕃，為《說文》古文省作畫之隸古定。

（2）畫₁畫₂畫₃

《說文》「畫」字篆文作畫，內野本、上圖本（八）或作畫₁，觀智院本或作畫₂，其下形訛變作「皿」，岩崎本或變作畫₃。

（3）𤽍𤽍

足利本、上圖本（影）「畫」字作[圖][圖]，从「盡」之俗字「尽」上形。

【傳鈔古文《尚書》「畫」字構形異同表】

畫	戰國楚簡	石經	敦煌本	岩崎本	神田本b	九條本	島田本b	內野本	上圖本（元）	觀智院b	天理本	古梓堂b	足利本	上圖本（影）	上圖本（八）	古文尚書晁刻	書古文訓	尚書篇目
東序西嚮敷重豐席畫純								畫					畫b	[圖]	畫	畫		顧命
申畫郊圻慎固封守					畫								[圖]	[圖]			審	畢命

顧命	戰國楚簡	漢石經	魏石經	敦煌本 P4509			岩崎本	神田本	九條本	島田本	內野本	上圖本（元）	觀智院本	天理本	古梓堂本	足利本	上圖本（影）	上圖本（八）	晁刻古文尚書	書古文訓	唐石經
西夾南嚮敷重筍席玄紛純漆仍几																[圖] 西夾南嚮敷重筍席玄紛純漆仍几	[圖]	[圖]	[圖]	[圖]	[圖]
越玉五重陳寶赤刀大訓弘璧琬琰																[圖] 越玉五重陳寶赤刀大訓弘璧琬琰	[圖]	[圖]	[圖]	[圖]	[圖]

1347、琬

「琬」字在傳鈔古文《尚書》有下列不同字形：

（1）琬

觀智院本、足利本、上圖本（八）「琬」字作琬，右下「夗」俗寫作「死」，與「怨」字或作怨類同（參見"怨"字）。

【傳鈔古文《尚書》「琬」字構形異同表】

琬	戰國楚簡	石經	敦煌本	岩崎本b	神田本b	九條本	島田本b	內野本	上圖本（元）	觀智院本b	天理本	古梓堂本b	足利本	上圖本（影）	上圖本（八）	古文尚書晁刻	書古文訓	尚書篇目
越玉五重陳寶赤刀大訓弘璧琬琰										琬b					琬	琬		顧命

顧命	戰國楚簡	漢石經	魏石經	敦煌本P4509			岩崎本	神田本	九條本	島田本	內野本	上圖本（元）	觀智院本	天理本	古梓堂本	足利本	上圖本（影）	上圖本（八）	晁刻古文尚書	書古文訓	唐石經
在西序大玉夷玉天球河圖											在西序大玉夷玉天球河圖	在西序大玉夷玉天球河圖				在西序大玉夷玉天球河圖	在西序大玉夷玉天球河圖	在西序大玉夷玉天球河圖	在西序大玉夷玉天球河圖	圣卤序大玉夷玉天球河圖	在西序大玉夷玉天球河圖
在東序胤之舞衣大貝鼖鼓											在東序胤之舞衣大貝鼖鼓	在東序胤之舞衣大貝鼖鼓				在東序胤之舞衣大貝鼖鼓	在東序胤之舞衣大貝鼖鼓	在東序胤之舞衣大貝鼖鼓		圣東序胤业舞衣大貝賔鼓	在東序胤之舞衣大貝鼖鼓

1348、鼖

「鼖」字在傳鈔古文《尚書》有下列不同字形：

（1）12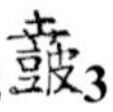3

足利本、上圖本（八）「鼖」字作1，所从「鼓」字作「皷」；上圖本（影）作2，復上形訛作「士」；內野本作3，左下訛作「豆」。

（2）賁：

觀智院本、《書古文訓》「鼖」字作，《說文》鼓部「鼖」字「大鼓謂之鼖。……从鼓賁省聲」，「賁」爲「鼖」之聲符，其或體即作「韇」从革从賁不省，《詩・大雅》「賁鼓維鏞」〈傳〉云：「賁，大鼓也」，亦以「賁」爲「鼖」字。

【傳鈔古文《尚書》「鼖」字構形異同表】

鼖	戰國楚簡	石經	敦煌本	岩崎本	神田本b	九條本	島田本b	內野本	上圖（元）	觀智院b	天理本	古梓堂b	足利本	上圖本（影）	上圖本（八）	古文尚書晁刻	書古文訓	尚書篇目
在東序胤之舞衣大貝鼖鼓																		顧命

顧命	戰國楚簡	漢石經	魏石經	敦煌本P4509			岩崎本	神田本	九條本	島田本	內野本	上圖本（元）	觀智院本	天理本	古梓堂本	足利本	上圖本（影）	上圖本（八）	晁刻古文尚書	書古文訓	唐石經
在西房兌之戈和之弓垂之竹矢																					

在東房大輅在賓階面綴輅在阼階面							在東房大輅在賓階面綴輅在阼階面	在東房大輅在賓階面綴輅在阼階面	在東房大輅在賓階面綴輅在阼階面	在東房大輅在賓階面綴輅在阼階面	在東房大輅在賓階面綴輅在阼階面	在東房大輅在賓階面綴輅在阼階面

1349、兌

「兌」字在傳鈔古文《尚書》有下列不同字形：

（1）兌兊

內野本、上圖本（元）、足利本、上圖本（影）、上圖本（影）、《書古文訓》「兌」字作兌兊，亦「口」、「厶」隸變通作之例（參見"公"字），傳鈔古文《尚書》隸古定本從「兌」之字多作此形，如「閱」字（參見下表）。

【傳鈔古文《尚書》「兌」字構形異同表】

兌	戰國楚簡	石經	敦煌本	岩崎本	神田本b	九條本	島田本b	內野本	上圖（元）	觀智院b	天理本	古梓堂b	足利本	上圖本（影）	上圖本（八）	古文尚書晁刻	書古文訓	尚書篇目
兌之戈和之弓垂之竹矢								兊	兌				兊	兊	兌		兊	顧命

【傳鈔古文《尚書》「閱」字構形異同表】

閱	戰國楚簡	石經	敦煌本	岩崎本	神田本b	九條本	島田本b	內野本	上圖（元）	觀智院b	天理本	古梓堂b	足利本	上圖本（影）	上圖本（八）	古文尚書晁刻	書古文訓	尚書篇目
克閱于乃邑謀介		閱 S2074						閱					閱	閱			閱	多方

1350、輅

「輅」字在傳鈔古文《尚書》有下列不同字形：

（1）路

《書古文訓》「輅」字皆作路，唐石經以下各本作「輅」，《撰異》謂「必衛包所改也，古經傳無作『輅』者」，如《周禮》鄭注引此經文四「輅」字皆作「路」，《周禮》〈巾車〉、〈典路〉、《禮記》〈明堂位〉〈禮器〉、〈郊特牲〉等亦作「路」，《儀禮·覲禮》注云：「君所乘車曰『路』」。《說文》車部「輅」字「車軨前橫木」，《釋名》云：「路，亦車也，謂之路者，言行於道路也」，「路」為車路之本字，今本作「輅」為「路」字之同音假借。

【傳鈔古文《尚書》「輅」字構形異同表】

輅	戰國楚簡	石經	敦煌本	岩崎本	神田本b	九條本	島田本b	內野本	上圖本（元）	觀智院b	天理本	古梓堂b	足利本	上圖本（影）	上圖本（八）	古文尚書晁刻	書古文訓	尚書篇目	
在東房大輅在賓階面綴輅在阼階面																	路	顧命	
先輅在左塾之前次輅在右塾之前																	路	顧命	

顧命	戰國楚簡	漢石經	魏石經	敦煌本P4509			岩崎本	神田本	九條本	島田本	內野本	上圖本（元）	觀智院本	天理本	古梓堂本	足利本	上圖本（影）	上圖本（八）	晁刻古文尚書	書古文訓	唐石經
先輅在左塾之前次輅在右塾之前											先輅在左塾之前次輅在右塾之前	先輅在左塾之前次輅在右塾之前	先輅在左塾之前次輅在右塾之前			先輅在左塾之前次輅在右塾之前	先輅在左塾之前次輅在右塾之前	先輅在左塾之前次輅在右塾之前	先路在左塾之前次路在右塾之前	先路在左塾之前次路在右塾之前	先輅在左塾之前次路在右塾之前

1351、塾

「塾」字在傳鈔古文《尚書》有下列不同字形：

（1）塾

觀智院本「塾」字作塾，偏旁「土」字作「圡」。

【傳鈔古文《尚書》「塾」字構形異同表】

塾	戰國楚簡	石經	敦煌本	岩崎本b	神田本b／九條本	島田本b	內野本	上圖本（元）	觀智院b／天理本	古梓堂b	足利本	上圖本（影）	上圖本（八）	古文尚書晁刻	書古文訓	尚書篇目
先輅在左塾之前							塾	塾b			塾	塾	塾		塾	顧命
次輅在右塾之前							塾	龗			塾	塾	塾		塾	顧命

顧命	戰國楚簡	漢石經	魏石經	敦煌本 P4509			岩崎本	神田本	九條本	島田本	內野本	上圖本（元）	觀智院本	天理本	古梓堂本	足利本	上圖本（影）	上圖本（八）	晁刻古文尚書	書古文訓	唐石經
二人雀弁執惠立于畢門之內											弍人雀弁執惠立亏畢門圡內	二人雀弁執惠立于畢門之內	二人雀辨執惠立于畢門之內			二人雀弁執惠立于畢門之內	二人雀辨執惠亞于畢門出內	二人雀辨執惠立亏畢門出內	弍人雀弁執憲立亏畢門出內	弍人雀弁執憲立亏畢門出內	二人雀弁執惠立于畢門出內

1352、雀

「雀」字在傳鈔古文《尚書》有下列不同字形：

（1）雀

《書古文訓》「雀」字作雀，此即《說文》「爵」字篆文雀字形，二字古相通，《孟子》「爲叢驅爵者」、《禮・問喪》「爵踊」，注曰：「爵同雀」，乃假「爵」爲「雀」字。

【傳鈔古文《尚書》「雀」字構形異同表】

雀	戰國楚簡	石經	敦煌本	岩崎本	神田本b	九條本	島田本b	內野本	上圖（元）	觀智院b	天理本	古梓堂b	足利本	上圖本（影）	上圖本（八）	古文尚書晁刻	書古文訓	尚書篇目
二人雀弁執惠														雀	𡾟		雀	雀	𡙻	顧命

1353、弁

「弁」字在傳鈔古文《尚書》有下列不同字形：

（1）辦

《說文》皃部「覍」字「冕也」，或體作「弁」，足利本、上圖本（影）、上圖本（八）「弁」字作辦，乃假「辨」爲「弁」。

【傳鈔古文《尚書》「弁」字構形異同表】

弁	戰國楚簡	石經	敦煌本	岩崎本	神田本b	九條本	島田本b	內野本	上圖（元）	觀智院b	天理本	古梓堂b	足利本	上圖本（影）	上圖本（八）	古文尚書晁刻	書古文訓	尚書篇目
二人雀弁執惠														辦	辦	辦			顧命
四人綦弁執戈														辦	辦	辦			顧命

顧命	戰國楚簡	漢石經	魏石經	敦煌本 P4509			岩崎本	神田本	九條本	島田本	內野本	上圖本（元）	觀智院本	天理本	古梓堂本	足利本	上圖本（影）	上圖本（八）	晁刻古文尚書	書古文訓	唐石經
四人綦弁執戈上刃夾兩階阤											三人綦弁執戈上刃夾兩階阤		四人綦弁執戈上刃夾兩階阤			四人綦辦執戈上刃夾兩階阤	三人綦辦執戈上刃夾兩階阤	三人綦辦執戈上刃夾兩階阤	三人綦弁執戈上刃夾兩階阤	三人綦弁執戈上刃夾兩階阤	四人綦弁執戈上刃夾兩階阤

1354、綦

「綦」字在傳鈔古文《尚書》有下列不同字形：

（1）![汗5.70]汗 5.70 ![四1.20]四 1.20 ![絭][絭]

《汗簡》、《古文四聲韻》錄《古尚書》「綦」字作：![汗5.70]汗 5.70、![四1.20]四 1.20，與古璽作![字]戰國印徵文《類編》頁 244 類同，所從「其」字作「丌」、「亓」（參見 "其" 字），爲聲符更替，內野本、觀智院本作![絭]，《書古文訓》作![絭]，皆與此同形。

【傳鈔古文《尚書》「綦」字構形異同表】

綦 傳抄古尚書文字 ![汗5.70]汗 5.70 ![四1.20]四 1.20	戰國楚簡	石經	敦煌本	岩崎本	神田本b	九條本b	島田本b	內野本	上圖（元）	觀智院b	天理本	古梓堂b	足利本	上圖本（影）	上圖本（八）	古文尚書晁刻	書古文訓	尚書篇目
四人綦弁執戈上刃夾兩階戺								![字]	![字]b								![絭]	顧命

顧命	戰國楚簡	漢石經	魏石經	敦煌本 P4509		岩崎本	神田本	九條本	島田本	內野本	上圖本（元）	觀智院本	天理本	古梓堂本	足利本	上圖本（影）	上圖本（八）	晁刻古文尚書	書古文訓	唐石經
一人冕執劉立于東堂										![字]	![字]				![字]	![字]	![字]	![字]	![字]	![字]
一人冕執鉞立于西堂										![字]	![字]				![字]	![字]	![字]	![字]	![字]	![字]

一人冕執戣立于東垂											弌八冕執戣立亐東垂		一人冕執戣立于東垂			一人冕執戣立東垂	一人冕執戣立東垂	弌人冕執戣立亐東垂		弌人絻執戣立亐東垂	一人冕執戣立于東垂

1355、戣

「戣」字在傳鈔古文《尚書》有下列不同字形：

(1) 戣戣

足利本、上圖本（影）「戣」字作戣戣，偏旁「戈」字繁化變作「戊」。

【傳鈔古文《尚書》「戣」字構形異同表】

戣	戰國楚簡	石經	敦煌本	岩崎本 神田本b	九條本 島田本b	內野本	上圖（元） 觀智院b	天理本 古梓堂b	足利本	上圖本（影）	上圖本（八）	古文尚書晁刻	書古文訓	尚書篇目
一人冕執戣立于東垂						戣	戣		戣	戣				顧命

顧命	戰國楚簡	漢石經	魏石經	敦煌本 P4509			岩崎本	神田本	九條本	島田本	內野本	上圖本（元）	觀智院本	天理本	古梓堂本	足利本	上圖本（影）	上圖本（八）	晁刻古文尚書	書古文訓	唐石經
一人冕執瞿立于西垂											弌八冕執瞿立西垂		一人冕執瞿立于西垂			一人冕執瞿立于西垂	亠人冕執瞿立于西垂	弌人冕執瞿立亐西垂		弌人絻執瞿立亐卤坙	一人冕執瞿立于西垂

1356、瞿

「瞿」字在傳鈔古文《尚書》有下列不同字形：

(1) 瞿

上圖本（影）「瞿」字作◻，上所從「目」皆訛變作「日」。

【傳鈔古文《尚書》「瞿」字構形異同表】

瞿	戰國楚簡	石經	敦煌本	岩崎本	神田本b	九條本	島田本b	內野本	上圖（元）	觀智院b	天理本b	古梓堂b	足利本	上圖本（影）	上圖本（八）	古文尚書晁刻	書古文訓	尚書篇目
一人冕執瞿立于西垂														瞿				顧命

顧命	戰國楚簡	漢石經	魏石經	敦煌本P4509		岩崎本	神田本	九條本	島田本	內野本	上圖本（元）	觀智院本	天理本	古梓堂本	足利本	上圖本（影）	上圖本（八）	晁刻古文尚書	書古文訓	唐石經
一人冕執銳立于側階										弌人冕執鈗立亐庑階	一人冕執鈗立于庑階				一人冕執鈗立于側階	一人冕執銳皃立亐庑階	弌人冕執銳立亐庑階	弌人緦執鈗立亐庑階	弌人冕厤執銳立于側階

1357、銳

「銳」字在傳鈔古文《尚書》有下列不同字形：

（1）銳：◻

內野本、觀智院本、上圖本（影）、上圖本（八）「銳」字作◻，右為偏旁「兌」字之隸變，「口」變作「厶」。

（2）鈗：◻

《書古文訓》「銳」字作◻，《說文》金部「鈗」字下亦引〈顧命〉此文作「鈗」：「侍臣所執兵也，從金允聲。〈周書〉曰『一人冕執鈗』讀若允」。然〈孔疏〉引鄭玄云：「銳，矛屬」，〈孔傳〉亦云：「銳，矛屬」皆用「銳」字，《撰異》考論以為《說文》「鈗」字本是「銳」字，「讀若允」本作「讀若兌」，《玉篇》、《廣韻》無「鈗」字而有「銳」字，《玉篇》：「銳，徒會切，矛也」，與鈒、鋌、鉈、鏦、鋒以類相從，皆為矛屬，「是野王所據《尚書》作『一人冕執銳』也」，

《廣韻》、《集韻》、《禮部韻略》、《韻會》「銳」字之音義皆與《玉篇》相合,《廣雅·釋器》說矛有銕、鏦、菧（鉈）而無「銳」,「似魏時《說文》亦無『銳』字……毛居正《六經正讀》曰:『銳,矛屬。許氏《說文》音兌。《廣韻》徒外切。今音以稅反,是銳利之銳,非兵器也,當從《說文》《廣韻》之音』毛氏語甚分明,必見《說文》善本作『銳,侍臣所執兵也,从金兌聲。〈周書〉曰一人冕執銳。讀若兌』也。」其說是也,作「銳」其音義與此處兵器義相合,作「銳」為誤,或為假借字。

【傳鈔古文《尚書》「銳」字構形異同表】

尚書篇目	書古文訓	古文尚書晁刻	上圖本（八）	上圖本（影）	上圖（元） 上圖	足利本	古梓堂本	天理本	觀智院 b	內野本	島田本 b	九條本 神田本 b	岩崎本 b	敦煌本	石經	戰國楚簡	銳
顧命	銳		㲸	㲸	鋭				鋭b	鋭							一人冕執銳立于側階

唐石經	書古文訓	晁刻古文尚書	上圖本（八）	上圖本（影）	上圖本（元）	觀智院本	天理本	古梓堂本	足利本	內野本	島田本	九條本	神田本	岩崎本			敦煌本 P4509	魏石經	漢石經	戰國楚簡	顧命
王麻冕黼裳由賓階隮	王麻絻黼裳絲圖階隮	王麻絻黼裳絲圖階隮	王麻冕黼裳由賓階隮	王麻冕黼裳由賓階隮	王麻冕黼裳由賓階隮	王麻冕黼裳由賓階隮			王麻冕黼裳絲甯侍陞	王麻冕黼裳絲賓階陞										王麻冕黼裳由賓階隮
卿士邦君麻絻蟻裳入即位	卿士當商麻絻蟻裳入即位	卿士邦君麻絻蟻裳入即位	卿士邦君麻冕蟻裳入即位	卿士邦君麻冕蟻裳入即位	卿士邦君麻冕蟻裳入即位	卿士非君麻冕融裳入即位	卿士邦君麻冕蟻裳入即位			卿士邦君麻冕蟻裳入即位										卿士邦君麻冕蟻裳入即位

1358、蟻

「蟻」字在傳鈔古文《尚書》有下列不同字形：

（1）蟻：蛾

足利本、上圖本（影）「蟻」字作蛾，右從「義」省變之俗字（參見"義"字）。

（2）蛾：蛾1 蛾2

《書古文訓》「蟻」字作蛾1，觀智院本作蛾2，偏旁「虫」字上多一畫，二本皆作「蛾」字，《說文》虫部「蛾」字「羅也，從虫我聲」次於「螼，螼丁螼也」「螼，蠶蠶（段注：俗作蚍蜉）也」二字間，「蛾」蓋爲「螼」類，「蟻」即「螼」之或體，段注云：「『蛾羅』見〈釋蟲〉，許次於此當是『螼』一名。蛾，古書說『蛾』爲『蠶蠶』者多矣，『蛾』是正字，『蟻』是或體，許意此『蛾』是『螼』」。「蛾」「蟻」二字古相通同，如《禮記・檀弓》「蟻結於四隅」《釋文》：「蟻亦作蛾」，〈學記〉「蛾子時術之」《釋文》：「蛾或作蟻」。「蛾」當爲「蟻」字之聲符省形。

【傳鈔古文《尚書》「蟻」字構形異同表】

蟻	戰國楚簡	石經	敦煌本	岩崎本	神田本b	九條本b	島田本b	內野本	上圖（元）	觀智院b	天理本b	古梓堂b	足利本	上圖本（影）	上圖本（八）	古文尚書晁刻	書古文訓	尚書篇目
麻冕蟻裳										蛾b			蛾	蛾			蛾	顧命

顧命	戰國楚簡	漢石經	魏石經	敦煌本 P4509			岩崎本	神田本	九條本	島田本	內野本	上圖本（元）	觀智院本	天理本	古梓堂本	足利本	上圖本（影）	上圖本（八）	晁刻古文尚書	書古文訓	唐石經
太保太史太宗皆麻冕彤裳												保太火太宗皆麻冕彤裳	太保太史太宗皆麻冕彤裳				太保太史太宗皆麻冕彤裳	內保氏史太宗皆麻冕彤裳	太保太史太宗皆麻絻彤裳	太枲太史太宗皆麻絻彤裳	

1359、彤

「彤」字在傳鈔古文《尚書》有下列不同字形：

（1）彤：彤₁舟彡眯彤₂

內野本、上圖本（八）「彤」字或作彤₁，偏旁「丹」字與「舟」混近，與「朕」字或作朕類同，內野本、足利本、上圖本（影）或作舟彡眯彤₂，復「彡」作「乂」。

（2）彤：朕

觀智院本〈顧命〉二例、九條本〈文侯之命〉「彤弓一彤矢百」「彤」字皆作彤，為「彤」字，「彤」即從舟之「舟彡」字，與從丹之「彤」混同，《撰異》謂「彤」與「融」古字通，「彤」即「彤」字，「彤」徒多切，疊韻又為「融」音，同部假借（參見"彤"字）。

【傳鈔古文《尚書》「彤」字構形異同表】

彤	戰國楚簡	石經	敦煌本	岩崎本	神田本b	九條本	島田本b	內野本	上圖（元）b	觀智院b	天理本	古梓堂b	足利本	上圖本（影）	上圖本（八）	古文尚書晁刻	書古文訓	尚書篇目
乃同召太保奭芮伯彤伯								舟彡	朕b				眯	彤	彤			顧命
太保太史太宗皆麻冕彤裳								眯b					彤	彤	彤			顧命

顧命	戰國楚簡	漢石經	魏石經	敦煌本 P4509		岩崎本	神田本	九條本	島田本	內野本	上圖本（元）	觀智院本	天理本	古梓堂本	足利本	上圖本（影）	上圖本（八）	晁刻古文尚書	書古文訓	唐石經	文侯之命
																					彤弓一彤矢百　彤　彤　彤　彤　彤
太保承介圭上宗奉同瑁由阼階隮										太保秉介圭上宗奉同瑁由阼階隮	 太保奉介圭上宗奉同瑁鍒阼階	太保秉介圭上宗奉同瑁鍒阼階隮			太保秉介圭上宗奉同瑁由阼階隮	 太保秉介圭上宗奉同瑁由阼階隮	 太保秉介圭上宗奉門瑁由阼階隮	 太宗承介圭上宗奉同瑁鍒阼階隮			

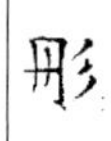

1360、瑁

「瑁」字《說文》古文省作珇，《汗簡》、《古文四聲韻》錄《說文》作汗1.4四4.16，《箋正》謂「此屮乃囚之誤，更從古文目」，《說文》段注本改爲玥，注云：「各本篆作『珇』云『古文從目』惟《玉篇》不誤，此蓋壁中〈顧命〉字」，《玉篇》「瑁」字古文作「玥」。然「玥」當爲「珇」之誤，戰國古陶有玥陶1.4，從「目」，《集韻》去聲七 19 代韻「瑁」字或省作「珇」。

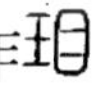

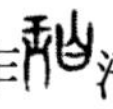

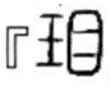

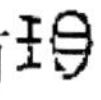

「瑁」字在傳鈔古文《尚書》有下列不同字形：

（1）瑁瑁₁瑁₂

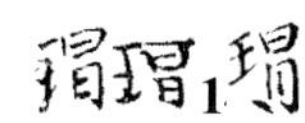

敦煌本 P4509、內野本、觀智院本、上圖本（影）、上圖本（八）「瑁」字或作瑁瑁₁，「冒」所從「目」少一畫變作「日」；上圖本（影）或作瑁₂，「目」變似「月」。

（2）瑁

觀智院本「瑁」字或作瑁，偏旁「月」字訛多一直筆，訛誤作從「田」，所從「目」復變作「日」。

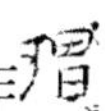

【傳鈔古文《尚書》「瑁」字構形異同表】

瑁	戰國楚簡	石經	敦煌本	岩崎本	神田本b	九條本	島田本b	內野本	上圖本(元)	觀智院b	天理本	古梓堂b	足利本	上圖本(影)	上圖本(八)	古文尚書晁刻	書古文訓	尚書篇目
太保承介圭上宗奉同瑁								瑁		瑁b					瑁			顧命
乃受同瑁			瑁 P4509					瑁		瑁b				瑁	瑁			顧命

顧命	戰國楚簡	漢石經	魏石經	敦煌本 P4509			岩崎本	神田本	九條本	島田本	內野本	上圖本(元)	觀智院本	天理本	古梓堂本	足利本	上圖本(影)	上圖本(八)	晁刻古文尚書	書古文訓	唐石經
大史秉書由賓階隮御王冊命									太史秉書縣賓階陛御王冊命		太史秉書縣賓階陛御王冊命		大史康書縣賓階陛御王冊命			太史秉書由賓階隮御王冊命	太史秉書由賓階隮御王冊命	太史秉書縣賓階陛御王冊命	太史秉書縣圓階陛駁王簡命		大史秉書由賓階隮御王冊命
曰皇后憑玉几道揚末命				末命							曰皇后憑玉几道歎末命		曰皇后憑玉几導歎末命			曰皇后憑玉几道歎末命	曰皇后憑玉几道揚末命	曰皇后憑玉几道歎末命	曰皇后憑玉几道數末命	曰皇后憑玉几進揚末命		曰皇后憑玉几道揚末命

命汝嗣訓臨君周邦率循大卞		命女享訓臨君周邦師循大法				命女享訓臨君周邦帥循大卞	女司訓臨君周邦師循大卞	六汝嗣訓臨君周邦帥俻大辯	三汝嗣訓臨君周邦師修大辯	女臨君周邦師修大辯	命女司訓臨西周嘗衛循大卞	命汝嗣訓臨君周邦率循大卞

1361、循

「循」字在傳鈔古文《尚書》有下列不同字形：

（1）循：循₁循₂

觀智院本「循」字作循₁，右下形變似「有」，與漢碑作循景北海碑陰相類。敦煌本 P4509 作循₂，偏旁「彳」字混作「亻」。

（2）修：修₁俻₂修₃

上圖本（影）「循」字作修₁，足利本作俻₂，皆爲「修」字，上圖本（八）作修₃，偏旁字「亻」訛作「彳」，乃漢碑「循」字或作循楊君石門頌，或變作循景北海碑陰，與「脩」字隸變訛从「亻」作循北海相景君碑混同，《隸續》云：「循楊君石門頌循北海相景君碑二字隸法只爭一畫，書碑者好奇所以從省借用」，「脩」「修」二字通用（參見“修”字），疑上述諸本誤「循」爲「脩」而寫爲「修」字。

【傳鈔古文《尚書》「循」字構形異同表】

循	戰國楚簡	石經	敦煌本	岩崎本	神田本b	九條本	島田本b	內野本	上圖本（元）	觀智院本b	天理本	古梓堂本b	足利本	上圖本（影）	上圖本（八）	古文尚書晁刻	書古文訓	尚書篇目
率循大卞			循 P4509							循b			俻	修	修			顧命

1362、卞

「卞」字《撰異》云：「『弁』各本作『卞』。」按『卞』即『弁』隸體之變。

見於孔宙、孔龢、韓勅三碑。《釋文》云：『卞，皮彥反，徐：扶變反』與上文『雀弁』音正同。據此似作《釋文》時『雀弁』『大卞』已分爲二，不始於開成石經也」。

「卞」字在傳鈔古文《尚書》有下列不同字形：

（1）辨：

足利本、上圖本（影）、上圖本（八）「卞」字作辨，與阮元〈校勘記〉謂「古本作『帥修大辨』」相合，「卞」「辨」音近通假。

（2）法：

敦煌本 P4509「卞」字作法，〈孔傳〉釋「率循大卞」云：「率群臣循大法」，〈孔疏〉云：「卞之爲法，無正訓也。告以爲法之道，令率群臣循之，明所循者法也。故以『大卞』爲大法，王肅亦同也」。敦煌本 P4509「卞」字作「法」與此相合，以訓詁字爲之。

【傳鈔古文《尚書》「卞」字構形異同表】

卞	戰國楚簡	石經	敦煌本	岩崎本b	神田本b	九條本	島田本b	內野本	上圖（元）	觀智院b	天理本	古梓堂b	足利本	上圖本（影）	上圖本（八）	古文尚書晁刻	書古文訓	尚書篇目
率循大卞			法 P4509										辨	辨	辨			顧命

顧命	戰國楚簡	漢石經	魏石經	敦煌本 P4509			岩崎本	神田本	九條本	島田本	內野本	上圖本（元）	觀智院本	天理本	古梓堂本	足利本	上圖本（影）	上圖本（八）	晁刻古文尚書	書古文訓	唐石經
變和天下用荅揚文武之光訓				變昧天下用荅敷文武之光訓							變昧天下用荅敷文武之光訓		變昧天下用會敷文武之光訓			變和天下用荅揚文武之光訓	變和天下用荅揚文武之光訓	變昧天下用會敷文武之光訓	變昧天下用會揚文武之光訓	變昧天下用荅揚文武之光訓	

1363、眇

「眇」字在傳鈔古文《尚書》有下列不同字形：

（1）眇：

內野本、足利本「眇」字各作，偏旁「目」字變似「耳」。

（2）妙：₁ ₂

《書古文訓》、觀智院本「眇」字各作₁，上圖本（八）作₂，當亦為「妙」字，「妙」「眇」音近通假，如《史記・貨殖列傳》「雖戶說以眇論終不能化」〈索隱〉：「『眇』音妙，與『妙』同」，〈中山靖王傳〉「每聞幼眇之聲不覺涕泗橫」〈集注〉作「要妙」，又漢袁良碑假「妙」為「眇」字：袁良碑「朕以△身襲袞繼業」，《隸釋》云：「（漢書）元（帝）紀『窮極幼眇』讀曰『要妙』此云『朕以妙身繼業』者，讀『妙』為『眇』」。

【傳鈔古文《尚書》「眇」字構形異同表】

眇	戰國楚簡	石經	敦煌本	岩崎本b	神田本b	九條本	島田本b	內野本	上圖（元）	觀智院b	天理本b	古梓堂b	足利本	上圖本（影）	上圖本（八）	古文尚書晁刻	書古文訓	尚書篇目
眇眇予末小子			眇 P4509					眇	妙b				眇	妙			妙	顧命

唐石經	書古文訓	晁刻古文尚書	上圖本（八）	上圖本（影）	足利本	古梓堂本	天理本	觀智院本	上圖本（元）	內野本	島田本	九條本	神田本	岩崎本			敦煌本 P4509	魏石經	漢石經	戰國楚簡	顧命
其能而亂四方以敬忌天威	亓耐而皆三匹吕歆忌天威	亓耐而皆三匹吕歆忌天威	亓能而亂三方吕忌天畏	其能而亂四方以敬忌天威	其能而亂四方以敬忌天威			亓耐而亂三方吕歡忌天畏	亓耐而亂三方吕歡忌天畏	亓能而亂三方吕歡忌天畏							亓能而亂三方吕忌天畏				其能而亂四方以敬忌天威
乃受同瑁王三宿三祭三詑	迺殺同瑁王弍宿弍祭弍詑	乃受同瑁王三宿三祭三詑	乃受同瑁王三宿三祭三詑	乃受同瑁王三宿三祭三詑	乃受同瑁王三宿三祭三詑			迺受同瑁王弍宿弍祭弍詑	乃受同瑁王三宿三祭三詑	迺受同瑁王弍宿弍祭弍詑							乃受同瑁王三宿三祭三詑				乃受同瑁王三宿三祭三詑

1364、詑

「詑」字在傳鈔古文《尚書》有下列不同字形：

（1）詑

《說文》一部「詑」字「奠爵酒也」下引「周書曰『王三宿三祭三詑』」，《釋文》云：「馬作『詑』，與《說文》音義合」，《書古文訓》「詑」字作詑，皆相合，今本作「詑」爲「詑」之假借。

【傳鈔古文《尚書》「咤」字構形異同表】

咤		戰國楚簡	石經	敦煌本	岩崎本b	神田本b	九條本	島田本b	內野本	上圖本（元）	觀智院b	天理本b	古梓堂本b	足利本	上圖本（影）	上圖本（八）	古文尚書晁刻	書古文訓	尚書篇目
王三宿三祭三咤				咤 P4509							咤		咤	咤	咤	咤	祀	顧命

唐石經	書古文訓	晁刻古文尚書	上圖本（八）	上圖本（影）	足利本	古梓堂本	天理本	觀智院本	上圖本（元）	內野本	島田本	九條本	神田本	岩崎本		敦煌本 P4509	魏石經	漢石經	戰國楚簡	顧命
上宗曰饗大柔戕同夆盟呂異同	上宗曰宮大柔戕同夆盟呂異同	上宗曰饗太保夋戕同降盟以異同	十宗曰饗太保受同降盟呂異同	上宗曰饗太保受同降盟呂異同	上宗曰饗太保夋同降盟以異同			上宗曰饗太保受同降盟呂遄不同	上宗曰饗太保受同降盟呂異同	上宗曰饗太保受同降盟呂異同		上宗曰饗太保受同降盟呂異同				上宗曰饗太保受同降盟呂異				上宗曰饗太保受同降盟以異同

1365、饗

「饗」字傳鈔古文《尚書》有下列不同字形：

（1）饗：饗₁饗₂

內野本、觀智院本「饗」字作饗₁，偏旁「食」字作貪，爲篆文食之隸變（參見"食"字），其右上復變作「卩」，上圖本（八）或變作饗₂。

（2）享（亯）：亯

《書古文訓》「饗」字作亯，《說文》「享」（亯）字作亯（當爲古文）篆文作亯，亯爲亯之隸定，下訛少一畫。「享」（亯）「饗」二字音同（皆許兩切）義有別而相關，古相通用，《六書故》云：「經傳『饗』爲『饗食』之饗，因之爲『歆饗』。『享』爲『享獻』之享，因之爲『享祀』。《周禮》《儀禮》二字之用較然不紊，他書往往錯互，蓋傳寫誤也。〈楚茨之詩〉曰：『以享以祀』，又曰：

『神保是饗』此二字辨也。然二字雖有別，古皆通用。」又《隸釋》錄漢石經〈無逸〉「肆高宗之享國五十有九年」作「肆高宗之饗國百年」「享」（亯）字作饗。

（3）嚮：嚮₁嚮嚮₂

敦煌本 P4509「饗」字作嚮₁，足利本、上圖本（影）作嚮嚮₂，所從「鄉」左右形訛變，三本皆作「嚮」字，為「饗」之假借字。

「饗」字在傳鈔古文《尚書》有下列不同字形：

【傳鈔古文《尚書》「饗」字構形異同表】

饗	戰國楚簡	石經	敦煌本	岩崎本	神田本b	九條本	島田本b	內野本	上圖（元）	觀智院b	天理本	古梓堂b	足利本	上圖本（影）	上圖本（八）	古文尚書晁刻	書古文訓	尚書篇目
上宗曰饗			嚮 P4509					饗	饗b				嚮	嚮	饗		亯	顧命

顧命	戰國楚簡	漢石經	魏石經	敦煌本 P4509			岩崎本	神田本	九條本	島田本	內野本	上圖本（元）	觀智院本	天理本	古梓堂本	足利本	上圖本（影）	上圖本（八）	晁刻古文尚書	書古文訓	唐石經
秉璋以酢授宗人同拜王答拜											秉璋吕酢授宗人同拜王答拜	秉璋吕酢授宗人同拜王答拜				秉璋以酢授宗人同拜王答拜	秉璋吕酢授宗人同拜王答拜	秉璋吕酢授宗人同拜王答拜	秉璋吕酢授宗人同拜王畣拜		秉璋吕酢授宗人同拜王畣拜

太保受同祭嚌宅授宗人同								太保受同祭嚌宅授宗人同	太保受同祭嚌宅授宗人同	太保受同祭嚌宅授宗人同	太保受同祭嚌宅授宗人同	太保受同祭嚌宅授宗人同

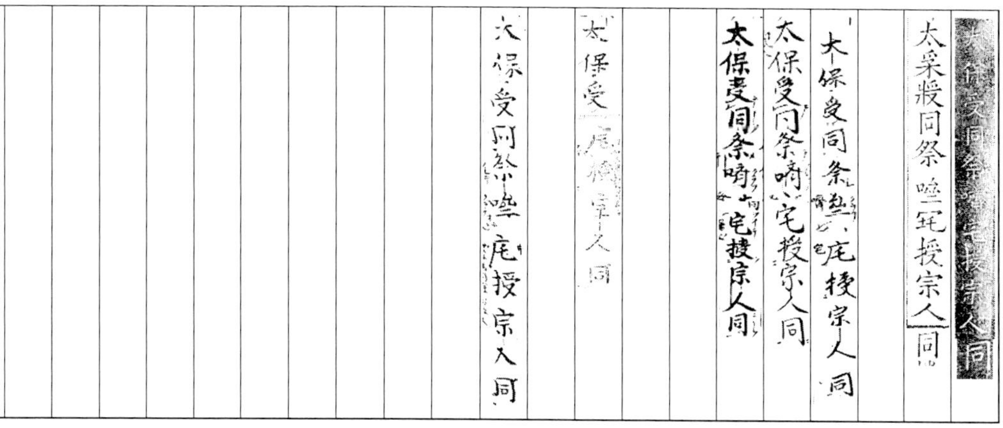

1366、嚌

《說文》「嚌」字下引「周書曰『大保受同祭嚌』」與今本同。

「嚌」字在傳鈔古文《尚書》有下列不同字形：

（1）𦥑汗1.6 𦥑四1.27 𦥑四4.13 嚌嚌1

《汗簡》、《古文四聲韻》錄《古尚書》「嚌」字作：𦥑汗1.6 𦥑四1.27 𦥑四4.13，偏旁「齊」字甲金文作：𦥑前2.15.3 𦥑明1749 𦥑齊且辛爵 𦥑魯司徒仲齊簠，變作 𦥑齊陳曼簠 𦥑十年陳侯午錞、𦥑大�鎬 𦥑包山7 𦥑郭店.窮達6 𦥑璽彙0608 𦥑陶彙3.1326 等形（參見“齊”字）。

內野本、觀智院本、《書古文訓》「嚌」字作嚌嚌1，與《玉篇》口部「嚌，古文嚌」同形，右從《汗簡》、《古文四聲韻》所錄《古尚書》「齊」字作𦥑汗6.73 𦥑𦥑四1.27 亦古史記之隸定，「𦥑」形變自甲金文𦥑前2.15.3 𦥑魯司徒仲齊簠形。

（2）嚌：嚌

上圖本（元）、足利本、上圖本（影）「嚌」字作嚌，右從「齊」之省形。

（3）𦥑：𦥑

上圖本（八）「嚌」字作𦥑，爲「齊」字之古文作「𦥑」，《玉篇》「𦥑，古文齊」，此假「齊」爲「嚌」字。

【傳鈔古文《尚書》「嚌」字構形異同表】

尚書篇目	書古文訓	古文尚書晁刻	上圖本（八）	上圖本（影）	上圖本（元）	觀智院b	天理本	古梓堂b	足利本	內野本	島田本b	九條本	神田本b	岩崎本b	敦煌本	石經	戰國楚簡	傳抄古尚書文字
顧命	嗞		嫧	嫧	埶					嘡	嚌b							嚌 汗1.6 嚌 四1.27 嚌 四4.13
																		太保受同祭嚌

唐石經	書古文訓	晁刻古文尚書	上圖本（八）	上圖本（影）	觀智院本	天理本	古梓堂本	足利本	上圖本（元）	內野本	島田本	九條本	神田本	岩崎本	敦煌本 P4509	魏石經	漢石經	戰國楚簡	顧命
擽王甫擽太采夅收彬庡出廟門尼	擽王甫擽太采夅收彬庡出廟門尼		拜王會拜太保降收諸侯出廟門侯	拜王荅拜太保降收彬侯出廟門侯	拜王荅拜太保降收諸侯出廟門侯	拜王荅拜太保降收教侯出廟門侯		拜王荅拜太保降收諸侯出廟門侯		拜王會拜太保降侯出廟門侯									拜王荅拜太保降收諸侯出廟門侯

五十一、康王之誥

康王之誥	戰國楚簡	漢石經	魏石經	敦煌本		岩崎本	神田本	九條本	島田本	內野本	上圖本（元）	觀智院本	大理本	古梓堂本	足利本	上圖本（影）	上圖本（八）	晁刻古文尚書	書古文訓	唐石經
康王既尸天子遂誥諸侯作康王之誥										康王先尸天子遂誥彩侯作康王之誥	康王宄尸天子遹誥敎侯作康王之誥				康王既尸天子遹誥諸侯作康王之誥	康王既尸及子遹誥諸侯作康王之誥	康王无尸天子遹誥彩侯作康王之誥	康王无尸天子速彝彭戾延康王之誥	康王无尸天堊速彝彭戾延康王之誥
王出在應門之內太保率西方諸侯										王出在應門之內太保帥西方諸侯	王出在應門之內太保帥西方諸侯				王出在應門之內太保帥西方諸侯	王出在应門之內太保帥西方諸侯	王出在柔門之內太㷉帥西方彩戾	王出坔應門坙內太㷉衞卤巴彭戾	王出坔應門坙內太㷉衞卤巴彭戾
入應門左畢公率東方諸侯										入應門左畢公帥東正彩侯	入應門左畢公帥東方諸侯				入应門左畢公帥東方諸侯	入应門左畢公師東方諸侯	入應門左畢公帥東方彩戾	入應門左畢公衞東正彭戾	入應門左畢公衞東正彭戾

入應門右皆布乘黃朱												入應門右皆布乘黃朱
入應門右皆布乘黃朱								入應門右皆布乘黃朱	八應門右皆敢乘黃朱		入應門右皆布乘黃朱	入應門右皆布乘黃朱
賓稱奉圭兼幣曰一二臣衛敢執壤奠								賓再奉圭兼幣曰弍弍臣衛敢執壤奠	賓再奉圭兼幣曰一二臣衛敢執壤奠		賓稱奉圭兼幣曰一二臣衛敢執壤奠	賓再奉圭兼幣曰弍弍臣衛敢執壤奠
皆再拜稽首王義嗣德荅拜								皆再拜稽首王義嗣德荅拜	皆再拜稽首王誼嗣德荅拜		皆再拜稽首王義嗣德荅拜	皆再拜稽首王義嗣德荅拜
太保暨芮伯咸進相揖皆再拜稽首								太保暨芮伯咸進相揖皆再拜稽首	太保暨芮伯咸進相揖並再拜稽首		太保暨芮伯咸進相揖皆再拜稽首	太保暨芮伯咸進相揖皆再拜稽首

日敢敬告天子皇天改大邦殷之命							曰敢敬告元子皇天改大邦殷出命	曰敢敬告天子曰皇天改大邦殷之令	曰敢敬告天子皇天改大邦殷之命	曰敢敬告天子皇天改大邦殷之令	曰敢敬告六學皇天改大晝殷出命
惟周文武誕受羑若克恤西土							惟周文武誕受邜美若克邜西土	惟周文武誕受羑若克邜西土	惟周文武誕受厥美若克恤西土	惟周文武誕受厥美若克恤西土	惟周文武誕受美若克恤西土

　　「惟周文武誕受羑」內野本、足利本、上圖本（影）、上圖本（八）皆作「惟周文武誕受厥羑」,「羑」上多「厥」字。

1367、羑

　　「羑」字在傳鈔古文《尚書》有下列不同字形：

　　（1）羑₁蓉₂

　　足利本、上圖本（影）、上圖本（八）「羑」字作羑₁,所从「久」訛作「夂」,觀智院本訛作蓉₂。

【傳鈔古文《尚書》「羕」字構形異同表】

羕	戰國楚簡	石經	敦煌本	岩崎本	神田本b	九條本	島田本b	內野本	上圖本(元)	觀智院b	上圖本(影)	上圖本(八)	古文尚書晁刻	書古文訓	尚書篇目
惟周文武誕受羕										羕b	羕	羕	羕	羕	康王之誥

康王之誥	戰國楚簡	漢石經	魏石經	敦煌本			岩崎本	神田本	九條本	島田本	內野本	上圖本(元)	觀智院本	天理本	古梓堂本	足利本	上圖本(影)	上圖本(八)	晁刻古文尚書	書古文訓	唐石經
惟新陟王畢協賞罰戡定厥功											惟新陟王畢協賞罰戡定年功	惟新陟王畢協賞罰戡之其功	惟新陟王畢協賞罰戡定厥功			惟新陟王畢協賞罰戡定年功	惟新陟王畢協賞罰戡定年功	惟新陟王畢協賞罰戡定年功	惟新陟王畢叶賞罰戡定年功		惟新陟王畢協賞罰戡定厥功
用敷遺後人休今王敬之哉											用敷遺後人休今王敬之才	用敷遺後人休今王敬之才	用敷遺後人休今王敬之哉			用敷遺後人休今王敬之才	用敷遺後人休今王敬出才	用敷遺後人休今王敬之哉	用專遺後人休今王敬出才		用敷遺後人休今王敬之哉
張皇六師無壞我高祖寡命											張皇六師已壞我高祖寡命	張皇六師已壞我高祖寡命	張皇六師已壞我高祖寡命			張皇六師已壞我高祖宣命	張皇六師已壞我高祖寡命	張皇六師無壞我高祖寡命	張皇六師已壞我高祖寡命		張皇六師無壞我高祖寡命

王若曰庶邦侯甸男衛惟予一人釗報誥							王若曰庶邦侯甸男衛惟予一人釗報誥	王若曰庶邦侯甸男衛惟予一人釗報誥	王若曰庶邦侯甸男衛惟予一人釗報誥	王若曰庶邦侯甸男衛惟予一人釗報誥
昔君文武丕平富不務咎							昔君文武丕平富不務咎	昔君文武丕平富不務咎	昔君文武丕平富不務咎	昔君文武丕平富不務咎
底至齊信用昭明于天下							底至齊信用昭明于天下	底至齊信用昭明于天下	底至齊信用昭明于天下	底至齊信用昭明于天下
則亦有熊羆之士不二心之臣							則亦有熊羆之士不二心之臣	則亦有熊羆之士不二心之臣	則亦有熊羆之士不二心之臣	則亦有熊羆之士不二心之臣

保乂王家用端命于上帝皇天用訓厥道						保乂王家用端命亐上帝皇天用訓厥道	保乂王家用端命于上帝皇天用訓厥道	保乂王家用端命亐上帝皇天用訓年道	保乂王家用端命亐上帝皇天用訓厥道	桒乂王家用岗命亐上帝皃用訓年衞付界	保乂王家用端命亐皇天用訓厥道

1368、端

「端」字在傳鈔古文《尚書》有下列不同字形：

（1）岗

《書古文訓》「端」字作岗，假「岗」爲「端」字，或爲俗書以聲符「岗」爲「端」。

【傳鈔古文《尚書》「端」字構形異同表】

端	戰國楚簡	石經	敦煌本	岩崎本b	神田本b	九條本	島田本b	內野本	上圖（元）	觀智院b	天理本	古梓堂b	足利本	上圖本（影）	上圖本（八）	古文尚書晁刻	書古文訓	尚書篇目
保乂王家用端命于上帝																	岗	康王之誥

康王之誥	戰國楚簡	漢石經	魏石經	敦煌本		岩崎本	神田本	九條本	島田本	內野本	上圖本（元）	觀智院本	天理本	古梓堂本	足利本	上圖本（影）	上圖本（八）	晁刻古文尚書	書古文訓	唐石經
付畀四方乃命建侯樹屏										付畀三匕廼令建彩侯樹屏	付畀三方乃命連諸侯樹屏				付畀四方乃令建諸侯樹屏	付畀四方乃命建諸侯樹屏	付畀三方乃命建彩侯樹屏	付畀三匕國命建厥屏	付畀四方乃命建侯樹屏
在我後之人今予一二伯父										在我後之人令予弍弍伯父	在我後之人今予一二柏父				在我后之人令予一二伯父	在我后之人今予一二伯父	在我後之人今予弍式伯父	圣我後出人今予弍柏父	在我後之人今予一二伯父
尚胥暨顧綏爾先公之臣										尚胥影顧綏尒先公出臣	尚骨泉顧綏禹先公之臣				尚胥暨顧經尒先公之臣	尚胥暨顧綏尒先公之臣	尚胥臬顧綏尒先公出臣	尚胥泉顧娞尒先公出臣	尚胥暨顧綏爾先公之臣
服于先王雖爾身在外										服于先王雖尒身在外	服于先王雖禹身在外				服于先王雖尒身在外	服于先王雖尒身在外	服于先王雖尒身在外	舩于先王雖尒身圣外	服于先王雖爾身在外

乃心罔不在王室用奉恤厥若									懕心宦帝在王室用奉邱身若	乃心宦帝在王室用奉邱厥若	乃心罒不在王室用奉恤厥若	乃心罔不在王室用奉邱年若	曑心宦亞盃王室用奉邱年若
無遺鞠子羞群公既皆聽命									已遺鞠子羞群公元皆聽命	已遺鞠子羞群公元皆聽命	無遺鞠子羞群公既皆聽命	無遺鞠子為群公既皆聽命	亡遺鞠孚羞羣公无皆聽命
相揖趨出出釋冕反喪服									相揖趍出王釋冕反喪服	相揖趍出王釋冕反喪服	相揖趍出晃反喪服	相揖趍出王釋冕反喪服	眛揖趍出王釋緅反喪服

1369、趨

「趨」字在傳鈔古文《尚書》有下列不同字形：

（1）趍趍

內野本、觀智院本、上圖本（八）「趨」字作趍趍，所從「芻」訛變作「多」，與漢簡、漢碑「趨」字或作趍武威簡.泰射 48 趍西狹頌同形，《廣韻》上平 10 虞韻「趨」字俗作「趍」「本音池」。「趨」「趍」音義俱異，《說文》走部「趍」字訓「趍趙夊也」，段注云：「『趍趙』雙聲字，與『歭躇』、『簋箸』、『蹢躅』皆爲雙聲轉語」。「趨」字俗訛作「趍」，乃「芻」俗寫形近訛誤作「多」，非二字通同，如尚書敦煌本 P3871、九條本「芻」字作芻，此爲「蒭」字，其所從「芻」

訛變作**弓**，《集韻》平聲二 10 虞韻「芻」俗作「㗱」，「㗱」即**昌**（**鄒.孔宙碑**）形之變，《隸辨》謂「諸碑從『芻』之字多省作**昌**」，此形又變作**弓**，與「多」字變作**昌弓**形混，故「趨」字所从「芻」字俗訛作「多」。

【傳鈔古文《尚書》「趨」字構形異同表】

趨	戰國楚簡	石經	敦煌本	岩崎本	神田本b	九條本島田本b	內野本	觀智院b上圖（元）	天理本	古梓堂本b	足利本	上圖本（影）	上圖本（八）	古文尚書晁刻	書古文訓	尚書篇目
相揖趨出							趨	趋b				趨	趋			康王之誥

五十二、畢　命

唐石經	書古文訓	晁刻古文尚書	上圖本（八）	上圖本（影）	足利本	古梓堂本	天理本	觀智院本	上圖本（元）	內野本	島田本	九條本	神田本	岩崎本			敦煌本	魏石經	漢石經	戰國楚簡	畢　命
康王命作冊畢分居里成周郊作畢命	康王命遂冊畢分居里成周郊遂畢命	康王命作篇畢分居里成周郊	康王命述冊畢分居里成周郊之作畢命之	康王命作冊畢分居里成周郊作畢命	康王命作冊畢分居里成周郊作畢命					康王命作冊畢公居里成周郊作畢命											康王命作冊畢分居里成周郊作畢命
惟十有二年六月庚午朏	惟十有二年六月庚午朏	惟十有二年六月庚午朏	惟十有二年六月庚午朏	惟十有二年六月庚午朏	惟十有二年六月庚午朏					惟十有二年六月庚午朏											惟十有二年六月庚午朏
越三日壬申王朝步自宗周至于豐	越三日壬申王朝步自宗周至于豐	越三日壬申王朝步自宗周至于豐	越三日壬申王朝步自宗周至于豐	越三日壬申王朝步自宗周至于豐	越三日壬申王朝步自宗周至于豐					粵三日壬申王朝步自宗周至于豐											越三日壬申王朝步自宗周至于豐

以成周之眾命畢公保釐東郊										以成周之眾命畢公保釐東郊
王若曰嗚呼父師惟文王武王										王若曰嗚呼父師惟文王武王
敷大德于天下用克受殷命										敷大德于天下用克受殷命
惟周公左右先王綏定厥家										惟周公左右先王綏定厥家

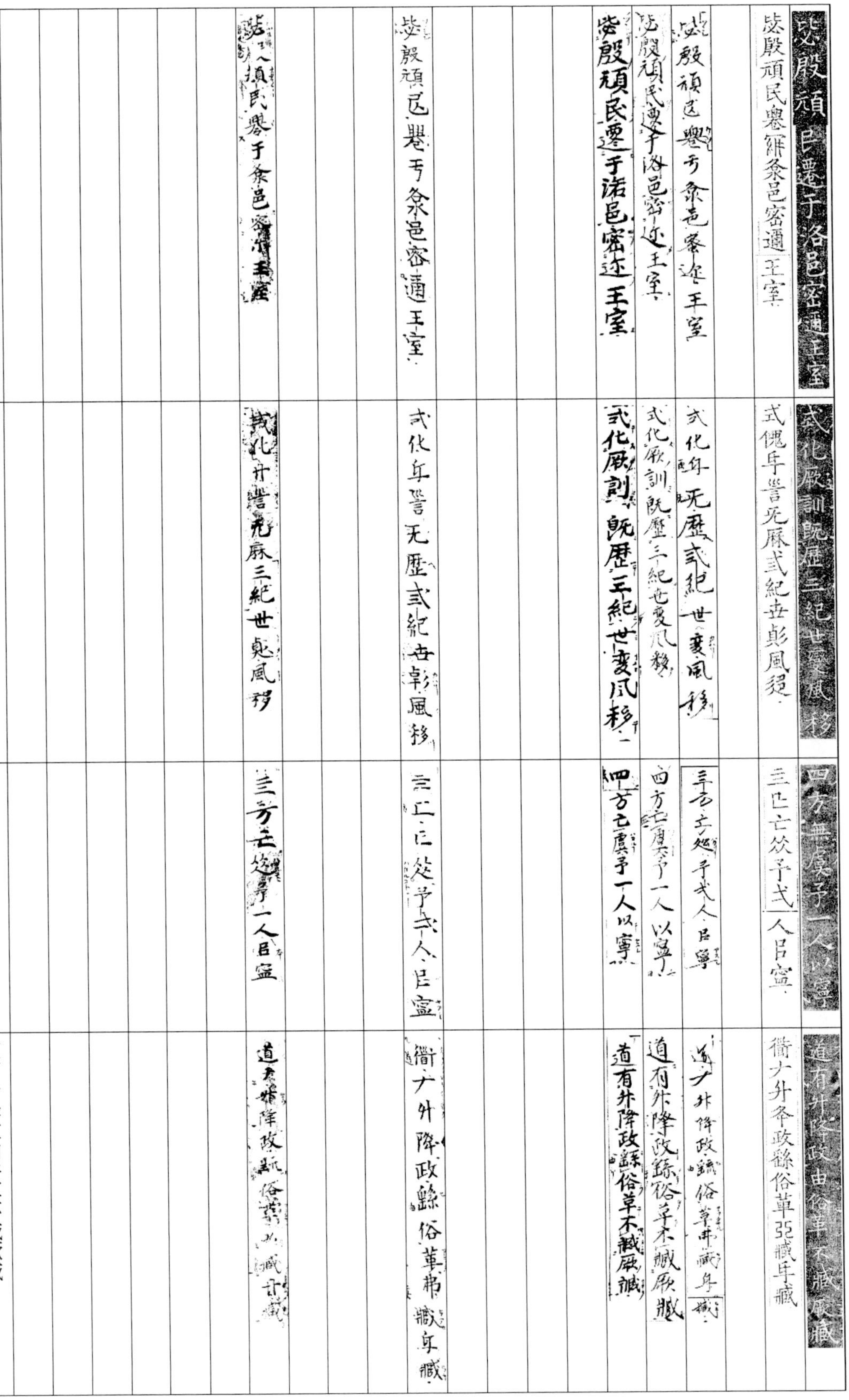

愍殷頑民遷于洛邑密邇王室					愍殷頑民遷于象邑密邇王室		愍殷頑民遷亐象邑密邇王室	愍殷頑民遷于洛邑密邇王室
式化厥訓既歷三紀世變風移					式化升誓无麻三紀世變風移		式化年誓无歷式紀世變風移	式化厥訓既歷三紀世變風移
四方無虞予一人以寧					三方亡䖏予一人以寧		三亡亡䖏予式人以寧	四方無虞予一人以寧
道有升降政由俗革不臧厥臧					道有升降政縣俗革不臧厥臧		衙有升降政縣俗革不臧厥臧	道有升降政由俗革不臧厥臧

（表中各欄為傳鈔古文字形，原書以古文字體呈現，難以逐字轉錄。右欄標題字：愍殷頑民遷于洛邑密邇王室／式化厥訓既歷三紀世變風移／四方無虞予一人以寧／道有升降政由俗革不臧厥臧。）

民罔攸勸惟公懋德克勤小物							民罔攸勸惟公懋德克勤小物		民罔攸勸惟公懋德克勤小物	民罔攸勸惟公懋德克勤小物	民罔攸勸惟公懋德克勤小物
弼亮四世正色率下罔不祇師言							弼亮四世正色率下罔不祇師言		弼亮四世正色率下罔不祇師言	弼亮四世正色率下罔不祇師言	弼亮四世正色率下罔不祇師言
嘉績多于先王予小子垂拱仰成							嘉績多于先王予小子垂拱仰成		嘉績多于先王予小子垂拱仰成	嘉績多于先王予小子垂拱仰成	嘉績多于先王予小子垂拱仰成

1370、旌

「旌」字在傳鈔古文《尚書》有下列不同字形：

（1）𣃟₁ 斿₂

岩崎本「旌」字作𣃟₁，右上寫作「人」形；上圖本（八）作斿₂，復右下作「令」，寫本「今」「令」多混作，此當爲从「今」，「旌」字作「斿」爲聲符更替。

【傳鈔古文《尚書》「旌」字構形異同表】

旌	戰國楚簡	石經	敦煌本	岩崎本b	神田本b	九條本	島田本b	內野本	上圖（元）	觀智院b	天理本	古梓堂b	足利本	上圖本（影）	上圖本（八）	古文尚書晁刻	書古文訓	尚書篇目
往哉旌別淑慝			𣃟												斿			畢命

唐石經	書古文訓	晁刻古文尚書	上圖本（八）	上圖本（影）	足利本	古梓堂本	天理本	觀智院本	上圖本（元）	內野本	島田本	九條本	神田本	岩崎本		敦煌本		魏石經	漢石經	戰國楚簡	畢命
章善癉亞尌㞢風聲	章善癉惡樹之風聲		彰善癉惡樹㞢風聲	敦善癉原樹之風�823			彰善癉惡樹㞢風�823			彰善癉惡樹�823風�823						章善癉惡樹�823風�823					彰善癉惡樹之風聲

1371、癉

「癉」字在傳鈔古文《尚書》有下列不同字形：

（1）

內野本「癉」字訛作，所從「單」上形訛作「卯」，下形訛作「早」。

【傳鈔古文《尚書》「癉」字構形異同表】

癉	戰國楚簡	石經	敦煌本	岩崎本	神田本 b	九條本	島田本 b	內野本	上圖（元）	觀智院 b	天理本	古梓堂 b	足利本	上圖本（影）	上圖本（八）	古文尚書晁刻	書古文訓	尚書篇目
彰善癉惡樹之風聲								 癉							 㾖	癉		畢命

畢命	戰國楚簡	漢石經	魏石經	敦煌本		岩崎本	神田本	九條本	島田本	內野本	上圖本（元）	觀智院本	天理本	古梓堂本	足利本	上圖本（影）	上圖本（八）	晁刻古文尚書	書古文訓	唐石經
弗率訓典殊厥井彊俾克畏慕     				弗率善典殊井井彊畀克畏慕		弗率善典殊年井彊俾克畏慕				弗率訓典殊厥井彊俾克畏慕	弗率善典殊年中井彊俾克畏慕				弗率訓典殊厥井彊俾克畏慕			亞衛訓典殊年井彊畀㶾農慕		

1372、井

「井」字在傳鈔古文《尚書》有下列不同字形：

（1）井

上圖本（八）「井」字作井，訛誤作「弗」字，右旁更注「井」字。

【傳鈔古文《尚書》「井」字構形異同表】

井	戰國楚簡	石經	敦煌本	岩崎本	神田本b	九條本	島田本b	內野本	上圖（元）	觀智院b	天理本	古梓堂b	足利本	上圖本（影）	上圖本（八）	古文尚書晁刻	書古文訓	尚書篇目
弗率訓典殊厥井疆															井			畢命

1373、慕

「慕」字在傳鈔古文《尚書》有下列不同字形：

（1）慕1慕2

岩崎本「慕」字作慕1，其中「日」形訛作「田」，上圖本（影）作慕2，所從「小」俗變作「水」。

【傳鈔古文《尚書》「慕」字構形異同表】

慕	戰國楚簡	石經	敦煌本	岩崎本	神田本b	九條本	島田本b	內野本	上圖（元）	觀智院b	天理本	古梓堂b	足利本	上圖本（影）	上圖本（八）	古文尚書晁刻	書古文訓	尚書篇目
俾克畏慕				慕									慕	慕				畢命

唐石經	書古文訓	晁刻古文尚書	上圖本（八）	上圖本（影）	足利本	古梓堂本	天理本	觀智院本	上圖本（元）	內野本	島田本	九條本	神田本	岩崎本		敦煌本	魏石經	漢石經	戰國楚簡	畢命
																				申畫郊圻愼固封守以康四海
																				政貴有恆辭尚體要不惟好異
																				商俗靡靡利口惟賢餘風未殄

| 公其念哉我聞曰世祿之家鮮克由禮 | | | | 公亓念才我聲曰世祿之家鮮克毓礼 | | 公亓念才我聲曰世祿出家鮮克毓礼 | 公其念哉我聲曰世祿之家鮮克毓礼 | 公亓念才我聲曰世祿出家鮮克毓礼 | 公亓念才我聲曰世祿出家鮮克毓礼 | 公亓念才我聞曰世 | | |
| 以蕩陵德實悖天道 | | | | 曰蕩陵悳實悖天道 | | 吕蕩陵惪實悖忢衛 | 吕蕩陵悳實悖天道 | 吕蕩陵悳實悖天道 | 吕蕩陵悳實悖天道 | 吕蕩陵悳實悖天衛 | | |

1374、悖

「悖」字在傳鈔古文《尚書》有下列不同字形：

（1）悖

「悖」字岩崎本、內野本作悖1，偏旁「忄」字與「十」混同，《說文》言部「誖」字或體從心作「悖」。

（2）𧧼

「悖」字《書古文訓》作𧧼2，即「誖」字籀文從二或作𧧼之隸定。「慕」字岩崎本作慕1，其中「日」形訛作「田」，上圖本（影）作慕2，所從「小」俗變作「水」。

【傳鈔古文《尚書》「悖」字構形異同表】

悖	戰國楚簡	石經	敦煌本	岩崎本	神田本b	九條本	島田本b	內野本	上圖（元）	觀智院b	天理本	古梓堂b	足利本	上圖本（影）	上圖本（八）	古文尚書晁刻	書古文訓	尚書篇目
以蕩陵德實悖天道				悖				悖						悖悖	悖		𧧼	畢命

唐石經	書古文訓	晁刻古文尚書	上圖本（八）	上圖本（影）	足利本	古梓堂本	天理本	觀智院本	上圖本（元）	內野本	島田本	九條本	神田本	岩崎本			敦煌本	魏石經	漢石經	戰國楚簡	畢命
敝僄奢瓶万丗沶	敝化奢麗万丗同流	敝化奢麗万丗同流	敝化奢麗万丗同流	敝化奢麗万丗同流					敝化奢麗万丗同流	敝化奢麗万丗同流				弊化奢麗万丗同流							敝化奢麗萬世同流

1375、敝

「敝」字在傳鈔古文《尚書》有下列不同字形：

（1）弊敝

岩崎本、內野本「敝」字作弊敝，乃假「弊」為「敝」字，岩崎本从「敝」之俗字作「敞」。

【傳鈔古文《尚書》「敝」字構形異同表】

敝	戰國楚簡	石經	敦煌本	岩崎本	神田本b	九條本	島田本b	內野本	上圖（元）	觀智院b	天理本	古梓堂b	足利本	上圖本（影）	上圖本（八）	古文尚書晁刻	書古文訓	尚書篇目
敝化奢麗萬世同流				弊				敝										畢命

畢命	戰國楚簡	漢石經	魏石經	敦煌本		岩崎本	神田本	九條本	島田本	內野本	上圖本（元）	觀智院本	天理本	古梓堂本	足利本	上圖本（影）	上圖本（八）	晁刻古文尚書	書古文訓	唐石經
茲殷庶士席寵惟舊怙侈滅義				茲殷庶士席寵惟舊怙侈滅義				茲殷庶士席寵惟舊怙侈滅義			茲殷廣士席寵惟旧怙侈滅義	茲殷廣士席寵惟舊怙侈滅義	茲殷廣士席寵惟舊怙侈滅義					絲殷歷士凰奄惟舊怙侶威詧		

1376、侉

「侉」字在傳鈔古文《尚書》有下列不同字形：

（1）侉：侉1侉2侉3

上圖本（八）「侉」字作侉1，《說文》篆文作侉，右下「亐」（于）變作「亐」；內野本、足利本、上圖本（影）作侉2，右上「大」多左右二點，岩崎本作侉3，復右下「亐」作「于」。《說文》人部「侉，備詞也」，大部「夸，奢也」，今本及諸寫本作「侉」爲假借字。

（2）夸：夸

《書古文訓》「侉」字作夸，爲「夸」字所從「亐」作「亐」，作夸（夸）爲「夸奢」之本字。

【傳鈔古文《尚書》「侉」字構形異同表】

侉	戰國楚簡	石經	敦煌本	岩崎本	神田本b	九條本	島田本b	內野本	上圖（元）	觀智院b	天理本	古梓堂b	足利本	上圖本（影）	上圖本（八）	古文尚書晁刻	書古文訓	尚書篇目
服美于人驕淫矜侉				侉				侉					侉	侉	侉		夸	畢命

畢命	戰國楚簡	漢石經	魏石經	敦煌本		岩崎本	神田本	九條本	島田本	內野本	上圖本（元）	觀智院本	天理本	古梓堂本	足利本	上圖本（影）	上圖本（八）	晁刻古文尚書	書古文訓	唐石經
雖收放心閑之惟艱資富能訓				雖收放心閑之惟艱資富能訓		雖收放心閑之惟艱資富能訓				雖收放心閑之惟艱資富能訓					雖收放心閑之惟艱資富能訓	雖收放心閑之惟艱資富能訓	雖收放心閑之惟艱資富能訓	雖收放心閑之惟艱資富能訓	雖收放心閑之惟艱資富能訓	雖收放心閑之惟艱資富能訓惟

1377、閑

「閑」字在傳鈔古文《尚書》有下列不同字形：

（1）㓛

上圖本（八）「閑」字作㓛，「木」旁少一畫混作「才」，與「閉」字混同。

【傳鈔古文《尚書》「閑」字構形異同表】

閑	戰國楚簡	石經	敦煌本	岩崎本	神田本b	九條本	島田本b	內野本	上圖本（元）	觀智院b	天理本	古梓堂b	足利本	上圖本（影）	上圖本（八）	古文尚書晁刻	書古文訓	尚書篇目
雖收放心閑之惟艱													閑	閑	㓛			畢命

	惟以永年惟德惟義時乃大訓	不由古訓于何其訓	王曰嗚呼父師邦之安危惟茲殷士	不剛不柔厥德允修
唐石經	惟以永年惟德惟義時乃大訓	不由古訓于何其訓	王曰嗚呼父師邦之安危惟茲殷士	不剛不柔厥德允修
書古文訓				
晁刻古文尚書				
上圖本（八）				
上圖本（影）				
足利本				
古梓堂本				
天理本				
觀智院本				
上圖本（元）				
內野本				
島田本				
九條本				
神田本				
岩崎本				
敦煌本				
魏石經				
漢石經				
戰國楚簡				
畢命	惟以永年惟德惟義時乃大訓	不由古訓于何其訓	王曰嗚呼父師邦之安危惟茲殷士	不剛不柔厥德允修

惟周公克慎厥始惟君陳克和厥中				惟周公克眘升惟君敕克味于中		惟周公克眘年凱惟君敕克味身中			惟周公克慎厥始惟君陳克和厥中	惟周公克順厥始惟君陳克和厥中	惟周公克眘年凱惟君敕味身中	惟周公克眘手乱惟君敕芦味身中
惟公克成厥終三后協心同底于道				惟公克成升聱三后齘心同底于道		惟周公克咸年聱式后叶心同底亏衞			惟畢公克成厥終三后悅心同底于道	惟畢公克成厥終三后悅心同底于道	惟周公克咸年與三后悅心同底亏道	惟公克咸手弁式后叶心同底亏衞
道洽政治澤潤生民				道洽政治澤潤生民		道洽政治澤潤生民			道洽政治澤潤生民	道洽政治澤潤生民	道洽政治澤潤生民	衞治政亂泉潤生民
四夷左衽罔不咸賴				三君左衽罔不咸賴		三尼左衽空帯咸賴			四夷左衽罔弗咸賴	四夷左衽罔弗咸賴	三尼左衽空弗咸賴	三尼左衽空弗咸賴

1378、衽

「衽」字在傳鈔古文《尚書》有下列不同字形：

（1）祍

岩崎本、上圖本（影）「衽」字作社，「ネ」旁少一畫俗混作「ネ」。

【傳鈔古文《尚書》「衽」字構形異同表】

衽	戰國楚簡	石經	敦煌本	岩崎本	神田本b	九條本	島田本b	內野本	上圖（元）	觀智院b	天理本	古梓堂b	足利本	上圖本（影）	上圖本（八）	古文尚書晁刻	書古文訓	尚書篇目
四夷左衽罔不咸賴			社											社				畢命

畢命	戰國楚簡	漢石經	魏石經	敦煌本	岩崎本	神田本	九條本	島田本	內野本	上圖本（元）	觀智院本	天理本	古梓堂本	足利本	上圖本（影）	上圖本（八）	晁刻古文尚書	書古文訓	唐石經
予小子永膺多福公其惟時成周				予小子永膺多福公其惟當戒周				予小子永膺多福公其惟眇成周		予小子永膺多福公其惟眇成周		予小子永膺多福公其惟當戒周		予小子永膺多福公其惟當戒周	予小子永膺多福公其惟當戒周	予小子永膺多福公其惟時成周	予小子永膺多福公其惟當戒周
建無窮之基亦有無窮之聞				建亡窮之基亦有亡窮之聞				建亡窮之基亦有亡窮之聞		建亡窮之基亦有亡窮之聞		建亡窮之基亦有亡窮之聞		建亡窮之基亦有亡窮之聞	建亡窮之基亦有亡窮之聞	建亡窮之基亦有亡窮之聞	建亡窮之基亦有亡窮之聞

子孫訓其成式惟乂										子孫訓其成式惟乂
嗚呼罔曰弗克惟既厥心罔曰民寡										嗚呼罔曰弗克惟既厥心罔曰民寡
惟愼厥事欽若先王成烈以休于前政										惟愼厥事欽若先王成烈以休于前政

五十三、君　牙

君牙	郭店楚簡	上博楚簡	漢石經	魏石經	敦煌本	岩崎本	神田本	九條本	島田本	內野本	上圖本（元）	觀智院本	天理本	古梓堂本	足利本	上圖本（影）	上圖本（八）	晁刻古文尚書	書古文訓	唐石經
穆王命君牙為周大司徒作君牙					穆王命君牙作周大司徒作君牙	穆王命君牙作周大司徒作君牙				穆王命君牙作周大司徒作君牙					穆王命君牙為周大司徒作君牙	穆王命君牙為周大司徒作君牙	穆王命君牙為周大司徒作君牙	穆王命商雅為周大司徒作商雅	穆王命商雅為周大司徒作商雅	穆王命君牙為周大司徒作君牙
王若曰嗚呼君牙惟乃祖乃父世篤忠貞					王若曰為摩君牙惟乃祖乃父世篤忠貞	王若曰嗚摩君牙惟乃祖乃父世篤忠貞				王若曰嗚摩君牙惟乃祖乃父世篤忠貞					王若曰嗚摩君牙惟乃祖乃父世篤忠貞	王若曰為摩君牙惟乃祖乃父世篤忠貞	王若曰為摩君牙惟乃祖乃父世篤忠貞	王若曰緩摩商雅惟粵祖粵父世篤忠貞	王藜曰緩摩商雅惟粵祖粵父世篤忠貞	王若曰嗚呼君牙惟乃祖乃父世篤忠貞

1379、牙

「牙」字在傳鈔古文《尚書》有下列不同字形：

（1）上博1緇衣6郭店緇衣9

上博1〈緇衣〉簡6、郭店〈緇衣〉簡9、10引〈君牙〉句〔註376〕「牙」

〔註376〕上博〈緇衣〉06：「〈君牙〉員：日俔雨，少民隹日夗，晉冬耆寒，少民亦隹日夗。」

郭店〈緇衣〉9.10：「〈君牙〉員：日俗雨，少民隹日怨，晉冬旨滄，少民亦隹日

字作 上博1緇衣6、 郭店緇衣9，與古璽作 璽彙2503、古陶作 陶彙6.102皆同，
《說文》古文「牙」作 ，段注謂「从齒而象其形」，當源於此。

（2）雅：雅

〈君牙〉《釋文》云：「或作〈君雅〉」，〈禮記・緇衣〉亦引作〈君雅〉，《書
古文訓》〈君牙〉「牙」字作 雅，與此相合，鄭玄注：「『雅』〈書序〉作『牙』，
假借也」。

【傳鈔古文《尚書》「牙」字構形異同表】

牙	戰國楚簡	石經	敦煌本	岩崎本	神田本b	九條本b	島田本b	內野本	上圖（元）b	觀智院b	天理本b	古梓堂本b	足利本	上圖本（影）	上圖本（八）	古文尚書晁刻	書古文訓	尚書篇目
穆王命君牙爲周大司徒作君牙																	雅	君牙
																	雅	君牙
嗚呼君牙惟乃祖乃父世篤忠貞																	雅	君牙
君牙乃惟由先正舊典時式																	雅	君牙

君牙	郭店楚簡	上博楚簡	漢石經	魏石經	敦煌本	岩崎本	神田本	九條本	島田本	內野本	上圖本（元）	觀智院本	天理本	古梓堂本	足利本	上圖本（影）	上圖本（八）	晁刻古文尚書	書古文訓	唐石經
服勞王家厥有成績紀于太常						服勞王家升于成績紀于太常			服勞王家年于咸績紀于太常							服勞王家厥有成績紀于太常	服勞王家厥有成績紀于大常	服勞王家年于咸績紀于大常	服勞王家年于咸績紀于大常	服勞王家厥有成績紀于大常

怨。」

今本〈緇衣〉：「〈君雅〉曰：夏日暑雨，小民惟曰怨，資冬祁寒，小民亦惟曰怨。」

今本〈君牙〉曰：「夏暑雨，小民惟曰怨恣，冬祁寒，小民亦惟曰怨恣。」

惟予小子嗣守文武成康遺緒					惟予小子嗣守文武成康遺緒	惟序小子嗣守文武成康遺緒	惟予小子嗣守文武成康遺緒 惟予小子嗣守文武成送緒 惟予小子嗣守文武成康遺緒	惟予小子嗣守文武成康遺緒 惟予小子嗣守亥武成康遺緒	惟予小子嗣守文武成康遺緒
亦惟先正之臣克左右亂四方					亦惟先王之臣克左右亂三方	亦惟先王之臣克左右亂三方	亦惟先王之臣克左右亂四方 亦惟先王之臣克左右亂四方 亦惟先王之臣克左右亂四方	亦惟先王之臣克左右亂四方 亦惟先王之臣克左右亂三匹	亦惟先王之臣克左右亂四方
心之憂危若蹈虎尾涉于春冰					心之憂危若蹈虎尾涉于春冰	心之憂危若蹈虎尾涉于春冰	心之憂危若蹈虎尾涉于春冰 心之憂危若蹈虎尾涉于春冰	心之憂危若蹈虎尾涉于春冰 心之憂危若蹈虎尾涉于春冰	心之憂危若蹈虎尾涉于春冰

1380、蹈

「蹈」字在傳鈔古文《尚書》有下列不同字形：

（1）蹈蹈₁蹈₂

足利本、上圖本（影）「蹈」字作蹈蹈₁，岩崎本作蹈₂，所從舀之「臼」形訛作「田」，由蹈蹈₁之偏旁再變。

【傳鈔古文《尚書》「蹈」字構形異同表】

蹈	戰國楚簡	石經	敦煌本	岩崎本	神田本b	九條本	島田本b	內野本	上圖（元）	觀智院b	天理本	古梓堂b	足利本	上圖本（影）	上圖本（八）	古文尚書晁刻	書古文訓	尚書篇目
若蹈虎尾涉于春冰				蹈									蹈	蹈	蹈			君牙

1381、冰

「冰」字在傳鈔古文《尚書》有下列不同字形：

（1）仌：仌1 (image)2

《書古文訓》「冰」字作仌1，《說文》「冰」字本作仌「凍也，象水凝之形」，源自金文作 (image) 古文，「冰」為「凝」之本字。岩崎本作 (image)2，為仌之隸古定訛變。

（2）冰：氷

內野本、足利本、上圖本（影）、上圖本（八）「冰」字作氷，《說文》「冰」字篆文作 (image)，俗「冰」從疑作「凝」，「冰，水堅也，從仌從水」魚陵切，徐鉉謂「今作筆陵切，以為冰凍之冰」，「冰」乃「仌」之假借字。

【傳鈔古文《尚書》「冰」字構形異同表】

冰	戰國楚簡	石經	敦煌本	岩崎本	神田本b	九條本	島田本b	內野本	上圖（元）	觀智院b	天理本	古梓堂b	足利本	上圖本（影）	上圖本（八）	古文尚書晁刻	書古文訓	尚書篇目
若蹈虎尾涉于春冰				圭				氷					氷	氷	氷		仌	君牙

唐石經	書古文訓	晁刻古文尚書	上圖本（八）	上圖本（影）	足利本	古梓堂本	天理本	觀智院本	上圖本（元）	內野本	島田本	九條本	神田本	岩崎本	敦煌本	魏石經	漢石經	上博楚簡	郭店楚簡	君 牙
今命爾予翼作股肱心膂	今命爾予翼作股肱心呂	今命尒予翊㽪股左心呂	今命尒予翼作股肱心膂	今命尒予翼作股肱心膂					今命尒予翊作股肱心膂	今命尒予翊作股肱心膂				今命尒予翊作股肱心膂						今命爾予翼作股肱心膂

1382、膂

「膂」字在傳鈔古文《尚書》有下列不同字形：

（1）呂：呂

《說文》呂部「呂，脊骨也，象形」，《書古文訓》「膂」字作「呂」呂，《說文》篆文从肉从旅作「膂」。

（2）膂：膂1膂2

岩崎本「膂」字作膂1，爲《說文》「呂」字篆文作「膂」之隸定訛變，右上作「衣」；上圖本（影）作膂2，右上復多「宀」。「膂」爲「呂」之形聲字異體。

【傳鈔古文《尚書》「膂」字構形異同表】

膂	戰國楚簡	石經	敦煌本	岩崎本	神田本b	九條本	島田本b	內野本	上圖（元）	觀智院b	天理本	古梓堂b	足利本	上圖本（影）	上圖本（八）	古文尚書晁刻	書古文訓	尚書篇目
今命爾予翼作股肱心膂			膂	膂										膂	膂		呂	君牙

版本	績乃舊服無忝祖考弘敷五典	式和民則爾身克正罔敢弗正	民心罔中惟爾之中
唐石經	績乃舊服無忝祖考弘敷五典	式和民則爾身克正罔敢弗正	民心罔中惟爾之中
書古文訓	績乃舊服亡忝祖考弘尃五簴	式咊民則尒身亯正定歕亞正	民心宅中惟尒屮中
晁刻古文尚書			
上圖本（八）	績乃舊服亡忝祖考弘尃五典	式咊民則尒身克正定敦弗正	民心宅中惟尒之中
上圖本（影）	績乃舊服亡忝祖考弘敷五典	式咊民則尒身克正定敦弗正	民心罔中惟尒之中
足利本	績乃舊服亡忝祖考弘敷五典	式咊民則尒身克正罔敢弗正	民心罔中惟尒之中
古梓堂本			
天理本			
觀智院本			
上圖本（元）			
內野本	績乃舊服已忝祖考弘尃五典	式咊民則尒身克正定敦弗正	民心宦中惟尒之中
島田本			
九條本			
神田本			
岩崎本	績乃舊服亡忝祖考弘尃五典	式和民則尒身克正宦敦弗正	民心宦中惟尒之中
敦煌本			
魏石經			
漢石經			
上博楚簡			
郭店楚簡			
君　牙	績乃舊服無忝祖考弘敷五典	式和民則爾身克正罔敢弗正	民心罔中惟爾之中

・2127・

1383、寒

「寒」字在傳鈔古文《尚書》有下列不同字形：

（1）上博 1 緇衣 6

上博 1〈緇衣〉簡 6 引今本〈君牙〉句「冬祁寒」作「晉冬耆寒」〔註377〕「寒」字作上博 1 緇衣 6，《說文》宀部「寒，凍也，从人在宀下，以草薦覆之，下有仌」，此形省宀，所从「仌」則如金文克鼎作「=」形且上移於字形中間。

（2）

《書古文訓》「寒」字作，爲《說文》篆文字形，源自金文作克鼎寒姒鼎。

（3）郭店緇衣 9

郭店〈緇衣〉簡 10 引〈君牙〉句「冬祁寒」作「晉冬旨滄」「寒」字作「滄」郭店緇衣 9，移「水」於下。「滄」爲楚地方言，有「寒」意，如楚帛書「熱氣

〔註377〕同前注。

倉氣」、天星觀簡「滄然」、郭店〈老子〉乙「槖勝滄」等〔註378〕。

【傳鈔古文《尚書》「寒」字構形異同表】

尚書篇目	書古文訓	古文尚書晃刻	上圖本（八）	上圖本（影）	足利本	古梓堂本b	天理本b	觀智院本b	上圖（元）	內野本	島田本b	九條本	神田本b	岩崎本	敦煌本	石經	戰國楚簡	寒
君牙	寀			寒													上博1緇衣6 / 郭店緇衣9	冬祁寒小民亦惟曰怨咨〔註379〕

唐石經	書古文訓	晃刻古文尚書	上圖本（八）	上圖本（影）	足利本	古梓堂本	天理本	觀智院本	上圖本（元）	內野本	島田本	九條本	神田本	岩崎本	敦煌本	魏石經	漢石經	上博楚簡	郭店楚簡	君牙
厥惟艱哉思其艱以圖其易民曲寧	年惟囏才思亓糞吕圖亓易民曲寧	年惟囏才思亓糞吕圖亓易民曲寧	厥惟艱才思亓艱以圖亓易民乃寧	厥惟艱哉思其艱以圖其易民乃寧	厥惟艱哉思其艱以圖其易民乃寧			厥惟艱哉思其艱以圖其易民乃寧		年惟艱才思亓艱以圖亓易民乃寧				民亦惟日怨咨圖亓易民乃寧						厥惟艱哉思其艱以圖其易民乃寧

〔註378〕參見周鳳五，〈子彈庫帛書「熱氣倉氣」說〉，《中國文字》新23期，1997.12。
〔註379〕同注340。

・2129・

嗚呼丕顯哉文王謨丕承哉武王烈									嗚呼丕顯哉文王謨丕承哉武王烈
啟佑我後人咸以正罔缺									啟佑我後人咸以正罔缺
爾惟敬明乃訓用奉若于先王									爾惟敬明乃訓用奉若于先王
對揚文武之光命追配于前人									對揚文武之光命追配于前人

王若曰君牙乃惟由先正舊典時式					王若曰君牙乃惟蹠先生舊典時式		王若曰君牙乃惟歸先正舊典治時式	王若曰君牙乃惟蹠先生舊典昳式 王若曰君牙乃惟辮先正舊簠治昏式 王若曰君牙乃惟緣先正舊簠治昏式		王若曰君牙乃惟由先正舊典時式
民之治亂在茲					民之治亂在茲		民之治亂在茲	民之治亂在茲 民之治亂在茲		民之紀亂在茲
率乃祖考之攸行昭乃辟之有乂					率乃祖考之攸行昭乃懷之能乂		率廼祖考之率廼祖考之	率乃祖考之道行昭乃辟之有乂 率乃祖考之道行昭乃辟之有乂		率廼祖考之攸行昭乃侯之有乂

五十四、冏 命

冏命	戰國楚簡	漢石經	魏石經	敦煌本		岩崎本	神田本	九條本	島田本	內野本	上圖本（元）	觀智院本	天理本	古梓堂本	足利本	上圖本（影）	上圖本（八）	晁刻古文尚書	書古文訓	唐石經
穆王命伯冏爲周太僕正作冏命				數王命柏奬爲周太僕正作奬命						數王命伯奬爲周太僕正作奬命						穆王余伯冏爲周太僕正作冏命	數王命伯冏爲周水僕正作冏命	數王命柏𡘇爲周太𡏳正延𡘇命	穆王命伯冏爲周太僕正作冏命	穆王命伯冏爲周太僕正作冏命
王若曰伯冏惟予弗克于德				王若曰柏奬惟予弗克于惪						王若曰伯奬惟予弗克于惪						王若曰伯冏惟予弗克于德	王若曰伯冏惟予弗克于惪	王若曰伯冏惟予弗克于惪	王嵒曰伯𡘇惟予亞克于惪	王若曰伯冏惟予弗克于德

1384、冏

「冏」字在傳鈔古文《尚書》有下列不同字形：

（1）䍃汗4.58 䍃四3.25 奬1 奬2 𡘇3 𡘇4

「冏命」，《釋文》：「冏，字亦作『𡘇』」，《汗簡》、《古文四聲韻》錄《古尚書》「冏」字作：䍃汗4.58 䍃四3.25，《說文》夰部「𡘇」字下「〈周書〉曰『伯𡘇』。古文㘩，古文冏字」，與此相合，《漢書·古今人表》「伯奬」「奬」爲「𡘇」字之訛。甲骨文 珠564 珠565《甲骨文編》隸定作「兜」謂從𥄑從儿，黃錫全以爲應是從㘩從卩當隸定作「𥄢」，古從卩、從人、從大無別，「𥄢」即「奬」，後變從夫作奬、奬，《說文》誤以之爲從「古老切」之「夰」，又謂「㚜、𡘇音

義俱近，古當一字」〔註380〕。

　　岩崎本「冏」字作[字]1，左上訛作「日」，其下從大，內野本作[字]2，其下從火，乃「人」之訛寫，二例正可證「㮚」字亦從大作「奰」；《書古文訓》或作[字]3，與傳抄古尚書「冏」字、《說文》所引相合，或作[字]4，上形隸古定，下形則訛多一橫。

【傳鈔古文《尚書》「冏」字構形異同表】

傳抄古尚書文字 冏 [字]汗4.58 [字]四3.25	戰國楚簡	石經	敦煌本	神田本b	岩崎本	九條本b	島田本b	內野本	上圖本(元)	觀智院b	天理本	古梓堂b	足利本b	上圖本(影)	上圖本(八)	古文尚書晁刻	書古文訓	尚書篇目
穆王命伯冏爲周太僕正作冏命					[字]			[字]									[字]	冏命
伯冏惟予弗克于德					[字]			[字]									[字]	冏命

冏命	戰國楚簡	漢石經	魏石經	敦煌本	岩崎本	神田本	九條本	島田本	內野本	上圖本(元)	觀智院本	天理本	古梓堂本	足利本	上圖本(影)	上圖本(八)	晁刻古文尚書	書古文訓	唐石經
嗣先人宅丕后怵惕惟厲中夜以興				[嗣先人宅丕后惕惟厲中夜以興]			[嗣先人宅丕后怵惕惟厲中夜以興]		[嗣先人宅丕后怵惕惟厲中夜以興]					[嗣先人宅丕后怵惕惟厲中夜以興]	[嗣先人宅丕后怵惕惟厲中夜以興]			[嗣先人宅丕后怵惕惟厲中夜以興]	[嗣先人宅丕后怵惕惟厲中夜以興]

〔註380〕參見黃錫全，《汗簡注釋》，武漢：武漢大學出版社，1993，頁370。

思免厥愆昔在文武聰明齊聖										
思免厥愆昔在文武聰明齊聖				思免厾僭昔在文武聰明坐聖		思免年僭昔在虔武聰明坐聖		思兎厥㥋昔在文武聰明坐聖	思免身㥋昔在文武聰明坐聖	思免年僭昔在文武聰明坐聖
小大之臣咸懷忠良其侍御僕從				小大之臣咸襄忠良开侍御僕從		小大业臣咸襄忠良有侍御僕		小大之臣咸懷忠良其侍御僕從	小大之臣咸懷忠良其侍御僕從	小大业臣咸襄忠良亓侍御僕從
罔匪正人以旦夕承弼厥辟				宦匪正人以旦夕承微井侵		初宦匪正人以旦夕兼敬年侵		罔匪正人以旦夕兼弼厥侵	罔匪正人以旦夕承弼年侵	宦匪正人以旦夕承敬年侵
出入起居罔有不欽				出入延屋宦厽弗欽		出入起居宦厽弗欽		出入起居罔有弗欽	出入起居宦厽弗欽	出入起居宦厽㢭欽

發號施令罔有不臧												發號施令罔有不臧
下民祇若萬邦咸休惟予一人無良												下民祇若萬邦咸休惟予一人無良
實賴左右前後有位之士												實賴左右前後有位之士
匡其不及繩愆糾謬												匡其不及繩愆糾謬

1385、糾

「糾」字在傳鈔古文《尚書》有下列不同字形：

（1）紸：

岩崎本、內野本「糾」字作紸，爲俗字，與「虯」字俗作「虬」類同。

（2）**斜**：

足利本、上圖本（影）、上圖本（八）「糾」字作**斜**，偏旁「丩」字訛誤作「斗」。

【傳鈔古文《尚書》「糾」字構形異同表】

糾	戰國楚簡	石經	敦煌本	岩崎本	神田本b	九條本	島田本b	內野本	上圖（元）	觀智院b	天理本	古梓堂b	足利本	上圖本（影）	上圖本（八）	古文尚書晁刻	書古文訓	尚書篇目
匡其不及繩愆糾謬			紂			紅							斜	斜	斜			囧命

1386、謬

「謬」字在傳鈔古文《尚書》有下列不同字形：

（1）謬：**誅**

岩崎本「謬」字作**誅**，右下「彡」變作「小」復訛多一畫作「小」，如「瑠」字漢碑作**瑻**華山廟碑，九條本訛作**瑻**。

（2）繆：**繆**

《書古文訓》「謬」字作**繆**，《說文》言部「謬，狂者之妄言也」，糸部「繆，枲之十絜也，一曰綢繆」，「繆」為「謬」之假借字，《禮・大傳》「一切紕繆」《釋文》：「繆，音謬，本又作謬」。

【傳鈔古文《尚書》「謬」字構形異同表】

謬	戰國楚簡	石經	敦煌本	岩崎本	神田本b	九條本	島田本b	內野本	上圖（元）	觀智院b	天理本	古梓堂b	足利本	上圖本（影）	上圖本（八）	古文尚書晁刻	書古文訓	尚書篇目
匡其不及繩愆糾謬				誅													繆	囧命

岊命	戰國楚簡	漢石經	魏石經	敦煌本		岩崎本	神田本	九條本	島田本	內野本	上圖本（元）	觀智院本	天理本	古梓堂本	足利本	上圖本（影）	上圖本（八）	晁刻古文尚書	書古文訓	唐石經
格其非心俾克紹先烈						格其非心甲克紹先烈			格方非心俾克紹先烈	格方非心俾克紹先烈					格其非心俾克紹先烈	格其非心俾克紹先烈	格方非心俾克紹先烈	戡元非心畀亨鄧先烈	格其非心俾克紹先烈	格其非心俾克紹先烈
今予命汝作大正正于群僕侍御之臣						今予命女作大僕正之于群僕侍御之臣			今予命汝作大僕正之于群僕侍御之臣	今予命汝作大僕正之于群僕侍御之臣					今予命汝作大僕正之于群僕侍御之臣	今予命汝作大僕正之于群僕侍御之臣	今予命汝作大僕正之于群僕侍御之臣	今予命女遂作大正正于羣僕馭之臣	今予命汝作大正正于羣僕侍御之臣	今予命汝作大正正于羣僕侍御之臣
懋乃后德交修不逮慎簡乃僚						懋乃后德交修不逮音來乃僚			懋迺后惪交修不逮音東迺僚	懋迺后惪交修不逮音東迺僚					懋乃后惪交修不逮慎簡乃僚	懋乃后德交修不逮慎簡乃僚	懋乃后德交修不逮音來乃僚	懋曹后惪交攸不逮者來酉之寮	懋乃后德交修不逮慎簡乃僚	懋乃后德交修不逮慎簡乃僚

無以巧言令色便辟側媚						亡呂巧言令色‧便辟友媚		亡呂巧言令色‧便辟庞媚‧			亡以巧言令色亂便辟側媚	言以巧言令色伎便辟側媚	亡呂巧言令色便僕仄媚	無以巧言令色便辟側媚

1387、便

「便」字在傳鈔古文《尚書》有下列不同字形：

（1）傻

《書古文訓》「便」字作傻，爲《說文》篆文作傻之隸古定。

【傳鈔古文《尚書》「便」字構形異同表】

便	戰國楚簡	石經	敦煌本	岩崎本	神田本b	九條本	島田本b	內野本	上圖（元）b 觀智院b 天理本 古梓堂b				足利本	上圖本（影）	上圖本（八）	古文尚書晁刻	書古文訓	尚書篇目
便辟側媚																	傻	冏命

1388、媚

「媚」字在傳鈔古文《尚書》有下列不同字形：

（1）頌

岩崎本「媚」字作頌，所從「目」俗混作「貝」。

【傳鈔古文《尚書》「媚」字構形異同表】

媚	戰國楚簡	石經	敦煌本	岩崎本	神田本b	九條本	島田本b	內野本	上圖（元）b 觀智院b 天理本 古梓堂b				足利本	上圖本（影）	上圖本（八）	古文尚書晁刻	書古文訓	尚書篇目
便辟側媚			頌															冏命

唐石經	書古文訓	晁刻古文尚書	上圖本（八）	上圖本（影）	足利本	古梓堂本	天理本	觀智院本	上圖本（元）	內野本	島田本	九條本	神田本	岩崎本		敦煌本	魏石經	漢石經	戰國楚簡	罔命
亓惟吉士僕臣正厥后克正	亓惟吉士僕臣正年后亨正		亓惟黄士僕臣正年后克正	其惟吉士僕臣正厥后克正	其惟吉士僕臣正厥后克正					亓惟吉士僕臣正年后克正		亓惟吉士僕臣正年后克正		亓惟吉士僕臣正廾后克正						其惟吉士僕臣正厥后克正
僕臣諛厥后自聖	僕臣諛年后自聖		僕臣諛年后自聖	僕臣諛厥后自聖	僕臣諛厥后內聖					僕臣諛年后自聖		僕臣諛年后自聖		僕臣諛廾君自聖						僕臣諛厥后自聖

1389、諛

「諛」字在傳鈔古文《尚書》有下列不同字形：

（1）諛1諛2

岩崎本、足利本、上圖本（影）、上圖本（八）「諛」字變作諛1，內野本復右上多一畫變作諛2。

【傳鈔古文《尚書》「諛」字構形異同表】

諛	戰國楚簡	石經	敦煌本	神田本b 岩崎本	島田本b 九條本b	內野本	上圖（元） 觀智院b	天理本b 古梓堂b	足利本	上圖本（影）	上圖本（八）	古文尚書晁刻	書古文訓	尚書篇目
僕臣諛厥后自聖						諛			諛		諛			罔命

	后德惟臣不德惟臣	懍人充耳目之官爾無昵于	迪上以非先王之典非人其吉惟貨其吉
唐石經	后德惟臣不德惟臣	懍人充耳目之官爾無昵于	迪上以非先王之典非人其吉惟貨其吉
書古文訓	后惠惟臣弜惠惟臣	尒亡尼于懍人充耳目之官	迪上吕非先王之典非人亓吉惟貨亓吉
晁刻古文尚書			
上圖本（八）	后惠惟臣弗惠惟臣	尒亡匷于懍人充耳目之官	迪上吕非先王之典非人亓吉惟貨亓吉
上圖本（影）	后徳惟臣弗惠惟臣	尒亡匷于懍尒充耳目之官	迪上吕兼先王之典非人其吉惟貨亓吉
足利本	后徳惟臣弗惠惟臣	余亡匷于懍人充耳目之官	迪上吕非先王之典非人其吉惟貨其吉
古梓堂本			
天理本			
觀智院本			
上圖本（元）			
內野本	后惠惟臣弜惠惟臣	余亡匷于懍人充耳目之官	迪上吕非先王之典非人亓吉惟貨亓吉
島田本			
九條本			
神田本			
岩崎本	后惠惟臣弜惠惟臣	尒亡匷于懍人充耳目之官	迪上吕非先王之典非人亓吉惟貨亓吉
敦煌本			
魏石經			
漢石經			
戰國楚簡			
岡　命	后德惟臣不德惟臣	爾無昵于懍人充耳目之官	迪上以非先王之典非人其吉惟貨其吉

若時瘝厥官惟爾大弗克祇厥辟惟予汝辜				若時瘝厥官惟尔大弗克祗厥侵惟予女辜		若眚瘝年官惟余夫弗克艇年侵惟予女辜		若朕瘝厥官惟余大弗克祗厥侵惟予汝辜	若時瘝官惟余大弗克祗厥侵惟予女辜	瘝眚瘝年官惟尔大亞亨祗年侵惟予女辜
王曰嗚呼欽哉永弼乃后于彝憲				王曰嗚呼欽哉永敬乃為后于彝憲		王曰嗚呼欽才永敬迺后于彝憲		王曰嗚呼欽哉永弼乃后于彝憲	王曰嗚呼欽才永敬乃后于彝憲	王曰嗚呼欽才永敬迺后于彝憲

五十五、呂　刑

呂刑	郭店楚簡	上博楚簡	漢石經	魏石經	敦煌本	岩崎本	神田本	九條本	島田本	內野本	上圖本（元）	觀智院本	天理本	古梓堂本	足利本	上圖本（影）	上圖本（八）	晁刻古文尚書	書古文訓	唐石經
呂命穆王訓夏贖刑作呂刑					呂命敬王嘗夏贖刑作呂刑呂刑					呂命敬王嘗夏贖刑作呂刑					呂命穆王訓夏贖刑作呂刑	呂命穆王訓夏贖刑作呂刑	呂命敬王嘗夏贖刑作呂刑			呂命穆王訓夏贖刑作呂刑

1390、呂

〈呂刑〉篇名《禮記》〈表記〉、〈緇衣〉引作「甫刑」，「呂」、「甫」乃其前後異名，其實一也，〈孔傳〉云：「呂侯以穆王命作書，訓暢夏禹贖刑。……後為甫侯，故或稱〈甫刑〉」，〈孔疏〉云：「知後為甫侯者，以《詩・大雅・崧高》之篇宣王之詩云：『生甫及申』〈揚之水〉為平王之詩云：『不與我戍甫』明子孫改封為甫侯，……穆王時未有甫名，而稱為〈甫刑〉者，後人以子孫之國號名之也，猶若叔虞初封於唐，子孫封晉，而《史記》稱〈晉世家〉然。宣王以後改呂為甫」。又林之奇《尚書全解》謂「蓋甫與呂，正猶荊之與楚，商之與殷，故曰〈呂刑〉又曰〈甫刑〉也」吳澄《書纂言》則謂「或曰『呂』『甫』聲協，猶『受』『紂』二字不同，其初蓋一名也」是「呂」、「甫」為一名也。

「呂」字在傳鈔古文《尚書》有下列不同字形：

（1）〔古文字形〕郭店緇衣 29　〔古文字形〕郭店緇衣 13

上博 1〈緇衣〉、郭店〈緇衣〉引今本〈呂刑〉句篇名多作〈呂坓（刑）〉，「呂」字多作〔古文字形〕郭店緇衣 29 形，惟郭店〈緇衣〉簡 13 作〔古文字形〕郭店緇衣 13，「呂」「邵」古今字，《說文》呂部「呂，脊骨也，象形。昔太嶽為禹心呂之臣，故封呂侯」，「邵」字為封邑地名。

唐石經	書古文訓	晁刻古文尚書	上圖本（八）	上圖本（影）	足利本	古梓堂本	天理本	觀智院本	上圖本（元）	內野本	岩崎本	神田本	九條本	島田本	岩崎本	敦煌本	魏石經	漢石經	上博楚簡	郭店楚簡	呂　刑
惟呂命王享國百年耄荒	惟呂命王音國百秊耄荒	惟呂命王音國百秊耄荒	惟呂奎王會國百秊耄荒	惟呂命王會國百秊耄荒	惟呂命王實閏百秊耄荒					惟呂命王會國百秊耄荒			惟呂命王會國百秊耄荒		惟呂命王會國百秊耄荒						惟呂命王享國百年耄荒
庅作刜以詰四方	庅従刣呂詰三匕		度作刑以詰四方							度作刑呂詰三方			庅作刑呂語三方		庅作刑呂語三方						度作刑以詰四方
王曰若古有訓蚩尤惟始作亂	王曰虊古有訓蚩尤惟乱迻肖	王曰若古又膏蚩尤惟乱作鞏	王曰若古有訓蚩尤始作乱	王曰若古又膏魬尤惟始作鞏	王曰若古又膏魬尤惟乱作鞏					王曰若古又膏蚩尤惟乱作鞏			王曰若古ナ膏蚩尤惟乱作鞏		王曰若古ナ膏蚩尤惟乱作鞏						王曰若古有訓蚩尤惟始作亂

1391、蚩

「蚩」字在傳鈔古文《尚書》有下列不同字形：

（1）蚩蚩

岩崎本、內野本、足利本、上圖本（影）、上圖本（八）、《書古文訓》「蚩」字作蚩蚩，《說文》虫部「蚩」字「蟲也，从虫之聲」，此形作「之」之隸古定而少下一橫變作从「山」。

【傳鈔古文《尚書》「蚩」字構形異同表】

蚩	戰國楚簡	石經	敦煌本	岩崎本	神田本b	九條本	島田本b	內野本	上圖本（元）	觀智院b	天理本	古梓堂b	足利本	上圖本（影）	上圖本（八）	古文尚書晁刻	書古文訓	尚書篇目
蚩尤惟始作亂								蚩					虫	蚩蚩	蚩	蚩	呂刑

呂刑	郭店楚簡	上博楚簡	漢石經	魏石經	敦煌本	岩崎本	神田本	九條本	島田本	內野本	上圖本（元）	觀智院本	天理本	古梓堂本	足利本	上圖本（影）	上圖本（八）	晁刻古文尚書	書古文訓	唐石經
延及于平民罔不寇賊鴟義姦宄奪攘矯虔						延及于平民罔不後賊鴟誑姦宄收攘矯虔			延及亐平民罔不寇賊鴟義姦宄歘歘矯虔							延及于平民罔弗寇賊鴟戋姦宄奪攘矯虔	延及亐平民罔帶寇賊鴟戋姦宄奪攘矯虔	延及亐平民罔不寇賊鴟義姦宄奪攘矯虔	延及亐秊民空弜寇賊鴟誑是宄欻歘矯虔	延及于平民罔不寇賊鴟義姦宄奪攘矯虔

1392、虔

「虔」字在傳鈔古文《尚書》有下列不同字形：

（1）虔虔₁ 虔虔₂ 虔₃

內野本、上圖本（八）「虔」字作虔虔₁，足利本、上圖本（影）作虔虔₂，所從「文」訛似「夂」，岩崎本則變作虔₃。

【傳鈔古文《尚書》「虐」字構形異同表】

虐	戰國楚簡	石經	敦煌本	岩崎本b	神田本b	九條本b	島田本b	內野本	上圖本（元）	觀智院b	天理本b	古梓堂b	足利本	上圖本（影）	上圖本（八）	古文尚書晁刻	書古文訓	尚書篇目
姦宄奪攘矯虐							虔		虔				虐	虔	虔			呂刑

呂刑	郭店楚簡	上博楚簡	漢石經	魏石經	敦煌本	岩崎本	神田本	九條本	島田本	內野本	上圖本（元）	觀智院本	天理本	古梓堂本	足利本	上圖本（影）	上圖本（八）	晁刻古文尚書	書古文訓	唐石經
苗民弗用靈制以刑惟作五虐之刑曰法		(楚簡)				苗民弗用靈制呂刑惟作太虐之刑曰法		苗民弗用靈制呂刑惟作太虐之刑曰法		苗民弗用靈制呂刑惟作太虐之刑曰法		苗民弗用靈制以刑惟作五虐之刑曰法			苗民弗用靈制呂爾惟作五虐之刑曰法	苗民弗用靈制呂爾惟作五虐之刑曰法	苗民弗用靈制呂爾惟作五虐之刑曰法	苗民弗用靈制呂爾惟作五虐之刑曰法	苗民弗用靈制以刑惟作五虐之刑曰法	苗民弗用靈制以刑惟作五虐之刑曰法
殺戮無辜爰始淫為劓刑椓黥						殺戮無辜爰始淫為劓刑椓劓		殺戮無辜爰始淫為劓刑椓黥		殺戮無辜爰始淫為劓刑椓黥		殺戮無辜罪爰始淫為劓刑椓黥			殺戮無辜爰始淫為劓刑椓黥	殺戮無辜爰始淫為劓刑椓黥	殺戮無辜爰始淫為劓刑椓黥	殺戮無辜爰始淫為劓刑椓劓	殺戮無辜爰始淫為劓刑椓劓	殺戮無辜爰始淫為劓刑椓黥

1393、刞

《說文》攴部「皽」字下引「〈周書〉曰『刞劓皽黥』」「劓刞」作「刖劓」，「刖」當是「刞」之訛，段注云：「《尚書正義》曰：『賈馬鄭古文尚書「劓刞劅劅」，大小夏侯歐陽尚書作「臏宮劓割頭庶剠」』按賈馬鄭皆作『刞』許必同，《釋文》及《正義》卷二皆云『劓刞』本篇《正義》作『刞劓』唐初本固不同耳」。岩崎本、內野本作「刞劓」，文序正與《說文》同，《書古文訓》則與今本同作「劓刞」。

【傳鈔古文《尚書》「刞」字構形異同表】

刞	戰國楚簡	石經	敦煌本	岩崎本	神田本b	九條本b	島田本b	內野本	上圖本（元）	觀智院b	天理本	古梓堂b	足利本	上圖本（影）	上圖本（八）	古文尚書晁刻	書古文訓	尚書篇目
爰始淫爲劓刞椓黥				劓				劓										呂刑

1394、椓

「椓」字在傳鈔古文《尚書》有下列不同字形：

（1）椓

足利本、上圖本（影）「椓」字作椓，其右形訛少一畫作「豕」。《說文》木部「椓」字「擊也」，「皽」字「去陰之刑也」，段注云：「衛包因《正義》云『劅，椓人陰』乃易爲『椓』字，而不知『皽』『劅』字義之不同，『椓』擊也，去陰不可云『椓』。」按「劅」與「皽」同，「椓」「皽」音同（皆竹角切），此假「椓」字爲「皽」，《詩·大雅》「昏椓靡共」鄭注云：「昏、椓皆奄人也，『昏』其官名，『椓』毀陰者也」亦假「椓」爲「皽」。

（2）皽歠

岩崎本、《書古文訓》「椓」字作皽歠，《說文》攴部「皽」字下引「〈周書〉曰『刞劓皽黥』」，「皽」字訓「去陰之刑也」爲本字。

（3）劅

內野本作劅，爲「劅」字，與《尚書正義》謂賈馬鄭古文尚書作「劓刞劅劅」相合，又謂「劅，椓人陰」，「劅」「皽」二字同，如《說文》「廄」字或作

「劌」，乃義符更替。

【傳鈔古文《尚書》「椓」字構形異同表】

椓	戰國楚簡	石經	敦煌本	岩崎本	神田本b	九條本	島田本b	內野本	上圖本（元）	觀智院b	天理本	古梓堂b	足利本	上圖本（影）	上圖本（八）	古文尚書晁刻	書古文訓	尚書篇目
爰始淫爲劓刵椓黥			歡				劉						椓	椓			歡	呂刑

1395、黥

「黥」字在傳鈔古文《尚書》有下列不同字形：

（1）剠剠₁剠₂

內野本、《書古文訓》「黥」字作剠剠₁，岩崎本作剠₂，所從「京」中多一畫，與漢碑「京」字作京華山廟碑京孔寵碑類同，《尚書正義》謂賈馬鄭古文尚書作「劓刵劅剠」，大小夏侯歐陽尚書作「臏宮劓割頭庶剠」，「黥」字皆作「剠」，《集韻》「黥」字或作「剠」，《說文》黑部「黥」字「墨刑在面，從黑京聲」或體從刀作「剠」爲會意字，作「剠」亦形聲字，與「黥」字爲義符更替。

【傳鈔古文《尚書》「黥」字構形異同表】

黥	戰國楚簡	石經	敦煌本	岩崎本	神田本b	九條本	島田本b	內野本	上圖本（元）	觀智院b	天理本	古梓堂b	足利本	上圖本（影）	上圖本（八）	古文尚書晁刻	書古文訓	尚書篇目
爰始淫爲劓刵椓黥			剠					剠									剠	呂刑

呂刑	郭店楚簡	上博楚簡	漢石經	魏石經	敦煌本	岩崎本	神田本	九條本	島田本	內野本	上圖本（元）	觀智院本	天理本	古梓堂本	足利本	上圖本（影）	上圖本（八）	晁刻古文尚書	書古文訓	唐石經
越茲麗刑并制罔差有辭						越茲麗刑制罔差有辭				粵茲麗刑并制罔差有辭						越茲麗載并制罔差有辭	越茲麗刑并制罔差有辭	越茲麗刑并制罔差有辭	越丝示型并制宅差ナ辭	越茲麗刑并制罔差有辭

1396、差

「差」字在傳鈔古文《尚書》有下列不同字形：

（1）魏三體差₁

魏三體石經〈呂刑〉「差」字古文作 ，源自 王子午鼎 攻吳王夫差監 攻敔王夫差劍 會忐鼎等形。岩崎本、內野本、上圖本（影）、上圖本（八）作差₁，右下「工」俗寫似「七」形，與「左」字足利本、上圖本（影）、上圖本（八）或作左左類同（參見 "左" 字）。

【傳鈔古文《尚書》「差」字構形異同表】

差	戰國楚簡	石經	敦煌本	岩崎本 神田本 b	九條本 島田本 b	內野本	上圖本（元）	觀智院 b 天理本	古梓堂 b	足利本	上圖本（影）	上圖本（八）	古文尚書晁刻	書古文訓	尚書篇目
越茲麗刑并制罔差有辭		魏		差		差					差				呂刑

唐石經	書古文訓	晁刻古文尚書	上圖本（八）	上圖本（影）	足利本	古梓堂本	天理本	觀智院本	上圖本（元）	內野本	島田本	九條本	神田本	岩崎本		岩崎本	敦煌本		魏石經	漢石經	上博楚簡	郭店楚簡	呂刑
																							民興胥漸泯泯棼棼

1397、泯

「泯」字在傳鈔古文《尚書》有下列不同字形：

（1）泯泯

內野本、上圖本（八）「泯」字或作泯泯，偏旁「民」作 曾子斿鼎 段注本古文民形之隸古定字（詳見"民"字）。

（2）泯₁泯₂

岩崎本、足利本、上圖本（影）「泯」字或作泯₁泯₂，俗書右上多一點爲飾筆。（詳見"民"字）

【傳鈔古文《尚書》「泯」字構形異同表】

泯	戰國楚簡	石經	敦煌本	岩崎本 神田本b	九條本 島田本b	內野本	上圖本（元）觀智院b	天理本 古梓堂b	足利本	上圖本（影）	上圖本（八）	古文尚書晁刻	書古文訓	尚書篇目
民興胥漸泯泯棼棼															呂刑

1398、棼

「棼」字在傳鈔古文《尚書》有下列不同字形：

（1）棼

上圖本（影）「棼」字作棼，其下所從「刀」變作「力」。

【傳鈔古文《尚書》「焚」字構形異同表】

尚書篇目	書古文訓	古文尚書晁刻	上圖本（八）	上圖本（影）	上圖本（元）	觀智院b	天理本	古梓堂b	足利本	內野本	島田本b	九條本	神田本b	岩崎本	敦煌本	石經	戰國楚簡	焚
呂刑				焚											焚			泯泯焚焚

唐石經	書古文訓	晁刻古文尚書	上圖本（八）	上圖本（影）	觀智院本	天理本	古梓堂本	足利本	內野本	島田本	九條本	神田本	岩崎本	敦煌本	魏石經	漢石經	上博楚簡	郭店楚簡	呂刑
罔中于信以覆詛盟	宅中于信以覆詛盟	罔中于信以覆詛盟、	宅中亐如呂㦤詛盟	罔中于信呂要覆詛盟、	罔中于信呂覆詛盟			罔中于信呂覆詛盟	罔中亐如呂覆詛盟				宅中亐如呂㦤擅盟					罔中于信以覆詛盟
虐威庶戮方告無辜于上	虐豐庶剭易匹告亡祜亐上	虐威庶剹方告亡辜亐上	虐威庶剭方告亡辜亐上	虐威庶戮方告亡辜于上	虐威庶剭方告亡辜于上			虐威庶剹方告亡辜于上	虐農庶剭方告亡辜于上				虐農庶剭方告亡辜于上					虐威庶戮方告無辜于上
上帝豐民宅ナ馨香	上帝監民宅有馨香	上帝監人宅ナ馨香	上帝監人宅ナ馨香	上帝監又周有馨香	上帝監民宅ナ馨香			上帝監久園有馨香	上帝監民宅ナ馨香				上帝監民宅ナ馨香					上帝監民罔有馨香

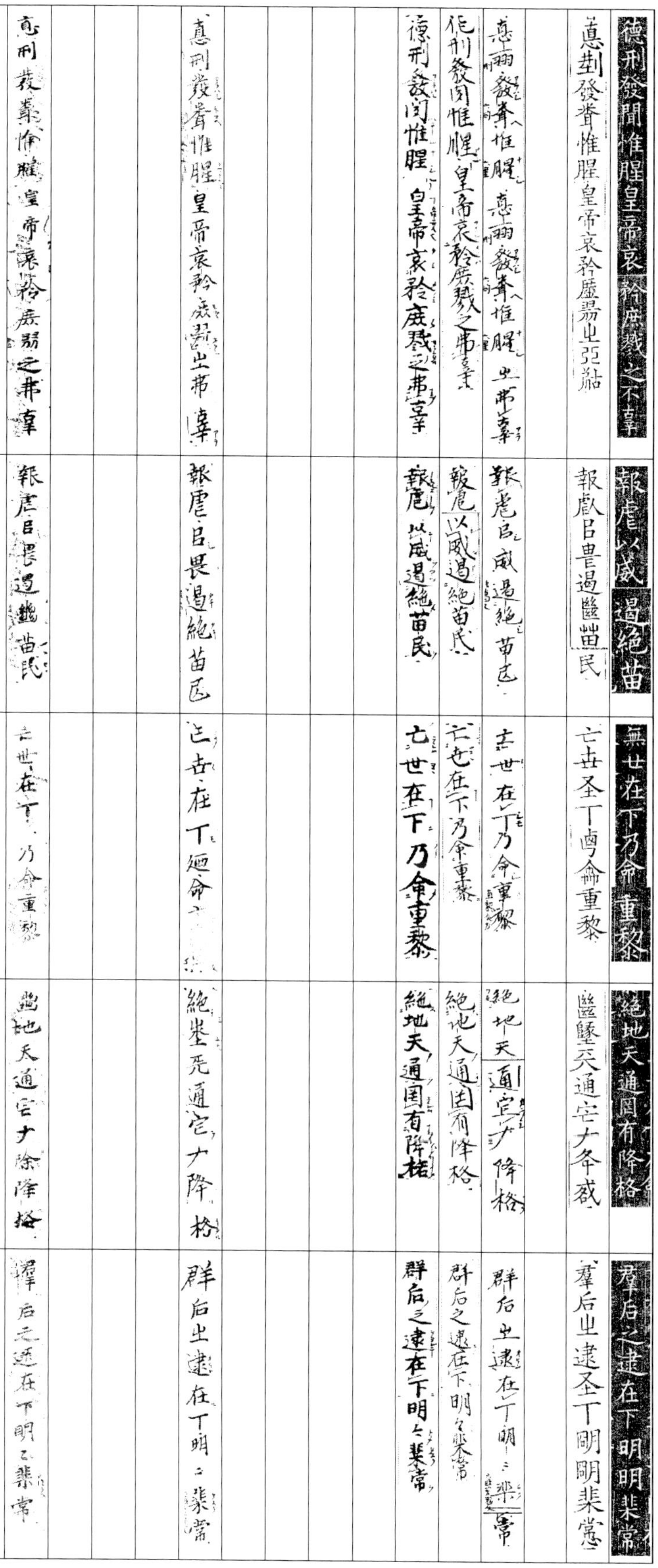

德刑發聞惟腥皇帝哀矜庶戮之不辜
報虐以威遏絕苗民
無世在下乃命重黎
絕地天通罔有降格
群后之逮在下明明棐常

鰥寡無蓋皇帝清問下民	鰥寡云蓋皇帝清問下民	鰥寡云蓋皇帝清問下民	鰥寡亡蓋皇帝清問下民	鰥寡亡蓋皇帝清問下民	鰥寡亡蓋皇帝清問下民	鰥寡無蓋皇帝清問下民

1399、蓋

「蓋」字在傳鈔古文《尚書》有下列不同字形：

（1）蓋

岩崎本「蓋」字作蓋，與漢代隸書或作蓋陽泉熏盧蓋武威簡.服傳 31蓋衡方碑同形。

【傳鈔古文《尚書》「蓋」字構形異同表】

蓋	戰國楚簡	石經	敦煌本	岩崎本	神田本b	九條本	島田本b	內野本	上圖本（元）	觀智院本b	天理本	古梓堂本b	足利本	上圖本（影）	上圖本（八）	古文尚書晁刻	書古文訓	尚書篇目
鰥寡無蓋							蓋	蓋										呂刑

呂刑	郭店楚簡	上博楚簡	漢石經	魏石經	敦煌本	岩崎本	神田本	九條本	島田本	內野本	上圖本（元）	觀智院本	天理本	古梓堂本	足利本	上圖本（影）	上圖本（八）	晁刻古文尚書	書古文訓	唐石經
鰥寡有辭于苗德威惟畏						鰥寡有辭于苗德威惟畏				鰥寡有辭于苗德威惟畏					鰥寡有辭于苗德威惟畏	鰥寡有辭于苗作威惟畏	鰥寡有辭于苗德威惟畏	鰥寡有辭于苗德威惟畏	鰥寡有辭于苗德威惟畏	鰥寡有辭于苗德威惟畏

德明惟明乃命三后恤功于民			惠明惟明乃命三后恤功于民	惠明惟明乃命三后恤功于民	惠明惟明乃命弍后恤功亏民	惪明惟明乃命三后恤功于民	惠明惟明乃命弍后恤功亏民
伯夷降典折民惟刑			柏夷降典折民惟刑	伯夷降典折民惟刑	伯夷降典折民惟刑	伯夷降典折民惟刑	柏夷夆籞折民惟型
禹平水土主名山川			禽平水土主名山川	禽平水土主名山川	禽平水土主名山川	禹平水土主名山川	帝夆水土主名山川
稷降播種農殖嘉穀			稷降用種農殖嘉穀	稷降用種農植嘉穀	稷降播種農殖嘉穀	稷降播種農殖嘉穀	稷夆囷蘇農殖嘉黎
三后成功惟殷于民			三后成功惟殷于民	弍后成功惟殷亏民	三后成功惟殷亏民	三后成功惟殷于民	弍后成功惟殷亏民

士制百姓于刑之中以教祗德						士制百姓于刑之中以教祗德				士制百姓于刑之中以教祗德	士制百姓于刑之中以教祗德	士制百姓亏剌出虫曾吕教祗惪
穆穆在上明明在下灼于四方										穆穆在上明明在下灼于四方	穆穆在上明明在下灼于四方	穆穆在上明明在下灼亏四方
罔不惟德之勤故乃明于刑之中										罔不惟德之勤故乃明于刑之中	罔不惟德之勤故乃明于刑之中	罔不惟德之勤故乃明亏剌出中

率乂于民棐彝典獄非訖于威				衛处于民棐彝典獄非訖于畏			衛乂亐民棐彝典獄非說亐畏		率乂于民棐彝典獄非訖于威	衛乂亏民棐彝典獄非訖亏威
惟訖于富敬忌罔有擇言在身				惟訖于富敬忌宧才擇言在身			惟說亐富敬忌宧才擇言在身		惟訖于富敬忌罔有擇言在身	惟說亏富敬忌宧才擇言在身
惟克天德自作元命配享在下				惟克天悳自作元命配會在下			惟克悳悳自作元命配會在下		惟克天德自作元命配會在下	惟克天悳自作元命配會在下
王曰嗟四方司政典獄				王曰嗟三方司政典獄			王曰嗟三方司政典獄		王曰嗟四方司政典獄	王曰嗟三方司政典獄

（黑底標題欄）
率乂于民棐彝典獄非訖于威
惟訖于富敬忌罔有擇言在身
惟克天德自作元命配享在下
王曰嗟四方司政典獄

非爾惟作天牧今爾何監			非尒惟 狀牧今尒何監		非尒惟作兆牧今尒何監	非尒惟作天牧今尒何監	非尒惟作天牧今尒何監 / 非尒惟作天牧今尒何監 / 非尒惟逸兵坶今尒何譻 / 非尒惟作天牧今尒何譻 / 非爾惟作天牧今爾何監
非時伯夷播刑之迪其今爾何懲			非肯伯尼 用刑迪开今尒何懲		非肯伯夷嗣刑业迪开令尒何懲	非肯伯夷播刑之迪其今尒何懲	非肯伯夷播刑业迪开令尒何懲 / 非肯伯尼嗣刑业迪开今尒何懲 / 非昔柏尼嗣刑业迪开今尒何懲 / 非時伯夷播刑之迪其今爾何懲
惟時苗民匪察于獄之麗			惟肯曲民 匪誉于獄之麗		惟肯曲民匪誉于獄业麗	惟眡苗民匪詧于獄之麗	惟肯苗民匪詧于獄业麗 / 惟肯苗民匪詧于獄业麗 / 惟肯苗民匪詧于獄业麗 / 惟時苗民匪察于獄之麗

1400、察

「察」字在傳鈔古文《尚書》有下列不同字形：

（1）詧1 誉2 誉3 詧4

岩崎本「察」字作詧1，內野本作誉2，上圖本（八）作誉3，《書古文訓》作詧4，《說文》言部「詧」字「言微親詧也，從言察省聲」，與「察」字音同義相近通。

【傳鈔古文《尚書》「察」字構形異同表】

察	戰國楚簡	石經	敦煌本	岩崎本	神田本b	九條木	島田木b	內野本	上圖本(元)	觀智院本b	天理本	古梓堂本b	足利本	上圖本(影)	上圖本(八)	古文尚書晁刻	書古文訓	尚書篇目
惟時苗民匪察于獄之麗							譽		綮				察	察	譽		睿	呂刑

呂刑	郭店楚簡	上博楚簡	漢石經	魏石經	敦煌本	岩崎本	神田本	九條本	島田本	內野本	上圖本(元)	觀智院本	天理本	古梓堂本	足利本	上圖本(影)	上圖本(八)	晁刻古文尚書	書古文訓	唐石經
罔擇吉人觀于五刑之中						宅擇吉人觀于五刑之中				宅擇吉人觀于五刑之中					罔擇吉人觀于五刑之中	罔擇吉人觀于五刑之中	宅擇吉人觀于五刑之中	宅擇吉人觀于五刑之中	宅擇吉人觀于五刑之中	罔擇吉人觀于五刑之中
惟時庶威奪貨斷制五刑以亂無辜						惟當庶威奪貨斷制五刑以亂無辜				惟當庶威奪貨斷制五刑以亂無辜					惟眤庶威奪貨斷制五刑以亂無辜	惟眤庶威奪貨斷制五刑以亂無辜	惟當庶威奪貨斷制五刑以亂無辜	惟當庶威奪貨斷制五刑以亂無辜	惟當歷豊欲賜詔制五割呂窗亡辜	惟當庶威奪貨斷制五刑以亂無辜

上帝不蠲降咎于苗苗民罔辭于罰										
上帝弜蠲夅咎亏苗苗民亡辝亏罰	上帝帯蠲降咎亏方苗苗民亡辝亏罰	上帝弜蠲降咎于方苗上帝弜蠲降咎于方苗	上帝弗蠲降咎于苗苗民無辭于罰	上帝蠲降咎于苗苗民無辭于罰		上帝帯蠲降咎亏苗苗民亡辝亏罰		上帝弜蠲降咎于苗苗民亡辝于辭		上帝不蠲降咎于苗苗民無辭于罰
酉壥辛坒王曰烏庫念坒才	乃絕身世王曰烏庫念坒才	乃絕厥世王曰嗚呼念之哉	乃絕厥世王曰嗚呼念之哉	乃絕厥世王曰嗚呼念之哉		凾絕身世王曰烏庫念坒才		乃嚢于世王曰烏庫念之才		乃絕厥世王曰嗚呼念之哉
柏父柏兄中笋季弟幼学童孫皆聽朕	伯父伯兄仲叔季弟幼子童孫皆聽朕言	伯兄仲叔季弟幼子童孫皆聽朕言	伯父伯兄仲叔季弟幼子童孫皆聽朕言			伯父伯兄仲叔季弟幼子童孫皆聽朕言		柏父柏兄中叔季弟幼子童孫皆聽朕言		伯父伯兄仲叔季弟幼子童孫皆聽朕言

庶有格命今爾罔不由慰日勤				廣大裕命令尔亭弗覠尉日勤	庶亦裕命今尒宦弗絑慰田勤	庶有裕命今尒周弗由慰日勤 廣少裕命今尒宣覠慰日勤	廣有裕命令尒周弗由慰日勤	屢大戴命令木宦亞絲慰日勤 庶有格命令爾罔不由慰日勤

1401、慰

「慰」字在傳鈔古文《尚書》有下列不同字形：

（1）慰：慰₁慰₂

上圖本（八）「慰」字作慰₁，上圖本（影）變作慰₂。

（2）尉：尉

岩崎本「慰」字作尉，以聲符「尉」為「慰」字。

【傳鈔古文《尚書》「慰」字構形異同表】

慰	戰國楚簡	石經	敦煌本	岩崎本	神田本b	九條本	島田本b	內野本	上圖本（元）	觀智院b	天理本	古梓堂b	足利本	上圖本（影）	上圖本（八）	古文尚書晁刻	書古文訓	尚書篇目
今爾罔不由慰日勤				尉										慰	慰			呂刑

版本	爾罔或戒不勤天齊于民	俾我一日非終惟終	在人爾尚敬逆天命以奉我一人
唐石經	尔宅或戒不勤天齊于民	畀戎弍日非宍惟兄	圣人尒尚歓並兊命吕奉戎弍人
書古文訓			
晁刻古文尚書			
上圖本（八）			
上圖本（影）			
足利本			
古梓堂本			
天理本			
觀智院本			
上圖本（元）			
內野本			
島田本			
九條本			
神田本			
岩崎本			
敦煌本			
魏石經			
漢石經			
上博楚簡			
郭店楚簡			
呂　刑	爾罔或戒不勤天齊于民	俾我一日非終惟終	在人爾尚敬逆天命以奉我一人

雖畏勿畏雖休勿休惟敬五刑以成三德				雖畏勿畏雖休勿休惟敬五刑以成三意		雖畏勿畏雖休勿休惟敬五刑呂成三意		雖畏勿畏雖休勿休惟敬五刑以成三徳	雖畏勿畏雖休勿休惟敬五刑以成三德	雖畏勿畏雖休勿休惟敬五刑以成三徳
一人有慶兆民賴之其寧惟永	一人有慶兆民賴之其寧惟永			一人有慶兆民賴之其寧惟永		一人有慶兆民賴之其寧惟永		一人有慶兆民賴之其寧惟永	一人有慶兆民賴之其寧惟永	一人有慶兆民賴之其寧惟永
王曰吁來有邦有土告爾祥刑				王曰吁來有邦有土告爾祥刑		王曰吁來有邦有土告爾祥刑		王曰吁來有邦有土告爾祥刑	王曰吁來有邦有土告爾祥刑	王曰吁來有邦有土告爾祥刑

在今爾安百姓何擇非人何敬非刑							
圣今尒安百姓何擇非人何敬非刟	在今尒安百姓何擇非人何敬非刑	在今尒安百姓何択非乂何敬非刑	在今尒安百姓何択非人何敬非刑	在今尒安百雉何擇非人何敬菲刑		在今尔安百姓何擇非乂何敬非刑	在今爾安百姓何擇非人何敬非刑
何尾非及兩結具糒亦聽又昌	何度非及兩造具備師聽又昌	何友非及兩造具備師聽五詞	何度非及兩造具備師聽五罰	何庬非及兩造具備師聽五昌	何庬非及兩造具徭師聽又昌		何度非及兩造具備師聽五辭
又昌柬孚正亏又劃又劃弝柬正亏又罰	又昌柬孚正亏又劃亏一爾弗柬正亏又罰	五詞簡孚正于五刑五刑弗簡正于五罰	五劃简孚正于五刑五刑弗简正于五罰	又昌柬孚正亏又劃肃柬正亏又罰	又昌柬孚正于又刑又刑弗柬正于又罰		五辭簡孚正于五刑五刑不簡正于五罰

1402、均

「均」字在傳鈔古文《尚書》有下列不同字形：

（1）𡎸

《書古文訓》「均」字作𡎸，移「土」於下，源自金文作𢆶蔡侯鐘。

（2）均₁均₂

岩崎本「均」或作均₁，偏旁「土」字作「圡」，觀智院本或作均₂，所從「匀」訛作「勾」。

【傳鈔古文《尚書》「均」字構形異同表】

均	戰國楚簡	石經	敦煌本	岩崎本b	神田本b	九條本	島田本b	內野本	上圖（元）	觀智院b	天理本	古梓堂本b	足利本	上圖本（影）	上圖本（八）	古文尚書晁刻	書古文訓	尚書篇目
統百官均四海										均b							𡎸	周官

其罪惟均			均								皇	呂刑

呂刑	郭店楚簡	上博楚簡	漢石經	魏石經	敦煌本	岩崎本	神田本	九條本	島田本	內野本	上圖本（元）	觀智院本	天理本	古梓堂本	足利本	上圖本（影）	上圖本（八）	晁刻古文尚書	書古文訓	唐石經
其審克之五刑之疑有赦					开眔克之又刑之影ナ赦					亓審克坐亓刑出疑亡赦					其審克之五刑之疑有赦	亓審克之五刑之疑ナ赦	亓審克出坙一冊出疑ナ赦	亓審克出坙一冊出疑大赦	亓眔声坐圣一冊出疑ナ赦	其審克之五刑之疑有赦
五罰之疑有赦其審克之					又罰之疑ナ故亓眔克之					五罰坐疑九赦亓審克坐					五罰之疑有赦其審克之	五罰之疑有赦亓審克之	圣罰坐疑大赦亓眔克坐	圣罰坐疑ナ赦亓眔声坐	圣罰坐疑ナ赦亓眔声坐	五罰之疑有赦其審克之
簡孚有眾惟貌有稽無簡不聽					東孚大眾惟緢ナ乩亡東弗聽					柬孚大眾惟緢ナ乩亡東弗聽					五罰之疑有誓亡简弗聽	简孚有眾惟貌有稽亡簡弗聽	柬孚ナ眾惟貌大乩亡東弗聽	柬孚ナ眾惟貌太乩亡東弗聽	東孚ナ眾惟緢ナ乩亡東弗聽	簡孚有眾惟貌有稽無簡不聽

具嚴天威墨辟疑赦其罰百鍰					其嚴天威墨辟疑赦其罰百鍰		其嚴死疑墨辟疑赦其罰百鍰			具嚴天威墨辟疑赦其罰百鍰	具嚴天威墨辟疑赦其罰百鍰	具嚴天威墨辟疑赦其罰百鍰	具嚴天威墨辟疑赦其罰百鍰	**具嚴天威**墨侯疑赦亓罰百鍰	**具嚴天威墨辟疑赦亓罰百鍰**
閱實其罪劓辟疑赦其罰惟倍					閱實亓辠劓辟疑赦亓罰惟倍		閱實亓辠劓辟疑赦亓罰惟倍			閱實其罪劓辟疑赦其罰惟倍	閱實其罪劓辟疑赦其罰惟倍	閱實其罪劓辟疑赦其罰惟倍	閱實其罪劓辟疑赦其罰惟倍	閱窒亓辠劓侯疑赦亓罰惟倍	**閱實亓辠劓辟疑赦其罰惟倍**
閱實其罪荆辟疑赦其罰倍差					閱實亓辠荆辟疑赦亓罰倍差		閱實亓辠荆辟疑赦亓罰倍差			閱實其罪荆辟疑赦其罰倍差	閱實其罪荆辟疑赦其罰倍差	閱實其罪荆辟疑赦其罰倍差	閱實其罪荆辟疑赦其罰倍差	閱窒亓辠荆侯疑赦亓罰倍差	**閱實其罪荆辟疑赦其罰倍差**

閱實其罪宮辟疑赦其罰六百鍰												
閱宔亓辠宮侯疑赦亓罰六百鍰	閱寶亓辠宮辟疑赦寸罰六百鍰	閱実其罰宮辟疑赦其罰六百鍰	閱実其罰宮辟疑赦其罰六百鍰		閱寶亓辠宮辟疑赦亓罰六百鍰			閱寶开辠宮辟疑赦开罰六百鍰				閱實其罪宮辟疑赦其罰六百鍰
閱宔亓辠大侯疑赦亓罰千鍰	閱寶亓辠大辟疑赦亓罰千鍰	閱実其罪大辟疑赦其罰千鍰	閱寶亓辠大辟疑赦亓罰千鍰		閱寶亓辠大辟疑赦亓罰千鍰			閱寶开辠大辟疑赦开罰千鍰				閱實其罪大辟疑赦其罰千鍰
閱宔亓辠墨罰屮屬千劓罰屮屬千	閱寶亓辠墨罰屮屬千劓罰之屬千	閱実其罪墨罰之屬千劓罰之屬千	閱寶亓辠墨罰屮屬千劓罰屮屬千		閱寶亓辠墨罰屮屬千劓罰屮屬千			閱寶开辠墨罰之屬千劓罰之屬千				閱實其罪墨罰之屬千劓罰之屬千

刑罰之屬五百宮罰之屬三百											荊罰之屬五百宮罰之屬三百
荆罰业屬五百宮罰业屬式百	荆罰之屬五百宮罰业屬式百	刑罰之屬五百宮罰之屬三百	荆罰之屬五百宮罰之屬三百		荆罰业屬之百宮罰业屬式百		荆罰之屬三百宮罰之屬三百				荊罰之屬五百宮罰之屬三百
大侯业罰亦屬式百又荆业屬式千	大辟业罰亦屬二百五刑业屬式千	太辟之罰其屬一百五刑之屬三千	大辟之罰其屬二百五刑之屬三千		大辟业罰亦屬式百又立刑业屬式千		大辟之罰其屬二百五刑之屬三千				大辟之罰其屬二百五刑之屬三千
上下妖辠亡替亂書勿用弙行	上下比辠亡僭亂書勿用弗行	上下比辠亡僭亂詞勿用弗行	上下比辠亡僭亂詞勿用弗行		上下比辠亡替學書勿用弗行		上下比辠言替學書勿用弗行				上下比罪無僭亂辭勿用不行

惟察惟法其審克之上刑適〔輕〕下服										惟僣惟法其審克之上刑適〔輕〕下服
惟察惟法其審克之上刑適輕下服					惟僣惟法开宋克之上刑適輕下服		惟僣惟法亓寀克之上刑適輕下服		惟察惟法其審克之上刑適輕下服	惟僣惟法亓宋亯之上刑適輕下服
下刑適重上服經重諸罰有權					下刑適重上服輕重諸罰有權		下刑適重上服輕重諸罰有權		下刑適重上服輕重諸罰有權	下刑適重上服輕重諸罰有權
刑罰世輕世重惟齊非齊有倫有要					刑罰世輕世重惟齊非空亾倫亾要		刑罰世輕世重惟齊非空與亓倫亓要		刑罰世輕世重惟齊非齊有倫有要	刑罰世輕世重惟齊非齊有倫亓要

罰懲非死人極于病非佞折獄			罰懲 非死人極于病　非佞折獄		罰懲非死人極于病非佞折獄	罰懲非死人極于病非佞折獄惟良折獄	罰懲非死人極于病非佞折獄	罰懲非芇人極于病　非佞折獄

1403、極

「極」字在傳鈔古文《尚書》有下列不同字形：

（1）揳1 揳2 極3

上圖本（八）「極」字作揳1，岩崎本作揳2，偏旁「木」訛少一畫與「扌」混同；內野本作極3，揳2極3「又」變作二點。

【傳鈔古文《尚書》「極」字構形異同表】

極	戰國楚簡	石經	敦煌本	岩崎本	神田本b 九條本 島田本b	內野本	觀智院b 上圖（元）	天理本 古梓堂b	足利本	上圖本（影）	上圖本（八）	古文尚書晁刻	書古文訓	尚書篇目
人極于病					揳	極					揳			呂刑
天罰不極庶民											極			呂刑

1404、佞

「佞」字在傳鈔古文《尚書》有下列不同字形：

（1）佞

內野本、足利本、上圖本（影）、上圖本（八）「佞」字作佞，右上「二」俗訛作「亡」。

【傳鈔古文《尚書》「佞」字構形異同表】

尚書篇目	書古文訓	古文尚書晁刻	上圖本（八）	上圖本（影）	上圖本（元）	觀智院b	天理本	古梓堂b	足利本	內野本	島田本b	九條本	神田本b	岩崎本	敦煌本	石經	戰國楚簡	佞
呂刑				佞	佞			佞	佞	佞								非佞折獄

唐石經	書古文訓	晁刻古文尚書	上圖本（八）	上圖本（影）	上圖本（元）	觀智院本	天理本	古梓堂本	足利本	內野本	島田本	九條本	神田本	岩崎本	敦煌本	魏石經	漢石經	上博楚簡	郭店楚簡	呂刑
惟良折獄罔非在中察辭于差非從惟從	惟良折獄罔非在中察辭于羌非從惟從	惟良折獄罔非在中察辭于羌非從惟從	惟良折獄罔非在中察辭于羌非從惟從	罔非在中察辭于羌非從惟從					惟良折獄罔非在中察辭于羌非從惟從			惟良折獄罔非在中察辭于羌非從惟從				惟良折獄罔非在中察辭于羌非從惟從					惟良折獄罔非在中察辭于差非從惟從
哀敬折獄明啟刑書胥占	哀敬折獄明啟刑書胥占	哀敬折獄明啟刑書胥占	哀敬折獄明啟刑書胥占	哀敬折獄明啟刑書胥占					哀敬折獄明啟刑書胥占			哀敬折獄明啟刑書胥占				哀敬折獄明啟刑書胥占					哀敬折獄明啟刑書胥占

咸庶中正其刑其罰其審克之									
獄成而孚輸而孚其刑上備有并兩刑									
王曰嗚呼敬之哉官伯族姓									
朕言多懼朕敬于刑有德惟刑									

今天相民作配在下明清于單辭					今天相民作配在下明清于單辭			今堯相民作配在下明清于單書			今天相民作配在下明清于單辭	今天相民作配刑在下明清于單詞	今天相民作配在下明清于單書	今天眛民延配聖下明清于單書
民之亂罔不中聽獄之兩辭					民之樂室帛中聽獄之兩書			民之樂室帛中聽獄之兩書			民之亂罔帛中聽獄之兩辭	民之亂罔帛中聽獄之兩詞	民之樂罔中聽獄之兩書	民之樂罔罔中聽獄之兩書
無或私家于獄之兩辭					亡或家于獄之兩書			亡或家于獄之兩書			亡或私家于獄之兩辭	亡或私家于獄之兩詞	亡或私家于獄之兩書	亡或厶家于獄之兩書
獄貨非寶惟府辜功報以庶尤					獄貨非寶惟府辜功報吕庶尤			獄貨非珤惟府辜功報吕庶尤			獄貨非寶惟府辜功報以庶尤	獄貨非寶惟府辜功報以庶尤	獄貨非寶惟府辜功報吕庶尤	獄貨非珤惟府辜功報吕庶尤

永畏惟罰非天不中惟人在命					永畏惟罰非天不中惟人在命		永畏惟罰非天不中惟人在命		永畏惟罰非天弗中惟人在命	永畏惟罰非天弗中惟人在命	永畏惟罰非天弗中惟人在命	**永畏惟罰非天不中惟人在命**
天罰不極庶民罔有令政在于天下					天罰弗極庶民罔有令政在于天下		天罰弗極庶民罔有令政在于天下		天罰弗極庶民罔有令政在于天下	天罰弗極庶民罔有令政在于天下	天罰弗極庶民罔有令政在于天下	**天罰不極庶民罔有令政在于天下**
王曰嗚呼嗣孫今往何監					王曰嗚呼嗣孫今往何監		王曰嗚呼嗣孫今往何監		王曰嗚呼嗣孫今往何監	王曰嗚呼嗣孫今往何監	王曰嗚呼嗣孫今往何監	**王曰嗚呼嗣孫今往何監**
非德于民之中尚明聽之哉					非德于民之中尚明聽之哉		非德于民之中尚明聽之哉		非德于民之中尚明聽之哉	非德于民之中尚明聽之哉	非德于民之中尚明聽之哉	**非德于民之中尚明聽之哉**

哲人惟刑無疆之辭屬于五極										哲人惟刑無疆之辭屬于五極
哲人惟刑無疆之辭屬于五極			哲人惟刑亡疆之辭屬于五極		哲人惟刑亡疆之詞屬于五極	哲人惟刑無疆之詞屬于五極	哲人惟刑亡疆之詞屬于五極	哲人惟刑亡疆之辭屬于五極		哲人惟刑亡疆之辭屬于五極
咸中有慶受王嘉師監于茲祥刑			咸中有慶受王嘉爾監于茲祥刑		咸中有慶受王嘉師監于茲祥刑	咸中有慶受王嘉師監于茲祥刑	咸中有慶受王嘉師監于茲祥刑	咸中有慶受王嘉師監于茲祥刑		咸中有慶受王嘉爾監于茲祥刑

五十六、文侯之命

文侯之命	戰國楚簡	漢石經	魏石經	敦煌本		岩崎本	神田本	九條本	島田本	內野本	上圖本（元）	觀智院本	天理本	古梓堂本	足利本	上圖本（影）	上圖本（八）	晁刻古文尚書	書古文訓	唐石經
平王錫晉文侯秬鬯圭瓚作文侯之命										平王錫晉文侯秬鬯圭瓚作文侯之命	平王錫晉文侯秬鬯圭瓚作文侯之命				平王錫晉文侯秬鬯圭瓚作文侯之命	平王錫晉文侯秬鬯圭瓚作文侯之命	平王錫晉文侯秬鬯圭瓚作文侯之命	平王錫晉文侯秬鬯圭瓚延文侯之命	平王錫晉文侯秬鬯圭瓚作文侯之命	平王錫晉文侯秬鬯圭瓚作文侯之命

1405、晉

「晉」字在傳鈔古文《尚書》有下列不同字形：

（1）〔圖〕上博1緇衣6〔圖〕郭店緇衣10〔圖〕晉1

上博1〈緇衣〉簡6、郭店〈緇衣〉簡9、10引〈君牙〉句〔註381〕「冬祁寒」各作「晉冬耆寒」、「晉冬旨滄」，「晉」字作〔圖〕上博1緇衣6〔圖〕郭店緇衣10，〔圖〕晉人簋〔圖〕晉公戈〔圖〕〔圖〕羌鐘〔圖〕鄂君啓舟節等形。足利本、上圖本（影）「晉」字省變作〔圖〕晉1。

〔註381〕上博〈緇衣〉06：「〈君牙〉員：日俟雨，少民佳日夗，晉冬耆寒，少民亦佳日夗。」
　　　郭店〈緇衣〉9.10：「〈君牙〉員：日俗雨，少民佳日怨，晉冬旨滄，少民亦佳日怨。」
　　　今本〈緇衣〉：「〈君雅〉曰：夏日暑雨，小民惟日怨，資冬祁寒，小民亦惟日怨。」
　　　今本〈君牙〉曰：「夏暑雨，小民惟日怨恣，冬祁寒，小民亦惟日怨恣。」

【傳鈔古文《尚書》「晉」字構形異同表】

晉	戰國楚簡	石經	敦煌本	岩崎本	神田本b	九條本	島田本b	內野本	上圖本（元）	觀智院本b	天理本	古梓堂b	足利本	上圖本（影）	上圖本（八）	古文尚書晁刻	書古文訓	尚書篇目
平王錫晉文侯秬鬯圭瓚作文侯之命								晉	晉					晉	晉	晉		文侯之命
秦穆公伐鄭晉襄公帥師敗諸崤還歸作秦誓														晉	晉			秦誓

1406、瓚

「瓚」字在傳鈔古文《尚書》有下列不同字形：

（1）瓚瓚₁瓚₂

內野本、上圖本（八）、《書古文訓》「瓚」字作瓚瓚₁，從偏旁「贊」贊之隸變俗寫，如漢碑作贊張壽殘碑（參見“贊”字）；觀智院本、足利本作瓚₂，右上變作從二「天」。

（2）隉

上圖本（影）「瓚」字作隉，左從「阝」當為偏旁「玉」字之訛誤。

【傳鈔古文《尚書》「瓚」字構形異同表】

瓚	戰國楚簡	石經	敦煌本	岩崎本	神田本b	九條本	島田本b	內野本	上圖本（元）	觀智院本b	天理本	古梓堂b	足利本	上圖本（影）	上圖本（八）	古文尚書晁刻	書古文訓	尚書篇目
平王錫晉文侯秬鬯圭瓚作文侯之命								瓚		瓚b			瓚	隉	瓚		瓚	文侯之命

唐石經	書古文訓	晁刻古文尚書	上圖本（八）	上圖本（影）	足利本	古梓堂本	天理本	觀智院本	上圖本（元）	內野本	島田本	九條本	神田本	岩崎本		敦煌本		魏石經	漢石經	戰國楚簡	文侯之命
王若曰父義和丕顯文武克慎明德	王若曰父�味丕顯文武克慎明德	王若曰父義和丕顯文武克慎明德	王若曰父諟味丕顯文武克愔明悳	望若曰父諟和丕顯文武克慎明德	王若曰父諟味丕顯文武克慎明悳	王若曰父諟和丕顯文武克慎明德			王若曰父義和丕顯文武克慎明德	王若曰父諟味丕顯文武克慎明悳		王臨曰父諟味丕顯文武克慎明悳									王若曰父義和丕顯文武克慎明德
昭升于上敷聞在下	昭陞于上敷聞在下		昭升于上敷聞在下	昭升于上敷聞在下	昭升于上敷聞在下	昭升于上敷聞在下			昭升于上敷聞在下	昭升于上敷聞在下		昭升于上敷聞在下									昭升于上敷聞在下
惟時上帝集厥命于文王	惟眥上帝集厥命于文王		惟眥上帝集厥命于文王	惟眥上帝集厥命于文王	惟眥上帝集厥命于文王	惟時上帝集厥命于文王			惟眥上帝集厥命于文王	惟眥上帝集厥命于文王		惟眥上帝集厥命于文王									惟時上帝集厥命于文王

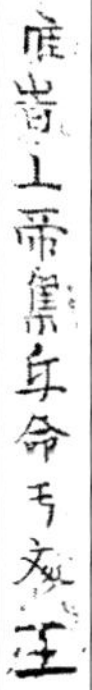

亦惟先正克左右昭事厥辟						延惟先正克左右昭事年侵	忞惟先正克左右昭事年侵			亦惟先正克左右昭事厥侵	**亦惟先正克左右昭** **事厥辟**
越小大謀猷罔不率從						越小大謀猷罔不率從	粤小大惠猷定弗衛羽			越小大謀猷罔不徵從	**越小大謀猷罔不** **率從**
肆先祖懷在位						肆先祖褒在位	肆先祖褒在位			肆先祖懷在位	**肆先祖褒在位**
嗚呼閔予小子嗣造天丕愆						為寧閔予小子嗣位造天丕保	烏虖閔予小子嗣造天丕			嗚呼閔予小子嗣造天丕保	**嗚呼閔予小子嗣造** **天丕愆**

殄資澤于下民侵戎我國家純			
殄資澤于下民侵戎我國家純		殄資澤亏下邑侵戎我戠家純	殄資澤亏下邑使侵戎我戠家純	殄資界亏下民侵戎我國家純

即我御事罔或耆壽俊在厥服			
即我御事罔或耆壽俊在厥服		即我卸事定式耆耆嗳在年服	即我御事定或耆壽嗳在年服	即戎駁耆宅或耆壽嗳全年服

予則罔克曰惟祖惟父其伊恤朕躬			
予則罔克曰惟祖惟父其伊恤朕躬		予則宇克惟祖惟父亓伊郘朕身	予則定克曰惟組惟父亓伊郘朕身	予則宇户曰惟祖惟父亓郍卹朕躬

・2179・

嗚呼有績予一人永綏在位	父義和汝克昭乃顯祖	汝肇刑文武用會紹乃辟	追孝于前文人汝多修
鳴呼有績予弌人曾綏圣位	父諑女亭昭尃炅𥄂	女犀剼友武用岁磔迵侯	追孝亐舜袞人女33攸
嗚呼有績予一人永綵在位	詎味女克昭迵顯祖	友肇刑文武用岁紹迵㝉	追孝亐前文𣎴汝多修
嗚呼有續予一亼永綟在位	父袞秙汝克昭迵㬎祖	汝肇刑文武用曾紹迵㝉	追孝亐前文亼汝多修
嗚呼有續予一人永綵在位	父義和汝克昭迵㬎祖	汝肇刑文武用曾紹迵㝉	追孝亐前文人一汝多攸
嗚虖大續亭弐人永綏在位	父諽味女克昭迵顯祖	女肇刑友武邟岁紹迵侯	追㝆亐黹袞人女攸修
烏虖大續亭弐人永綏圣位	父諽味女克昭迵顯祖	女肇刑友武邟岁紹迵侯	追孝亐黹袞人女攸修
嗚虖大續予一人永綏圣位	父諽味女克昭迵顯祖	女肇刑文武用岁紹迵侯	追孝于黹文人汝多修
嗚呼有績予一人永綏在位	父義和汝克紹乃顯祖	汝肇刑文武用會紹乃辟	追孝于前文人汝多修

扞我于艱若汝予嘉					孜我于艱若女予嘉	孜我于艱若女予嘉			孜我于艱若女予嘉	搁我于艱若汝予嘉 搁我于艱若汝予嘉	孜我于轛轕若女予嘉	扞我于艱若汝予嘉

1407、扞

「扞」字在傳鈔古文《尚書》有下列不同字形：

（1）羚捍.汗 1.15 羚捍.四 4.20 孜孜

「扞」字僅〈文侯之命〉一見，《說文》引作「敦」：支部「敦，止也，從支旱聲。〈周書〉曰『敦我于艱』」。《汗簡》、《古文四聲韻》錄《古尚書》「捍」字作：羚捍.汗 1.15 羚捍.四 4.20，「扞」、「捍」音義俱同，乃聲符繁化，此形即「孜」字，偏旁「扌」「支」義類相同，「扞」、「捍」字作「孜」、「敦」乃義符更替，源自金文「敦」字從干從支作 大鼎 五年師旋簋 五年師旋簋 者沪鐘，其左所從 即 （ 者沪鐘所從）之變。《一切經音義》卷九云：「古文敦、戰、捍、仟四形，今作『扞』同」。九條本、內野本、足利本、《書古文訓》「扞」字孜孜，與傳抄古尚書「捍」字羚汗 1.15 羚四 4.20 同形。

【傳鈔古文《尚書》「扞」字構形異同表】

	傳抄古尚書文字 扞 羚捍.汗 1.15 羚捍.四 4.20	戰國楚簡	石經	敦煌本	岩崎本	神田本b	九條本	島田本b	內野本	上圖（元）	觀智院b	天理本	古梓堂b	足利本	上圖本（影）	上圖本（八）	古文尚書晁刻	書古文訓	尚書篇目
	扞我于艱						孜		孜					孜	搁	扞		孜	文侯之命

版本	王曰父義和其歸視爾師寧爾邦	用賚爾秬鬯一卣彤弓一彤矢百	盧弓一盧矢百馬四匹
唐石經	王曰父義和其歸視爾師寧爾邦	用賚爾秬鬯一卣彤弓弍彤矢百	盧弓弍盧矢百彔三匹
書古文訓	王曰父誼咊亓歸眡尒帠寍尒邑	甹弍自彤弓弍彤矢百矢百	盧弓弍盧矢百彔三匹
晁刻古文尚書			
上圖本（八）	王四父誼咊亓歸視尒師寍尒邦	彤弓弍彤矢百鈇弓弍矢百	盧弓一鈇矢百馬三匹
上圖本（影）	星日父敎和其敀視尒師寍尒邦	用賚尒秬鬯一卣彤弓一彤矢百	盧弓一鈇矢百馬四匹
足利本	呈日父義和其歸視尒師寍尒邦	用賚尒秬鬯一卣彤弓一鈇矢百	鈇弓一鈇矢百馬四匹
古梓堂本			
天理本			
觀智院本			
上圖本（元）			
內野本	王曰父誼味亠歸眡尒師盰尒邦	用賚尒秬鬯一卣彤弓弍彤矢百	鈇弓弍鈇矢百馬三匹
島田本			
九條本	王曰父誼味尒師盰尒邦	用賚尒秬鬯一卣形弓一鈇矢百	鈇弓一鈇矢百馬三匹
神田本	王日父誼味鄩盰余邦		
岩崎本			
敦煌本			
魏石經			
漢石經			
戰國楚簡			
文侯之命	王曰父義和其歸視爾師寧爾邦	用賚爾秬鬯一卣彤弓一彤矢百	盧弓一盧矢百馬四匹

父往哉柔遠能邇惠康小民						父往才柔遠能迩惠康小民	父達才柔遠能迕惠康小民			父往哉柔遠能迓惠康小民	父達才柔遠能迕惠康小民	父達才柔遠能迕惠康小民
無荒寧簡恤爾都用成爾顯德						巳荒寍東邖介都用成介顯惠	巳荒寍東邖介都用成介顯惠			無荒寍簡邖介都用成介顯德	亡荒寍東邖介都用成介顯惪	主荒寍東邖介都用成介顯惪

五十七、費　誓

費誓	戰國楚簡	漢石經	魏石經	敦煌本 P3871		岩崎本	神田本	九條本	島田本	內野本	上圖本（元）	觀智院本	天理本	古梓堂本	足利本	上圖本（影）	上圖本（八）	晁刻古文尚書	書古文訓	唐石經
魯侯伯禽宅曲阜徐夷並興東郊不開作費誓							魯侯伯禽庄範典阜徐尼並興東平弗關作柴斷		魯侯伯禽庄忠阜徐尼竝興東郊弗關作柴斷						魯侯伯禽宅曲阜徐夷並興東郊弗開作費誓	魯侯伯禽宅庄阜徐尼竝興東郊弗開作柴誓	魯侯伯禽庄凸阜徐尼竝興東郊弗開作柴斷	炗戻喬柏龠宅凸暨徐尼竝興東郊弜爾延柴斷		魯侯伯禽宅曲阜徐夷並興東郊不開作費誓

1408、魯

「魯」字在傳鈔古文《尚書》有下列不同字形：

（1）炗

《書古文訓》「魯」字作炗，《汗簡》錄[旅]汗 **4.48** 注云：「魯，見石經說文亦作旅」，《箋正》謂「《說文》[旅]，古文旅，注云：『古文以爲魯衛之魯』。《左傳疏》云：『石經古文魯作炗』。」乃假「旅」爲「魯」字，其上從「止」爲「㫃」之訛。《隸續》錄石經「旅」字古文作[旅]，其上形乃由「㫃」訛變，「旅」字金文從「㫃」古作：[旅]且辛爵[旅]作父戊簋[旅]白甗[旅]易鼎[旅]作旅鼎，右上變作「止」形：[旅]犀伯鼎[旅]鬲攸比鼎[旅]虢弔鐘[旅]伯正父匜，再訛作「止」形：[旅]薛子仲安[旅]公子土斧壺。

【傳鈔古文《尚書》「魯」字構形異同表】

魯	戰國楚簡	石經	敦煌本	岩崎本b	神田本b 九條本	島田本b	內野本	上圖(元) 觀智院b 天理本	古梓堂本b	足利本	上圖本(影)	上圖本(八)	古文尚書晁刻	書古文訓	尚書篇目
魯侯伯禽宅曲阜徐夷						魯	魯			魯		魯		炗	費誓
魯人三郊三遂峙乃楨榦			魯 P3871			魯	魯			魯	魯	魯		炗	費誓
魯人三郊三遂峙乃芻茭			魯 P3871			魯	魯			魯	魯	魯		炗	費誓

1409、阜

「阜」字在傳鈔古文《尚書》有下列不同字形：

（1）阜汗 6.77 阜四 3.27 垕

《汗簡》、《古文四聲韻》錄《古尚書》「阜」字作：阜汗 6.77 阜四 3.27，與《說文》「阜」字古文作阜同形，《書古文訓》作垕，爲此形之隸古定字。

【傳鈔古文《尚書》「阜」字構形異同表】

阜 傳抄古尚書文字 阜汗 6.77 阜四 3.27	戰國楚簡	石經	敦煌本	岩崎本b	神田本b 九條本	島田本b	內野本	上圖(元) 觀智院b 天理本	古梓堂本b	足利本	上圖本(影)	上圖本(八)	古文尚書晁刻	書古文訓	尚書篇目
魯侯伯禽宅曲阜徐夷														垕	費誓

1410、費

〈費誓〉《史記·魯周公世家》作〈肸誓〉，《尚書大傳》載伏生本稱〈鮮誓〉，《史記·集解》云：「徐廣曰：（肸）一作『鮮』，一作『獮』。駰案：《尚書》作『柴』」，〈索隱〉謂「《尚書》作〈柴誓〉。……柴，地名，即魯卿季氏費邑」，兩漢三家今文本及東漢馬鄭古文本皆作〈柴誓〉，《撰異》云：「衛包用貞（司馬貞〈索隱〉）『柴即魯卿季氏費邑』之云，改爲『費』字，唐代始改〈柴誓〉爲〈費誓〉。

「費」字在傳鈔古文《尚書》有下列不同字形：

（1）柴：**柴柴**

九條本、《書古文訓》〈費誓〉作〈柴誓〉，「費」字作**柴柴**，唐代衛包改〈柴誓〉爲〈費誓〉。

（2）裴：**裴**

內野本、上圖本（八）〈費誓〉作〈裴誓〉，「費」字作**裴**，「裴」「費」音近通假。

【傳鈔古文《尚書》「費」字構形異同表】

費	戰國楚簡	石經	敦煌本	岩崎本神田本b	九條本島田本b	內野本	上圖（元）	觀智院本天理本 古梓堂b	足利本	上圖本（影）	上圖本（八）	古文尚書晁刻	書古文訓	尚書篇目
並興東郊不開作費誓						裴					裴	柴	柴	費誓

費誓	戰國楚簡	漢石經	魏石經	敦煌本 P3871		岩崎本	神田本	九條本	島田本	內野本	上圖本（元）	觀智院本	天理本	古梓堂本	足利本	上圖本（影）	上圖本（八）	晁刻古文尚書	書古文訓	唐石經
公日嗟人無譁聽命				公日嗟人亡嘩聽命			公日嗟人亡嘩聽予命			公日嗟人亡譁聽予余					公日嗟人亡譁聽予余	公日嗟人亡譁聽予余	公日嗟人亡譁聽予余	公日嗟人亡嘩聽命	公日嗟人亡嘩聽命	公日嗟人亡譁聽命

1411、譁

「譁」字在傳鈔古文《尚書》有下列不同字形：

（1）**譁₁譁₂**

足利本「譁」字作**譁₁**、上圖本（影）作**譁₂**，皆「譁」字筆畫訛變。

（2）嘩：**嘩₁嘩₂嘩₃嘩₄**

《書古文訓》「譁」字作**嘩₁**，右作「華」字篆文隸古定，敦煌本 P3871、內野本作**嘩₂**，九條本稍變作**嘩₃**，上圖本（八）作**嘩₄**，皆爲「嘩」字。

偏旁「言」、「口」相通，如《說文》「詠」字或體从口作「咏」。

（3）華：（華）

上圖本（八）〈費誓〉「公曰嗟人無譁聽命」「譁」字作（華），俗字以聲符「華」
爲「譁」字。

【傳鈔古文《尚書》「譁」字構形異同表】

譁	戰國楚簡	石經	敦煌本	岩崎本b	神田本b	九條本 島田本b	內野本	上圖本（元）	觀智院b	天理本	古梓堂b	足利本	上圖本（影）	上圖本（八）	古文尚書晁刻	書古文訓	尚書篇目
公曰嗟人無譁聽命						譁	譁					譁	譁	華		嘩	費誓
公曰嗟我士聽無譁			譁 P3871			譁	譁					譁	譁	嘩		嘩	秦誓

費誓	戰國楚簡	漢石經	魏石經	敦煌本 P3871			岩崎本	神田本	九條本	島田本	內野本	上圖本（元）	觀智院本	天理本	古梓堂本	足利本	上圖本（影）	上圖本（八）	晁刻古文尚書	書古文訓	唐石經
徂茲淮夷徐戎並興							徂茲淮尸徐戎並興		徂茲淮尸徐戎並興							徂茲淮夷徐戎並興	徂茲淮尸徐戎並與	徂茲淮尸徐戎並興	徂茲淮尸徐戎並興	徂茲淮尸徐戎並興	徂茲淮夷徐戎並興
善敹乃甲胄敿乃干無敢不弔				善敹乃甲胄敿乃干亡敢弗弔					善敹迺甲胄敿迺干亡敢弗弔							善敹迺甲胄敿迺干亡敢弗弔	善敹迺甲胄敿迺干亡敢弗弔	善敹迺甲胄敿迺干亡敢弗弔	善敹迺甲胄敿迺干亡敢弗弔	善敹迺命甲胄敿迺干亡敢弗弔	善敹乃甲胄敿乃干亡敢不弔

1412、斁

「斁」字在傳鈔古文《尚書》有下列不同字形：

（1）厥1厥厭2斁3

《說文》攴部「斁」字下引「〈周書〉曰『斁乃甲冑』」。「斁」字金文作 ，陳門簋，《說文》篆文作 ，《書古文訓》作厥1、九條本、上圖本（八）各作厭斁2，其中皆少一短橫，九條本厭2下多一衍文 ；足利本、上圖本（影）作斁斁3，左形訛變，上圖本（影）斁3旁更注為厥，與《書古文訓》作厥1同形。

【傳鈔古文《尚書》「斁」字構形異同表】

斁	戰國楚簡	石經	敦煌本	岩崎本	神田本b	九條本	島田本b	內野本	上圖（元）	觀智院b	天理本	古梓堂b	足利本	上圖本（影）	上圖本（八）	古文尚書晁刻	書古文訓	尚書篇目
善斁乃甲冑敹乃干						厭斁		斁					斁	斁厥	斁		厥	費誓

1413、敹

「敹」字在傳鈔古文《尚書》有下列不同字形：

（1）敹

《說文》攴部「敹」字下引「〈周書〉曰『敹乃干』」。「敹」字九條本作敹，左從「喬」之隸變俗寫。

【傳鈔古文《尚書》「敹」字構形異同表】

敹	戰國楚簡	石經	敦煌本	岩崎本	神田本b	九條本	島田本b	內野本	上圖（元）	觀智院b	天理本	古梓堂b	足利本	上圖本（影）	上圖本（八）	古文尚書晁刻	書古文訓	尚書篇目
善斁乃甲冑敹乃干						敹							敹					費誓

唐石經	書古文訓	晁刻古文尚書	上圖本（八）	上圖本（影）	足利本	古梓堂本	天理本	觀智院本	上圖本（元）	內野本	島田本	九條本	神田本	岩崎本		敦煌本 P3871	魏石經	漢石經	戰國楚簡	費誓
																				備乃弓矢鍛乃戈矛礪乃鋒刃無敢不善
																				今惟淫舍牿牛馬杜乃擭敜乃穽

1414、廞

「杜」字在傳鈔古文《尚書》有下列不同字形：

（1）廞₁廏₂廞₃

「杜」字《釋文》謂「本或作『廞』」，《說文》攴部「廞」字「閉也」「讀若『杜』」，《書古文訓》作廞₁，內野本少一畫作廞₂，九條本作廞₃，所從「度」訛作「庶」，皆作「廞」字。《周禮》雝氏注引《書》「〈柴誓〉曰『廞乃擭，敜乃阱』」作「廞」字，《漢書·王陵傳》「陵杜門不朝」顏注云：「杜，塞也，閉塞其門也，字本作『廞』音同」。今本作「杜」爲「廞」之假借字。

【傳鈔古文《尚書》「杜」字構形異同表】

杜	戰國楚簡	石經	敦煌本	岩崎本	神田本b	九條本	島田本b	內野本	上圖（元）	觀智院b	天理本	古梓堂b	足利本	上圖本（影）	上圖本（八）	古文尚書晁刻	書古文訓	尚書篇目
杜乃擭						斁		斁					斁	斁	斁		斁	費誓

1415、擭

「擭」字在傳鈔古文《尚書》有下列不同字形：

（1）擭₁擭₂擭₃

內野本「擭」字作擭₁，右少一畫；上圖本（影）作擭₂，右下變作「友」；九條本作擭₃，偏旁「扌」字訛作「木」，復右下變作「大」。

【傳鈔古文《尚書》「擭」字構形異同表】

擭	戰國楚簡	石經	敦煌本	岩崎本	神田本b	九條本	島田本b	內野本	上圖（元）	觀智院b	天理本	古梓堂b	足利本	上圖本（影）	上圖本（八）	古文尚書晁刻	書古文訓	尚書篇目
杜乃擭						擭		擭					擭	擭	擭		擭	費誓

1416、敆

「敆」字在傳鈔古文《尚書》有下列不同字形：

（1）敆

《說文》攴部「敆」字下引「〈周書〉曰『敆乃窀』」。「敆」字曰古寫本部件「今」多作「仐」與念 隸釋同。九條本作敆，偏旁「攵」訛似「友」。

【傳鈔古文《尚書》「敆」字構形異同表】

敆	戰國楚簡	石經	敦煌本	岩崎本	神田本b	九條本	島田本b	內野本	上圖（元）	觀智院b	天理本	古梓堂b	足利本	上圖本（影）	上圖本（八）	古文尚書晁刻	書古文訓	尚書篇目
敆乃窀						敆		敆					敆	敆	敆		敆	費誓

1417、窣

「窣」字在傳鈔古文《尚書》有下列不同字形：

（1）㳻

「窣」字《書古文訓》作㳻，《說文》井部「阱」字或體从穴作「窣」，古文从水作「㳻」。

【傳鈔古文《尚書》「窣」字構形異同表】

尚書篇目	書古文訓	古文尚書晁刻	上圖本（八）	上圖本（影）	觀智院b 上圖本（元）	天理本	古梓堂b	足利本	內野本	九條本 島田本b	神田本 岩崎本b	敦煌本	石經	戰國楚簡	窣
費誓	㳻		窣		窣		窣		窣	窣					斂乃窣

費誓	戰國楚簡	漢石經	魏石經	敦煌本 P3871		岩崎本	神田本	九條本	島田本	內野本	上圖本（元）	觀智院本	天理本	古梓堂本	足利本	上圖本（八）	上圖本（影）	晁刻古文尚書	書古文訓	唐石經
無敢傷牿牿之傷汝則有常刑				无敢傷牿之傷女則㞢常刑		无敢傷牿之傷女則大常刑	无敢傷牿之㞢傷女則大常刑			无敢傷牿之傷汝則有常刑	无敢傷牿之傷女則有常刑				无敢傷牿之傷汝則有常刑		亡敢傷牿牿之傷女則大㦣刑		无敢傷牿牿之傷汝則有常刑	無敢傷牿牿之傷汝則有常刑
馬牛其風臣妾逋逃勿敢越逐				馬牛亓風臣妾逋逃勿敢越逐		馬牛亓風臣妾逋逃勿敢越逐	馬牛亓風臣妾逋逃勿敢越逐			馬牛其風臣妾逋逃勿敢越逐	馬牛其風臣妾逋逃勿敢越逐				馬牛其風臣妾逋逃勿敢越逐		馬牛亓風臣妾逋逃勿敢越		馬牛亓風臣妾逋逃勿敢越逐	馬牛其風臣妾逋逃勿敢越逐

祇復之我商賚爾乃越逐不復汝則有常刑						祇復之我商賣女乃越逐弗復女則ナ常刑	祗復出我商賣女乃粵逐弗復女則ナ常刑			祗後之我商賣汝乃越逐弗後汝則有常刑 / 祗復义我商賣攺乃越逐弗後汝則有常刑 / 祗復出我商賣攺乃越逐弗後女則有常刑	祗復出我商賣女乃越逐弗復女則ナ常刑、 / 祗復之我商賣汝乃越逐不復汝則有常刑
無敢寇攘踰垣牆		無敢攘逾垣牆			亡敢裋攘逾垣牆	無敢寇攘踰垣牆			亡敢寇敦逾垣牆 / 亡敢寇敦逾垣牆 / 亡敢寇敦逾垣墙	亡敢寇敦踰垣牆	無敢寇攘踰垣牆
竊馬牛誘臣妾汝則有常刑		竊馬牛誘臣妾女則ナ常刑			竊馬牛誘臣妾小則有常刑	竊馬牛誘臣妾汝則有常刑			竊馬牛誘臣妾汝則有常刑 / 竊馬牛誘臣妾女則有常刑 / 竊馬牛誘臣妾女則ナ常刑	竊泉牛誘臣妾女則ナ常刑	竊馬牛誘臣妾
甲戌我惟征徐戎		甲戌我惟征徐戎			甲戌我惟征徐戎	甲戌我惟征徐戎			甲戌我惟征徐戎 / 甲戌我惟征徐戎	甲戌我惟征徐戎	甲戌我惟征徐戎

1418、戌

「戌」字在傳鈔古文《尚書》有下列不同字形：

（1）戌₁戌₂戌₃

敦煌本 P3871「戌」字訛少一畫作戌₁，九條本訛作戌₂，誤爲「成」字；
內野本、上圖本（影）、上圖本（八）作戌₃，與「戌」字混同。

【傳鈔古文《尚書》「戌」字構形異同表】

戌	石經	敦煌本	岩崎本	神田本b	島田本b九條本	內野本	上圖（元）古圖本b	足利本	上圖本（影）	上圖本（八）	書古文訓
甲戌我惟征徐戎	戌 P3871				戌	戌			戌	戌	費誓
甲戌我惟築無敢不供	戌 P3871				戌	戌				戌	費誓

費誓	戰國楚簡	漢石經	魏石經	敦煌本 P3871		岩崎本	神田本	九條本	島田本	內野本	上圖本（元）	觀智院本	天理本	古梓堂本	足利本	上圖本（影）	上圖本（八）	晁刻古文尚書	書古文訓	唐石經
峙乃糗糧無敢不逮汝則有大刑																				

1419、峙

「峙」字在傳鈔古文《尚書》有下列不同字形：

（1）峙峙₁峙₂

九條本、上圖本（八）「峙」字或作峙峙₁，《書古文訓》作峙₂，偏旁「山」
字寫似「止」形，「止」「山俗書多混作，此三本猶見從止作「峙」之跡，今本
作「峙」當是「峙」之訛。《爾雅・釋詁》「峙，具也」，《撰異》謂「即《說文》
『偫』字」，《說文》「儲，偫也」。止部「峙，踦也」，段注云：「假借以『峙』

為『侍』、以『踷』為『儲』。〈粊誓〉『峙乃糗糧』即『峙』變止為山，如『岐』作『歧』變山為止，非眞有從山之『峙』、從止之『歧』也」，又《說文》食部「餱」字下引「〈周書〉曰『峙乃餱粻』」（大徐），段注本更作『峙乃餱粻』」。

【傳鈔古文《尚書》「峙」字構形異同表】

峙	戰國楚簡	石經	敦煌本	岩崎本	神田本b	九條本	島田本b	內野本	上圖（元）	觀智院b	天理本	古梓堂b	足利本	上圖本（影）	上圖本（八）	古文尚書晁刻	書古文訓	尚書篇目
峙乃糗糧			峙 P3871				峙	峙					峙	峙	峙		峙	費誓
魯人三郊三遂峙乃楨榦			嵿 P3871				峙	峙					峙		峙		峙	費誓
魯人三郊三遂峙乃芻茭							峙	峙					峙	峙	峙		峙	費誓

1420、糗

「糗」字在傳鈔古文《尚書》有下列不同字形：

（1）餱：餱

《說文》食部「餱」字下引「〈周書〉曰『峙乃餱粻』」，《書古文訓》「糗」字作餱，與此相合，《撰異》謂《說文》所引與今本古文尚書字異，而音義皆略同：「《說文》米部無『粻』字，而《詩‧大雅》『以峙其粻』，《王制》『五十異粻』，《爾雅‧釋言》鄭箋注皆曰『粻，糧也』。〈大雅〉又云『乃裹餱糧』」。

（2）糗：糗1糗2

上圖本（八）「糗」字作糗，訛少一點，九條本作糗，右下「犬」變作「友」。

【傳鈔古文《尚書》「糗」字構形異同表】

糗	戰國楚簡	石經	敦煌本	岩崎本	神田本b	九條本	島田本b	內野本	上圖（元）	觀智院b	天理本	古梓堂b	足利本	上圖本（影）	上圖本（八）	古文尚書晁刻	書古文訓	尚書篇目
峙乃糗糧			糗 P3871			糗		糗					糗	糗	糗		餱	費誓

費　誓	戰國楚簡	漢石經	魏石經	敦煌本 P3871			岩崎本	神田本	九條本	島田本	內野本	上圖本（元）	觀智院本	天理本	古梓堂本	足利本	上圖本（影）	上圖本（八）	晁刻古文尚書	書古文訓	唐石經
魯人三郊三遂峙乃楨幹				魯人三郊三遂峙乃楨幹			魯人三郊三遂峙乃楨幹	魯人三郊三遂峙乃楨幹	魯人三郊三遂峙乃楨幹							魯人三郊三遂峙乃楨幹	魯人三郊三遂峙乃楨幹	魯人三郊三遂峙乃楨幹	魯人三郊三遂峙乃楨幹	魯人三郊三遂峙乃楨幹	魯人三郊三遂峙乃楨幹
甲戌我惟築無敢不供				甲戌我惟築無敢不供			甲戌我惟築無敢不供	甲戌我惟築無敢不供	甲戌我惟築無敢不供							甲戌我惟築無敢不供	甲戌我惟築無敢不供	甲戌我惟築無敢不供	甲戌我惟築無敢不供	甲戌我惟築無敢不供	甲戌我惟築無敢不供
汝則有無餘刑非殺				汝則有無餘刑非殺			汝則有無餘刑非殺	汝則有無餘刑非殺	汝則有無餘刑非殺							汝則有無餘刑非殺	汝則有無餘刑非殺	汝則有無餘刑非殺	汝則有無餘刑非殺	汝則有無餘刑非殺	汝則有無餘刑非殺

　　「汝則有無餘刑非殺」上圖本（八）漏「汝」字，其注則不漏，云：「汝則有無餘之刑」，各本同。

唐石經	書古文訓	晁刻古文尚書	上圖本（八）	上圖本（影）	足利本	古梓堂本	天理本	觀智院本	上圖本（元）	內野本	島田本	九條本	神田本	岩崎本		敦煌本 P3871		魏石經	漢石經	戰國楚簡	費誓
装人弍郊弍速崺鹵芻萎	魯人三郊三遂崺乃芻茭		魯人弍郊芌遂峙延芻茭	魯人三郊三遂崺乃芻茭	魯人三郊芌遂崺乃芻茭						曾人弍郊弍遂崺延芻茭	魯人三郊三逋崺乃芻茭			魯人三郊三逋崺乃芻茭					魯人三郊三逋崺乃芻茭

1421、芻

「芻」字在傳鈔古文《尚書》有下列不同字形：

（1）芻：

上圖本（影）「芻」字作，下半作「＝」為省略符號。

（2）

敦煌本 P3871、九條本「芻」字作，此為「蒭」字之俗字，其下所從「芻」訛變作，與「多」字變作形混。《集韻》平聲二10虞韻「芻」或從艸作「蒭」，又云「俗作『芻』『蒭』非是」，芻、蒭當即由俗寫作、而變。

【傳鈔古文《尚書》「芻」字構形異同表】

尚書篇目	書古文訓	古文尚書晁刻	上圖本（八）	上圖本（影）	足利本	古梓堂本b	天理本	觀智院b	上圖（元）	內野本	島田本b	九條本	神田本b	岩崎本	敦煌本	石經	戰國楚簡	芻
費誓	芻		芻	芻								蒭			P3871			崺乃芻茭

唐石經	書古文訓	晁刻古文尚書	上圖本（八）	上圖本（影）	足利本	古梓堂本	天理本	觀智院本	上圖本（元）	內野本	島田本	九條本	神田本	岩崎本			敦煌本 P3871	魏石經	漢石經	戰國楚簡	費　誓
無敢不多汝則有大刑	亡敢亞多女則ナ大型		亡敢弗多女則有大刑	無敢弗多汝則有大刑	興敢弗多汝則有大刑							三敢弗多女則ナ大刑		巨敢弗多女則ナ大刑							無敢不多汝則有大刑

五十八、秦　誓

秦誓	戰國楚簡	漢石經	魏石經	敦煌本P3871			岩崎本	神田本	九條本	島田本	內野本	上圖本（元）	觀智院本	天理本	古梓堂本	足利本	上圖本（影）	上圖本（八）	晁刻古文尚書	書古文訓	唐石經
秦穆公伐鄭				秦穆公伐鄭					秦穆公伐鄭	秦穆公伐鄭	秦穆公伐鄭					秦穆公伐鄭	秦穆公伐鄭	秦穆公伐鄭	秦穆公伐鄭	秦穆公伐鄭	秦穆公伐鄭
晉襄公帥師敗諸崤還歸作秦誓				晉襄公帥師敗諸崤還歸作秦誓					晉襄公帥師敗諸崤還歸作秦誓	晉襄公帥師敗諸崤還歸作秦誓	晉襄公帥師敗諸崤還歸作秦誓					晉襄公帥師敗諸崤還歸作秦誓	晉襄公帥師敗諸崤還歸作秦誓	晉襄公帥師敗諸崤還歸作秦誓	晉襄公帥師退彭崤還歸作秦誓	晉襄公帥師敗諸崤還歸作秦誓	晉襄公帥師敗諸崤還歸作秦誓

1422、秦

「秦」字在傳鈔古文《尚書》有下列不同字形：

（1）䊸䊸汗 3.37 䊸 四 1.32

《汗簡》、《古文四聲韻》錄《古尚書》「秦」字作：䊸 汗 3.37 䊸 四 1.32，《說文》籀文作䊸，與此同，源自 䊸 史秦鬲 䊸 秦公盨 䊸 秦公鎛 䊸 羌鐘等形。

《書古文訓》「秦」字作䊸，䊸說文籀文秦之隸古定訛變。

（2）䊸䊸

敦煌本 P3871、九條本、內野本、上圖本（影）「秦」字作䊸䊸，所從「禾」訛作「示」。

【傳鈔古文《尚書》「秦」字構形異同表】

傳抄古尚書文字 秦 森森汗3.37 森森四1.32	戰國楚簡	石經	敦煌本	岩崎本b	神田本b	九條本	島田本b	內野本	上圖本（元）	觀智院b	天理本	古梓堂b	足利本	上圖本（影）	上圖本（八）	古文尚書晁刻	書古文訓	尚書篇目
																	秦誓
秦穆公伐鄭晉襄公帥師敗諸崤還歸作秦誓	秦 P3871		秦 秦	秦									秦			森 森	秦誓

秦 誓	戰國楚簡	漢石經	魏石經	敦煌本 P3871		岩崎本	神田本	九條本	島田本	內野本	上圖本（元）	觀智院本	天理本	古梓堂本	足利本	上圖本（影）	上圖本（八）	晁刻古文尚書	書古文訓	唐石經
公曰嗟我士聽無譁																				
予誓告汝群言之首																				
古人有言曰民訖自若是多盤																				

責人斯無難惟受責俾如流是惟艱哉										責人所亡難惟憂責畀如流是惟艱才
責人斯無難惟受責俾如流是惟艱哉			責人所亡難惟受責俾如流是惟艱哉				責人所亡難惟受責俾如川流是惟難才	責人所亡難惟受責俾如流是惟艱才		責人斯亡難惟憂責俾如流是惟艱哉
										責人斯亡難惟憂責俾如深是惟艱哉
										責人斯亡難惟憂責俾如流是惟艱才
										責人斯亡難惟憂責俾如沵是惟艱哉
我心之憂日月逾邁若弗云來			我心之憂日月逾邁若弗云來			我心出憂日月逾邁若弗云來	我心出憂日月逾邁若弗負乑			敊心出憂日月逾邁若弜徠
										我心之憂日月逾邁若弗負乑
										我心出憂日月逾邁若弗負乑
										我心之憂日月逾邁若弗負乑
惟古之謀人則曰未就予忌			惟古之謀人則曰未就予忌			惟古出慧人則曰未就予忌	惟古出慧人則曰未就予忌			惟古出慧人則曰未就予忌
										惟古之謀人則曰未就予忌

惟今之謀人姑將以爲親			惟今某人姑將以爲親	惟今出某人姑將以爲親	惟今之謀人姑將以爲親	惟今之謀人姑將以爲親	惟今出慧人姑將以爲親	惟今出慧人姑將以爲親
雖則云然尚猷詢茲黃髮則罔所愆			雖則貞然尚猷詢茲黃髮則愆	雖則貞然尚猷詢茲黃髮則己所愆	雖則貞然尚猷詢茲黃髮則罔所愆	雖則貞然尚猷詢茲黃髮則亡所愆	雖則云然尚猷詢茲黃髮則罔所愆	雖則云然尚猷詢茲黍髮則宀所愆

1423、姑

「姑」字在傳鈔古文《尚書》有下列不同字形：

（1）姑

足利本「姑」字作姑，其偏旁「古」字寫法所从「十」之直畫寫作ヽ，俗書常見。（參見“古”字）

【傳鈔古文《尚書》「姑」字構形異同表】

姑	戰國楚簡	石經	敦煌本	岩崎本	神田本b	九條本	島田本b	內野本	上圖（元）	觀智院b	天理本	古梓堂b	足利本	上圖本（影）	上圖本（八）	古文尚書晁刻	書古文訓	尚書篇目
姑將以爲親													姑					秦誓

1424、髮

「髮」字在傳鈔古文《尚書》有下列不同字形：

（1）髮₁髮₂

九條本、足利本「髮」字作髮₁，其下「犮」變作「友」，上圖本（影）作髮₂，「犮」變作「友」。

【傳鈔古文《尚書》「髮」字構形異同表】

髮	戰國楚簡	石經	敦煌本	岩崎本	神田本b	九條本b	島田本b	內野本	上圖本（元）	觀智院b	天理本	古梓堂b	足利本	上圖本（影）	上圖本（八）	古文尚書晁刻	書古文訓	尚書篇目
雖則云然尚猷詢茲黃髮			P3871			髮								髮	髮	髮		髮	秦誓

秦誓	戰國楚簡	漢石經	魏石經	敦煌本 P3871		岩崎本	神田本	九條本	島田本	內野本	上圖本（元）	觀智院本	天理本	古梓堂本	足利本	上圖本（影）	上圖本（八）	晁刻古文尚書	書古文訓	唐石經
番番良士旅力既愆我尚有之				番番良士旅力既愆我尚有之				番番良士旅力无愆我尚有之		番番良士旅力无愆我尚大业					番番良士旅力既愆我尚有之	番番良士旅力既愆我尚有之	番番良士旅力无愆我尚有之	番番良士炭力无愆我尚大业	番番良士炭力无愆我尚大业	番番良士旅力既愆我尚有之
仡仡勇夫射御不違我尚不欲				仡仡勇夫射御不違我尚不欲				仡仡勇夫躲駛弗違我尚弗欲		仡仡勇夫躲駛弗違我尚弗欲					仡仡勇夫射御弗違我尚不欲	仡仡勇夫射御弗違我尚弗欲	仡仡勇夫射駛弗違我尚弗欲	仡仡恩夫躲駛亞莫戒尚弱愆	仡仡恩夫躲駛亞莫戒尚弱愆	仡仡勇夫射御弗違我尚不欲

1425、戩

「戩」字在傳鈔古文《尚書》有下列不同字形：

（1）戩

《說文》言部「諞」字下引「《周書》曰『戩戩善諞言』」，戈部「戔」字下引「〈周書〉曰『戔戔』巧言也」，段注云：「今書『戩戩善諞言』言部引之，古文尚書也，此稱『戔戔』『戩戩』之異文，今文尚書也。」又謂《春秋‧公羊傳》曰：「惟諓諓善竫言」，劉向〈九嘆〉、《漢書‧李尋傳》亦作「諓諓」，王逸注《楚辭》引《尚書》「諓諓靖言」「正皆今文尚書也。諸家作『諓』，許作『戔』者同一今文而有異本，如同一古文而馬作『偏』許作『諞』不同也。」「『諓』即『戔』，許作『戔』爲本字，他家作『諓』加之言旁也」。《說文》言部「諓」訓善言也，戈部「戩」字篆文作𢧵，訓斷也，《書古文訓》隸定作戩，今隸變作「戩」。「戔」「諓」古今字，「戩」爲假借字。

【傳鈔古文《尚書》「戩」字構形異同表】

戩	戰國楚簡	石經	敦煌本	岩崎本	神田本b	九條本	島田本b	內野本	上圖（元）	觀智院b	天理本	古梓堂b	足利本	上圖本（影）	上圖本（八）	古文尚書晁刻	書古文訓	尚書篇目
惟戩戩善諞言																	戩	秦誓

唐石經	書古文訓	晁刻古文尚書	上圖本（八）	上圖本（影）	足利本	古梓堂本	天理本	觀智院本	上圖本（元）	內野本	島田本	九條本	神田本	岩崎本			敦煌本P3871	魏石經	漢石經	戰國楚簡	秦　誓
我皇多有之昧昧我思之	茲皇多大业昭昭裁思业	我皇多有业昭昭我思业	我皇多有之昧之我思业	我皇多有之昧々我思之	我皇多有之昧々我思之	我皇多有之昧々断縣我思之				我皇州々业昧々我思业		我皇州有之昧々我思之					我皇多大之昧縣我思之				我皇多有之昧昧我思之
如有一介臣断断猗無他伎	如大戈介臣昭昭倚亡它技	如有弌介臣黔々猗亡它伎	如有弌介臣黔々猗亡他伎	如有一介臣黔々猗亡他伎	如有一食臣黔々猗亡他伎	如有弌介臣黔々猗断得無無他技				如大弌介臣黔々猗亡他伎		如有弌介臣黔々猗亡他伎					如大一介臣昭々遂氏				如有一介臣斷斷猗無他伎

「無他伎」古梓堂本多一「無」字。

1426、猗

「猗」字在傳鈔古文《尚書》有下列不同字形：

（1）倚倚倚

「猗」字內野本、古梓堂本、《書古文訓》各作倚倚倚，假音近之「倚」字爲「猗」。

【傳鈔古文《尚書》「猗」字構形異同表】

猗	戰國楚簡	石經	敦煌本	岩崎本	神田本b	九條本b	島田本b	內野本	上圖(元)	觀智院b	天理本b	古梓堂本	足利本	上圖本(影)	上圖本(八)	古文尚書晁刻	書古文訓	尚書篇目
斷斷猗無他伎								倚	猗						猗		倚	秦誓

1427、他

「他」字在傳鈔古文《尚書》有下列不同字形：

（1）它

《書古文訓》「他」字作它，《釋文》曰：「『他』亦作『它』」，《說文》「它」字或體从虫作「蛇」，即「蛇」字，云：「虫也，从虫而長象冤曲垂尾形。上古艸居患它，故相問『無它乎』」，段注曰：「其字或假『佗』為之，又俗作『他』，經典多作『它』，猶言彼也，許言此以說假借之例」。《玉篇》「它」字「今作佗」，「他」字「本亦作佗」。「他」為「佗」之俗字，「它」之假借字。

【傳鈔古文《尚書》「他」字構形異同表】

他	戰國楚簡	石經	敦煌本	岩崎本	神田本b	九條本b	島田本b	內野本	上圖(元)	觀智院b	天理本b	古梓堂本	足利本	上圖本(影)	上圖本(八)	古文尚書晁刻	書古文訓	尚書篇目
斷斷猗無他伎																	它	秦誓

秦誓	戰國楚簡	漢石經	魏石經	敦煌本P3871			岩崎本	神田本	九條本	島田本	內野本	上圖本(元)	觀智院本	天理本	古梓堂本	足利本	上圖本(影)	上圖本(八)	晁刻古文尚書	書古文訓	唐石經
其心休休焉其如有容				其心休休焉其如有容				其心休休焉其如有容	其心休休焉其如有容	其心休休焉其如有容	其心休休焉其如有容							其心休休焉其如有容	其心休休焉其如有容	其心休休焉其如有容	其心休休焉其如有容

秦誓	戰國楚簡	漢石經	魏石經	敦煌本 P3871			岩崎本	神田本	九條本	島田本	內野本	上圖本（元）	觀智院本	天理本	古梓堂本	足利本	上圖本（影）	上圖本（八）	晁刻古文尚書	書古文訓	唐石經

人之有技若己有之人之彥聖其心好之

「若己有之」內野本、上圖本（八）作「若己之有」。

秦誓	戰國楚簡	漢石經	魏石經	敦煌本 P3871			岩崎本	神田本	九條本	島田本	內野本	上圖本（元）	觀智院本	天理本	古梓堂本	足利本	上圖本（影）	上圖本（八）	晁刻古文尚書	書古文訓	唐石經

不啻若自其口出是能容之

以保我子孫黎民亦職有利哉

人之有技冒疾以惡之											
人之彥聖而違之俾不達											
是不能容以不能保我子孫黎民亦曰殆哉											
邦之杌隉曰由一人											

邦之榮懷亦尚一人之慶 ｜ ｜ 邦之榮襄亦尚一人之慶 ｜ 邦之榮襄亦尚一人之慶 ｜ 邦出榮襄亦尚弌人出慶 ｜ 邦之榮懷亦尚一人之慶 ｜ 邦之榮懷亦尚弌人之慶 ｜ 邦之榮懷亦尚一人之慶 ｜ 邦之榮襄亦尚弌人出慈

「亦尙一人之慶」九條本多一「之」字。

1428、杌

《說文》𨸏部「陒」字下引「〈周書〉曰『邦之阢陒』」，段注云：「『阢』當是轉寫之誤，當是本作『扤』或作『』未可定也。今《尙書》作『杌陒』，《周易》作『劓刖』作『臲卼』，鄭注字作『倪仉』，許𨸏部作『槷鼿』，其文不同如此。」「阢」字《說文》「石山戴土也」，《爾雅‧釋山》曰：「石戴土謂之『崔嵬』」「崔嵬」一名「阢」也，又《玉篇》「阢」亦作「峞」，今本作「杌陒」「杌」當爲「阢」之假借。

「杌」字在傳鈔古文《尙書》有下列不同字形：

（1）㞾₁㞾₂㞾₃

敦煌本 P3871「杌」字作㞾₁，與《書古文訓》作㞾₂類同，九條本作㞾₃，爲此形之訛，此字字書未見，疑爲從广兀聲「庑」字之訛變，乃「阢」字義符更替之異體，《尙書隸古定釋文》卷 7.7 謂「或『峞』之誤」。

【傳鈔古文《尙書》「杌」字構形異同表】

杌	戰國楚簡	石經	敦煌本	岩崎本 / 神田本b	九條本 / 島田本b	內野本	上圖（元） / 觀智院b	天理本 / 古梓堂b	足利本	上圖本（影）	上圖本（八）	古文尚書晁刻	書古文訓	尚書篇目
邦之杌陒			㞾 P3871		㞾								㞾	秦誓

1429、陒

「陒」字在傳鈔古文《尙書》有下列不同字形：

（1）偓陞₁陞陞₂

「陞」字敦煌本 P3871、九條本、古梓堂本「陞」字作偓陞₁，偏旁「土」字作「圡」，內野本、上圖本（影）作陞陞₂，「土」訛作「工」。

【傳鈔古文《尚書》「陞」字構形異同表】

陞	戰國楚簡	石經	敦煌本	岩崎本 神田本b	九條本 島田本b	內野本	上圖（元） 觀智院b	天理本 古梓堂b	足利本	上圖本（影）	上圖本（八）	古文尚書晁刻	書古文訓	尚書篇目
邦之杌陞			陞 P3871		陞	陞	陞			陞	陞	陞		陞	秦誓